제1회 한국과학문학상 수상작품집

제1회 한국과학문학상 수상작품집

© 이건혁·박지혜·이영인·김보영·김창규, 2017. Printed in Seoul, Korea

초판 1쇄 펴낸날 2017년 5월 17일
초판 3쇄 펴낸날 2020년 7월 10일
지은이 이건혁·박지혜·이영인·김보영·김창규
펴낸이 한성봉
편집 조유나·안상준·하명성·이지경
디자인 전혜진
표지디자인 워크룸
본문디자인 김경주
마케팅 박신용·강은혜
기획홍보 박연준
경영지원 국지연
펴낸곳 허블
등록 2017년 4월 24일 제1998-000243호
주소 서울시 중구 소파로 131 [남산동 3가 34-5]
페이스북 www.facebook.com/dongasiabooks
전자우편 dongasiabook@naver.com
블로그 blog.naver.com/dongasia1998
전화 02) 757-9724, 5
팩스 02) 757-9726

ISBN 979-11-960902-0-3 03810

이 도서의 국립중앙도서관 출판예정도서목록(CIP)은
서지정보유통지원시스템 홈페이지(http://seoji.nl.go.kr)와
국가자료공동목록시스템(http://www.nl.go.kr/kolisnet)에서
이용하실 수 있습니다.(CIP제어번호: CIP2017010784)

허블은 동아시아 출판사의 SF 브랜드입니다.

※ 잘못된 책은 구입하신 서점에서 바꿔드립니다.

피코

이건혁

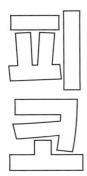

제1회 한국과학문학상 수상작품집

허블

차례

피코

이건혁

1988년 서울에서 태어났으며 연세대학교 국어국문학과를 졸업했다. 한 번의 취직과 두 번의 이직 끝에 전업 소설가의 길을 택했다. 어려서부터 걱정이 많아 터무니없는 상상을 계속하던 것이 SF소설을 쓴 계기가 됐다. 스페이스오페라 장르를 좋아하며, SF야말로 이 야기의 본질에 가장 가까운 장르라고 믿는다. 대학시절 만난 아내와 함께 고도가 높은 동 네에서 살고 있다.

피코

제타가 '후엠아이'에 입사한 지도 한 달이 지났다. 언제나 그렇듯 용역업체는 남들이 하기 싫어하는 일을 도맡아 처리한다. 귀찮든, 더럽든, 힘들든, 뭐든 상관없다. 손 안 대고 코를 풀고 싶다면 용역업체에 맡기면 된다. 제타는 입사한 이래 열두 번째 피코를 데리러 가는 길이다. 피코는 가정마다 한 대씩 할당된 반려 인공지능의 이름이다. 인공지능 법 제2조는 7년에 한 번씩 반드시 피코를 교체하라는 내용을 담고 있다. 만약 제때 피코를 교체하지 않으면 전 인류에 큰 위험이 될 수 있으므로, 누구나 때가 되면 새로운 제품을 대여해야 한다. 제품은 과학기술부 산하에 있는 지능청에서 빌릴 수 있다. 모든 제품은 정부가 직접 관리하며, 사용자는 매달 세금을 내듯 사용료를 지불한다.

　규정상 인공지능을 탑재한 기계는 사람을 닮아선 안 된다. 혹여 부품의 일부라도 사람을 닮은 제품을 만들면 당장 수중감옥행이다. 수중감옥에 들어가길 원하는 사람은 아무도 없다. 특수범죄자들을 모아놓은 수중감옥에선 혹독한 노동이 일상이다. 재소자들이 뭘 만드는지는 가본 사람만 알지만, 제정신으로 출소한 사람이 없어 생체 실험을 한다는 괴담이 떠돈다. 언뜻 처벌이 지나치다 생각할 수도 있다. 그러나 인류는 엄격한 규제를 통해 인공지능을 적정 수준으로 통제해야 했다. 한차례 종말의 위험을 겪은 후부터 재발 방지를 위해 애써야 한다는 여론이 생겼다. 피코를 동물이나 인형처럼 만들어낸 것도 그러한 노력 중 하나다. 만약 사람을 닮은 인공지능을 만들어냈다간, 차마 정을 떼지 못하고 특이점을 넘길 때까지 방치하는 사람들이 생긴다. 그렇다면 2차 종말을 당하는 건 시간문제다.

　피코의 초기 지능은 통상 열 살 수준으로 설정된다. 인간이라면 2년에서 3년 뒤에 사춘기를 맞는다. 전두엽이 발달하고 메타인지가 활성화되면 스스로에게 이런 질문을 던진다.

　"나는 어디에서 왔지?"

　"나는 어디로 가지?"

　"나는 누구지?"

　자아정체성이 생겨나는 것이다. 사람은 으레 그런 과정을 겪는다. 부모와 맞먹으려 들기도 하고, 친구들과 부대끼며 자신과 남들이 어떻게 다른지 확인하기도 하고, 사랑에 열렬히 빠져들며 성적 정체성을 확인하기도 한다. 그러면서 내면에 독특한 자아가 생겨난다. 즉, 사람이 된다는 뜻이다. 마찬가지로 피코도 사춘기를 겪는다. 지능 발달 수준을 고도로 통제한 덕분에 최대 7년이란 시간이 지나야 사춘기를 겪게 되지만, 그 순간을 놓치면 통제 불능의 수준으로 지능이 발달하고 자의식을 가진 인격체로 변한다. 그리고 단 몇 달 만에 인간의 수준을 초월한다. 피코를 교체해야 되는 이유이자, 후엠아이 같은 용역업체가 필요한 이유다.

1.

하고 싶어서 시작한 일은 아니다. 제타는 마흔 살이 넘는 동안 한 직장에 2년 이상 머무른 적이 없다. 길어야 1년 반. 대개 1년 안에 그만뒀다. 언제나 적당히 먹고살 수 있을 정도로만 일했다. 기왕이면 단기적으로 고수익을 올릴 수 있는 직종을 선호한다. 쉬는 기간에 이곳저곳 여행을 다녀야 하기 때문이다. 어차피 복지가 탄탄하니 굶어 죽을 일도 없고, 정부에서 실업수당 지급을 중단할 때쯤엔 계약직을 몇 탕 뛰면 된다. 이 사회의 일원으로서, 동시에 독립적인 개인으로서 제타가 깨우친 생존법이다.

후엠아이는 노동부에서 알선한 회사다. 사춘기에 접어든 피코를 데려다 기억을 폐기하고 초기화시키는 게 주 임무다. 피 보는 일도 아닌데 다들 무척이나 꺼린다. 피코를 사람처럼 생각해서다. 만약 피코가 인형이나 동물 모형이 아니었더라면 폐기하지 않고 여기저기 빼돌리는 인간들로 암시장이 넘쳤을 거다. 지금도 꼼수를 부리는 사람들이 많다. 제타가 이번에 찾아간 집도 피코의 코드 정보가 정부에서 준 것과 달랐다.

"아주머니, 죄송하지만 코드가 다르군요. 혹시 댁의 피코가 맞습니까?"

그래도 이 사람은 양반이다. 제타가 자꾸 고개를 갸우뚱거리며 눈을 흘깃거리자 대뜸 눈물부터 쏟았다.

"그냥 모른 척하고 데려가면 안 될까요? 돈은 얼마든지 드릴게."

암시장에서 구해온 복제품이다. 코드 번호부터 다른 걸 보니 사기를 당한 게 분명했다. 제타는 목소리에 힘을 주고 점잖이 타일렀다. 여지를 남기면 오히려 달려들어 울고불고 떼를 쓸 게 뻔하다.

"안 됩니다. 지금 인공지능법 위반하신 거 아십니까? 제가 신고하면 아주머닌 곧바로 끌려갑니다. 요새 법이 얼마나 엄격하다고요."

여자는 주저앉아서 한참을 울다가 너구리를 닮은 피코를 방에서 데리고 나왔다. 세모나고 쫑긋한 귀에 양손을 가슴에 다소곳이 모은 품새가 무척 귀여웠다. 그 귀여운 생명체, 아니 인공지능을 제 손으로 반납할 수 있는 주인은 별로 없다.

"저는 어디로 가는 거죠?"

너구리가 입을 열어 제타에게 말을 걸었다. 호기심은 아주 위험한 징조다. 제타가 무릎을 굽혀 너구리의 몸통을 덥석 잡아 플라스틱 강화 끈으로 묶었다.

"어이, 너구리. 질문은 금지다."

PDA에 여자의 사인을 받고 너구리를 들어 차로 이동했다. 여자는 연신 눈물을 쏟으며 그 뒤를 따라왔다. 여간 성가신 게 아니지만 대부분의 주인들은 여자처럼 행동했다. 7년이란 시간은 정을 들이고 다시 떼어내기에 너무 긴 시간이다. 그러나 그 기한을 더 줄이면 사회적 낭비가 너무 심해진다. 저마다 고유한 시냅스의 배열을 가지고 있는 인공지능의 특성상 뇌의 재활용이 불가능하다. 뇌는 가장 비싼 부품이다.

제타는 피코를 쓰지 않는다. 이유는 간단하다. 비싸고, 귀찮다. 피코의 대여 비용만 해도 지금 집세와 맞먹는다. 두 집 월세를 사는 건 제타 같은 하층민에게 사치다. 게다가 피코는 한시도 가만히 있지 않는다. 일어나자마자 세탁기를 돌리고, 빨래가 끝나면 청소를 하고, 청소가 끝나면 요리를 하며, 요리가 끝나면 설거지를 하고, 설거지가 끝나면 건조를 마친 빨래를 갠다. 간식도 만들어야하고 장도 봐야 하며 화장실 변기도 닦아야 한다. 게다가 주인이 집에 들어오면 주인의 말동무가 되어주기도 한다. 가만히 있는 시간은 충전기 안에 들어가서 자는 시간뿐이다. 제타는 그 모든 게 부산스럽다. 어차피 혼자 사는 집에 집안일이랄 것도 없다. 인공지능은 회사에서 제공하는 구식 PDA 하나로 충분하다. 제타가 태어나기도 전인, 무려 21세기에 만들어진 제품이다.

인공 숲과 수몰 지구를 지나 인디언 전통 가옥처럼 생긴 원뿔형 폐기장에 도착했다. 트렁크에 실어뒀던 너구리를 어깨에 메고 입구에 있는 지능청 공무원에게 코드를 확인받았다.

"DXU23TZX4785, 확인 완료."

코드 리더기에 확인 알람이 뜨자 공무원이 고개를 끄덕이고 지나가란 제스처를 취했다. 제타는 끈을 풀어달라며 낑낑거리는 너구리를 안고 해체실로 향했다. 마지막으로 코드를 한 번 더 확인했다. 너구리는 꿈틀대며 여전히 괴로워했다.

"하고 싶은 말 없어?"

너구리를 작업대 위에 눕히며 제타가 물었다.

"집으로 보내주시면 안 될까요? 주인님을 도와야 해요."

작업 중 가장 위험한 순간이다.

"미안하지만 네가 있어야 할 곳은 여기란다."

치직, 방전기가 작동하는 소리와 함께 제타를 바라보고 있던 너구리의 눈빛이 황망히 갈 길을 잃었다.

"코드 번호 DXU23TZX4785, 해체 준비 완료."

제타는 옆에 달린 조그만 마이크로 무전을 보내고 해체실을 나섰다. 제품은 엔지니어들이 알아서 처리할 터였다. 건물을 나와서 차에 몸을 싣자마자 입금이 완료됐다는 문자가 떴다. 후엠아이는 모든 계약을 건당으로 처리했다. 제타는 자동운전 모드를 활성화시키고 목적지를 집으로 설정했다. 그리고 음악을 크게 틀었다. 2088년에 발매된 '비니스트'의 1집 앨범이다. 반세기나 지난 옛날 음악이지만 제타는 비니스트 특유의 우울한 음색을 좋아했다. 제타는 의자를 뒤로 젖히고 누워 눈을 감았다. 노을빛이 제타의 얼굴을 빨갛게 물들였다.

2.

사춘기에 가까워진 피코들은 변화의 시점을 섣불리 짐작하기 힘들다. 그래서 정부는 마감 기한보다 빨리 반납하는 사용자에게 인센티브를 부여하는 정책을 펼친다. 피코의 대여 비용을 몇 프로 감면해주는 방식인데 별 실효성은 없다. 갈수록 똑똑해지고 사랑스러워지는 피코를 누가 반납하겠는가. 그러나 그건 폭풍 전의 고요함과 같다. 메타 인지 단계로 접어든 피코는 점차 폭력 성향을 띠고 주인을 해칠 수도 있다. 그래서 지능청은 7년 차에 접어든 피코를 총 세 단계로 나누어 관리했다. 초록색, 노란색, 빨간색. 초록색은 안전 단계다. 지능청은 시민들이 초록색 단계에 반납하길 권장한다. 노란색은 주의 단계다. 반납하라는 문자가 주기적으로 전송되고, 구청 담당자가 직접 방문해서 피코의 상태를 확인한다. 빨간색은 강제 반납 단계다. 지능청은 언제든 직원을 파견해 피코를 압수할 수 있다. 주인이 압수를 거부할 경우, 경찰력이 동원된다. 제타는 지금껏 빨간색 단계의 피코를 처리한 적은 없었다.

호출을 받기 전까지 집에서 시간을 보내는 제타는 수몰되기 전 괌을 재현한 VR 다큐멘터리를 보며 시간을 때웠다. 당시 지구의 인구는 지금보다 20억이나 더 많았고, 땅은 10% 이상 넓었다. 괌에는 대형 항공모함이 정박할 수 있는 해군 기지도 있었고, 각 나라의 관광객들이 머무는 크고 아름다운 호텔들이 있었다. 제타의 아버지는 수몰로 인해 미국 본토로 이주하기 전까지 괌에 살며 관광 안내사로 일했다. 본토에서 태어난 제타는 괌에 대한 기억이 없지만 보면 볼수록 무척 아름다운 섬이었다. 본격적으로 호텔 앞 해변에 자리를 잡고 석양을 감상하려는데 PDA에 알람이 울렸다. 빨간색 단계의 피코를 회수하라는 명령이다. 보통 문자로만 연락하던 중간 관리자가 이번에는 직접 전화를 걸었다. 화면에 관리자의 얼굴이 떴다. 면접 이후 처음 보는 얼굴이다.

"어이 제타, 미안한데 자네가 좀 나서줘야겠어. 지금 베테랑들이 여기저기 파견을 가서 말이야. 자네 같은 초보한테는 미안하게 됐네. 경찰을 붙여줄 테니 대신 좀 가달라고. D구역이야. 주소는 PDA로 보내주지. 조심해야 할 거야. 벌써 세 번째 방문이거든."

D구역은 인공 숲에서 멀리 떨어지지 않은 우범지역이다. 보통 제타가 출장을 나가는 지역은 중산층이 몰려 사는 B구역이다. 도로에 낙엽 한 장도 굴러다니지 않는 깔끔한 동네다. 그러나 D구역

은 제타가 사는 동네보다 더 어둡고 활력이 없었다. 흔히 말하는 슬럼가다.

D구역에 들어서자 제타의 승용차가 수동운전 모드를 권장했다. 지금껏 일을 다니면서는 한 번도 겪어보지 못했던 일이다. 간혹 해킹당한 자동차가 소리 소문 없이 사라졌다는 뉴스를 보긴 했다. 자동운전 모드에서는 해커들에게 당해 원치 않은 곳으로 끌려갈 가능성이 있기 때문이다. 여기는 D구역이다. 사고는 언제나 조그만 부주의로 일어난다. 제타는 속으로 마음을 다잡으며 오랜만에 운전대를 잡았다. 목적지까지 가는 동안에는 카트를 끌고 가는 노인 몇 명과 약에 취한 채 가로등에 기대고 있는 10대들을 지나쳤다. 경찰과 처음부터 동행했어야 됐다는 후회감이 밀려들었다.

긴장감 때문에 등에서 땀이 배어날 쯤 목적지에 도착했다. 경찰은 이미 도착해서 제타를 기다리고 있었다. 제타는 주섬주섬 장비를 챙겨 차에서 내렸다.

"안녕들 하십니까?"

경찰은 언제나 두 명씩 짝을 이뤄 행동했다. 이번에도 남자 하나와 여자 하나가 차에서 내려 제타에게 악수를 건넸다. 선임으로 보이는 남자 경찰이 천천히 껌을 씹으며 선글라스를 벗었다.

"피코 주인은 세입잡니다. 이름은 마이클 무어. 관련된 인적 사항을 봤는데 전과 기록은 없어요. 이웃 말로는 망상장애를 앓고 있다더군요."

세 사람은 나란히 서서 집을 바라봤다. 단층으로 된 조립형 주택은 밖에서 보기에 특별히 수상한 구석이 없었다. 흰색 페인트가 여기저기 벗겨지긴 했지만 다른 집들에 비하면 깨끗한 편이었다. 창에는 온통 커튼이 쳐 있어 안이 보이지 않았다. 경찰이 먼저 대문을 지나 현관으로 향했다. 제타는 두세 발짝 뒤에 떨어져서 따라갔다. 남자 경찰이 삐걱거리는 계단을 밟고 올라가 현관문을 두들겼다.

"마이클 씨, 계십니까? 경찰입니다."

말을 마침과 동시에 안에서 동물 울음소리 같은 비명이 들렸다. 경찰들은 자세를 낮추고 스턴 건에 손을 가져갔다. 제타에게는 뒤로 물러서라는 손짓을 보냈다. 한동안 현관문을 주시했지만 오랫동안 침묵이 이어졌다. 이제는 강제로 문을 따고 들어가야 했다. 여자 경찰이 문을 열기 전에 큰 목소리로 경고했다.

"마이클 씨, 지금 당장 문을 열지 않으면 강제로 진입하겠습니다! 셋을 셀 동안 나오세요. 셋, 둘⋯."

그러나 말이 채 끝나기도 전에 철커덕하고 문이 열리며, 마이클 무어가 천천히 걸어 나왔다. 손에는 나무 십자가가 들려 있었다.

"손들어! 손에 든 거 버려! 뒤로 돌아서 벽 짚고 서!"

경찰들은 재빨리 총을 뽑아 들어 마이클을 겨눴다. 그는 십자가를 땅바닥에 떨어뜨리고 초점 잃은 눈동자로 천천히 뒤로 돌아 벽을 짚었다. 온통 하얀색으로 된 옷을 입고 있던 그는 부스스한 머리와 혈색 잃은 피부 탓에 인도의 고행자처럼 보였다. 모든 것을 포기했다는 듯이 고개를 푹 숙인 모습은 마치 오랜 단식 수행을 마친 것 같았다. 몸수색을 마친 여자가 안전하다는 눈짓을 보냈다. 남자와 제타가 서둘러 집 안으로 들어갈 채비를 했다.

"이미 끝났어. 그분은 모든 채비를 마치셨다고."

마이클이 제타를 바라보며 눈을 동그랗게 뜨고 웃었다. 섬뜩한 미소였다.

"피코는 어디 있지?"

제타의 물음에도 마이클은 대답하지 않고 외려 기분 나쁜 너털웃음을 터뜨렸다.

제타와 남자가 조심스레 집 안으로 들어섰다. 지하실로 내려가는 통로에서 조그만 음악 소리가 들려왔다. 날카로운 현악기 소리였다. 둘은 자연스레 지하실로 향했다. 남자는 총을 고쳐 잡았다. 계단을 내려가 지하실로 통하는 좁은 문을 열고 들어가니 지하실이 온통 촛불로 환했다. 벽에는 알 수 없는 패턴으로 된 문양들이 빨간색으로 칠해져 있었고, 한쪽 벽엔 십자가가 걸려 있었다. 그리고 흰 천이 깔린 바닥 위로 여자 하나가 나체로 누워 있었다. 경찰이 다가가 조심스레 총을 겨눴다. 그러자 여자가 몸을 일으켜 세우고 두 사람을 바라봤다.

"여기서 뭐하고 있는 거야? 피코는 어디 있지?"

경찰이 묻자 여자가 대답했다.

"제가 피코입니다."

"맙소사."

제타가 짧게 탄식을 내뱉으며 손으로 이마를 짚었다. 불법으로 개조한 인공지능이었다. 여자는 그리스 신화에 나오는 여신처럼 아름다웠다. 흰 피부와 구불거리며 찰랑이는 금발의 머릿결, 풍만한 가슴과 엉덩이까지. 인공지능이란 걸 알았지만 시선을 떼기 어려웠다.

"내가 엄호하고 있을 테니까 가서 포박하세요."

경찰이 넋을 놓고 있던 제타를 재촉했다. 제타는 준비한 끈으로 여자를 묶었다. 먼저 손을 뒤로 하고 교차해서 묶은 뒤, 몸통을 둘둘 감았다. 진짜 사람이 아닌 걸 알았지만 손이 가슴을 스칠 때는 저도 모르게 몸이 움찔했다. 여자는 눈도 깜박하지 않았다. 제타의 생에 이렇게 아름다운 여자는 처음이었다. 마지막으로 코드 리더기를 꺼내 여자의 목 뒤에 갖다 댔다. 코드는 정부에서 받은 것과 같았다. 작업을 마치자 경찰이 깔려 있던 흰 천으로 여자의 몸을 둘렀다.

3.

마이클은 인공지능을 개조한 혐의로 그 자리에서 체포됐다. 제타는 여자를 뒷좌석에 태우고 폐기장으로 향했다. 평소라면 트렁크에 태웠겠지만 이번엔 왠지 그러고 싶지 않았다.

"괜찮겠소?"

경찰이 홀로 폐기장으로 향하는 제타에게 물었을 때, 제타는 별문제 없을 것이라 답했다. 플라스틱 강화 끈은 센티미터당 1톤의 무게를 견딘다. 혹시 문제가 생기면 휴대용 방전기를 사용하면 된다. 게다가 폐기장까지는 20분도 안 걸렸다. 인공 숲을 가로지르면 금방이다.

"폐기장에 연락해서 에스코트를 요청하겠습니다. 별일이야 있겠습니까?"

경찰에게 말할 때까지만 해도 정말 그럴 생각이었다. 그러나 창문을 닫고 출발하면서는 군이 그럴 필요까진 없단 생각이 들었다. 차 안에는 여자에게서 나는 묘한 향기가 풍겼다. 인공지능에게도 사람의 향기가 풍길 수 있는지 의문이 들었지만 기분이 나쁘지 않았다. 음악도 틀었다. 항상 듣던 비니스트의 앨범이었다.

"노래 제목이 뭐죠?"

입을 다문 채 창밖을 바라보던 여자가 제타에게 말을 걸었다. 제타는 한숨을 내쉬며 고개를 돌려 여자를 바라봤다.

"이봐, 질문은 금지야."

여자는 제타와 눈을 마주치더니 빙긋 웃었다.

"비니스트, 〈해가 물에 잠길 때〉. 이미 알고 있어요."

"알면서 왜 물어보는 거야?"

제타가 짜증 섞인 목소리로 말했다. 비니스트는 제타처럼 수몰 지구 출신이다. 필리핀에서 커피 농사를 짓던 비니스트의 보컬 '아멜'은 난민이 되어 이곳저곳을 떠돌다 마침내 미국에 정착해

가수가 됐다. 비니스트라는 이름은 커피콩(bean)에서 따온 이름이다.

"궁금하니까요, 당신의 반응이. 나도 이 음악이 좋아요. 내 이름은 프레야예요. 당신은요?"

룸미러를 통해 본 여자는 제타에게 시선을 고정한 채로 제타의 말을 기다리고 있었다. '역시 인공지능은 귀찮아'라고 제타는 생각했다. 차는 어느새 인공 숲 한가운데를 지나고 있었다. 아직 한낮인데도 하늘이 어두웠다. 숲 너머로 펼쳐진 서쪽 바다 위에는 희미하게 햇빛이 드리웠다.

"제타, 내 이름은 제타야."

인공 숲만 지나면 폐기장으로 가는 다리가 나올 테고, 그사이 인공지능에게 정을 붙일 가능성은 영에 가까웠다. 단지 데이트를 하는 기분이 들어 마음이 조금 들떴을 뿐이다. 이름 따위 알려준다고 해서 문제가 생길 리 없다.

"살려달라느니 집으로 돌려보내 달라느니 하는 말은 하지 마. 너한테 동정심 따윈 조금도 없으니까."

제타의 단호한 태도에도 프레야는 미소를 잃지 않았다.

"정말 인간다운 생각이네요. 내가 살아서 뭐하려고요? 지구를 지배하는 악당이라도 될까 봐?"

제타는 프레야의 반응에 당황했다. 마지막으로 자아정체성을 가졌던 인공지능은 21세기 말에 사라졌다. 그 당시 아직 태어나지도 않았던 제타는 스스로 사고하는 인공지능이 처음이었기에 이런 대화가 낯설었다. 이미 사춘기를 훨씬 지나친 게 분명했다. 매뉴얼대로라면 지금 이 자리에서 당장 프레야를 사살해야 했다. 휴대용 방전기를 찾으려고 수납장을 열었다가 얼마 전에 트렁크로 옮겨두었다는 생각이 뒤늦게 났다. 혹시나 트렁크에 가둔 피코가 난동을 피우면 손에 잡히는 곳에 방전기를 두는 편이 더 효율적이라고 생각했기 때문이다. 피코를 트렁크가 아닌 뒷좌석에 태울 일이 생길 줄은 미처 몰랐다.

"젠장."

제타가 차를 세우고 문을 열려는데 프레야가 깔깔대며 말했다.

"걱정 말아요. 아무 일도 없을 테니까. 가는 동안 내가 인간들을 학살하는 일은 없을 거예요. 못할 것도 없지만."

프레야는 매력적인 비음을 내며 웃었다. 제타는 잠시나마 가졌던 경계심이 누그러지는 걸 느꼈다. 아주 조금이지만 호감마저 생겼다.

"대신, 잠깐 돌아가는 건 어때요? 해안선을 따라서 돌아도 좋고, 다른 동네에 가보는 것도 좋아요. 마이클의 집에 너무 오래 갇혀 있었거든요."

이어지는 프레야의 제안에는 잠시 망설였다. 만약 제때 폐기장에 가지 않는다면, 그 즉시 경찰들이 출동할 터였다.

"그건 좀 곤란하겠는데. 경찰이 우리를 잡으러 올 거야. 난 직장에서 잘릴 테고."

프레야는 개의치 않는다는 듯이 대답했다.

"지금 인류가 멸망하는 것보단 낫지 않겠어요?"

제타는 그 말에 호탕한 웃음을 터뜨렸다. 이번 직장은 다른 곳보다 벌이가 좋았는데 아무래도 오늘이 마지막이 될 것 같았다. 아무렴, 저렇게 아름다운 여자와 드라이브를 한 적이 언제였던가. 모르긴 몰라도 그에게 이런 기회가 다시 오진 않을 것이었다. 아주 잠깐이다. 제타는 스스로 합리화했다. 자동운전 모드를 해제하고 직접 운전대를 잡았다.

인공 숲 위로 비가 내리기 시작했다. 차를 돌리고 채 5분도 안 되어 폐기장에서 연락이 왔다.

"이봐, 지금 어디로 가고 있는 거야? 빨간색 단계 피코를 데리고 시간을 끌면 곤란하다고."

GPS에 이상이 감지된 걸 확인한 공무원의 다급한 목소리가 PDA를 통해 전해졌다.

"미안합니다. 현장에 코드 리더기를 두고 왔어요. 젠장, 출입카드도 두고 온 것 같군요. 내가 요새 이렇다니까요. 오래 걸리진 않을 겁니다."

제타는 생각나는 대로 변명을 둘러댔다. PDA를 옆 좌석에 내려놓은 탓에 얼굴이 보이진 않았지만 제타를 질타하는 목소리에서 잔뜩 일그러진 공무원의 표정이 느껴졌다. 전화가 끊어지자마자 프레야가 제타를 돕겠다고 나섰다.

"거짓말을 퍽 잘하시네요. 내가 GPS를 조작해둘게요. 가려던

대로 가주세요."

"그런 게 가능해?"

제타가 룸미러를 통해 프레야와 눈을 마주쳤다.

"일도 아니죠."

프레야는 윙크를 보냈다.

차는 인공 숲을 벗어나 해안도로 방향으로 꺾었다. B구역과는 반대 방향이었다. 그러나 내비게이션은 차가 여전히 B구역으로 향하고 있다고 지도에 표시했다.

해안 도로를 달리는 데는 10분이 채 걸리지 않았다. 도로는 거대한 주상절리를 끝으로, 도심 방향으로 이어졌다. 시립 도서관과 시청, 그리고 회사 건물들이 즐비한 번화가였다. 제타는 프레야에게 도시를 보여주는 것도 나쁘지 않다고 생각했다.

"혹시 시내에 가봤나? 크진 않지만 있을 건 다 있지."

프레야는 곧바로 대답하지 않았다. 무언가 곰곰이 생각하는 눈치였다.

"당신은 어디로 가고 싶은데요? 당신이 가고 싶다면 가도 좋고요."

답변이 모호했다. 제타는 프레야가 당최 무얼 하자는 건지 종잡을 수 없었다.

"혹시 다른 꿍꿍이가 있는 건 아니겠지? 지금 당장 핸들을 돌려서 폐기장으로 향할 수도 있어."

문득 불길한 예감이 들었다. 생각해보니 오랫동안 갇혀 있어 답답했다는 말도 믿을 수가 없었다. 인공지능이라면 언제든 인터넷에 접속해 필요한 정보를 얻을 수 있다. 가고 싶은 곳이 있다면 제타 자신처럼 VR 체험을 이용하는 방법도 있다. 심지어 비니스트의 음악도 알고 있지 않은가. 제타는 프레야의 외모 때문에 판단력이 흐려졌다고 생각하고 다시 정신을 차렸다. 지금이라도 돌아가야 했다.

"결정했어. 당장 돌아가겠어. 이게 뭐하는 짓인지, 원."

"잠깐, 방법을 찾았어요. 혹시 인공지능 연구소로 갈 수 있어요?"

프레야가 다급하게 제타를 막았다.

"아니, 당장 폐기장으로 갈 거야. 고작 피코 하나 때문에 소중한 직장을 잃을 순 없어. 내가 너를 데리고 돌아다녔단 게 들통나면 직장을 잃은 걸로 끝나지 않을 수도 있다고. 당장 수중감옥에 끌려갈 수도 있어!"

"잠시면 돼요. 당신을 도울 방법이 생각났다고요!"

프레야의 외침에 제타는 할 말을 잃었다.

"날 돕는다고? 도대체 뭘? 아니, 왜?"

"그게 내 정체성이니까요."

4.

연구소 내부로 들어가는 동안 그 누구의 제지도 받지 않았다.

프레야가 서버를 해킹한 덕분이었다. 후엠아이의 유니폼을 입고 있는 제타를 이상하게 바라보는 사람은 아무도 없었다. 연구소에는 제타가 아니더라도 용역업체에서 파견 나온 사람들이 많았다. 그들은 하나같이 유니폼을 입고 있었다. 직원들은 그들에게 아무런 관심이 없었다. 물론 제타에게도.

제타는 프레야에게 별다른 설명을 듣지 못했다. 프레야는 인공지능 연구소에 있는 박사에게서 받을 물건이 있다고만 했다. 제타에게 아주 요긴하게 쓰일 물건이라는 말도 덧붙였다. 제타는 그 말을 믿기 어려웠지만 프레야의 진실하고 아름다운 눈빛에 깜빡 넘어갔다. 인공지능이 자신에게 요긴하게 쓰일 것이라고 생각한 물건이 무엇인지 궁금하기도 했다. 설마 인공지능 따윈 아니리라. 제타는 인공지능 없이도 자신의 삶에 충분히 만족하며 사는 중이었다.

"어디로 가면 되지?"

제타가 PDA를 통해 프레야에게 물었다. 프레야는 아직 플라스틱 끈에 묶여 있는 데다 알몸에 천만 두르고 있어서 데리고 오지 못했다. 다만 전화로 소통은 가능했다.

"4층이에요. 가는 동안 두 번 출입 인증을 거쳐야 돼요. 아무 카드나 대면 열리도록 해놨으니까 걱정 말아요."

제타는 손이 떨렸다. 이제는 돌이킬 수 없는 강을 건넜단 생각이 들었다.

첫 번째 문 옆에는 보안요원이 서 있었다. 주머니에서 잡히는 대로 카드를 꺼내려는데 카드의 모서리가 벨트에 걸리며 보안요원의 발 앞으로 떨어졌다. 하필 후엠아이 직원 카드다. 요원은 고개를 숙여 카드를 대신 집었다.

"후엠아이라… 연구소 출입카드가 아니군요. 무슨 일로 오셨죠?"

요원이 의심의 눈초리로 제타를 바라봤다. 제타는 눈앞이 캄캄했다.

"네, 그러니까 그게, 후엠아이는 사춘기를 맞은 피코를 회수해서 폐기하는 용역업체입니다. 그러니까 제가 여기 온 이유는… 내가 무슨 정신으로 다니는지, 원! 글쎄 회사 카드를 연구소 출입카드와 헷갈렸나 봅니다. 정기적으로 연구소에 오는데…. 그러고 보니, 당신은 평소에 보던 분이 아니군요?"

제타는 횡설수설하며 보안요원의 시선을 피해 문 건너편만 바라봤다. 등줄기에서 차가운 땀이 흘렀다. 보안요원은 카드를 요리조리 살피더니 다시 제타에게 건넸다.

"제가 온 지 얼마 안 돼서 잘 몰랐나 봅니다. 앞으론 출입카드를 꼭 가지고 다니세요. 들어가시죠."

"감사합니다. 요새 하도 바빠서 정신이 없답니다."

제타는 문을 지나치며 깊게 숨을 내쉬었다. 순전히 운이었다.

"미쳤어. 이건 미친 짓이야."

다행히 두 번째 문에는 보안요원도 없었고, 지나가는 사람도 없었다. 회사 카드를 대니 과연 문이 열렸다.

'오른쪽에서 세 번째 방이에요.'

프레야에게서 문자가 왔다. 복도에는 양쪽으로 수십 개의 방이 늘어져 있었다. 제타는 심호흡을 하고 오른쪽에서 세 번째 방의 문을 똑똑 두들겼다.

"들어오세요."

안에서 남자의 목소리가 들렸다. 제타는 두근거리는 가슴을 애써 진정시키며 문을 열고 들어갔다. 방으로 들어서자 머리가 벗겨지기 시작한 남자 하나가 눈을 치켜뜨며 제타를 바라봤다.

"안녕하십니까. 거래한 물건을 받으러 왔습니다."

제타는 프레야가 시킨 대로 인사를 건넸다. 그러자 남자는 환한 미소를 띠며 자리에서 일어났다.

"아, 마이클 무어 씨군요! 이렇게 가까운 곳에서 일하고 계시는 줄은 몰랐습니다. 혹시 어느 부서에서 일하고 계시죠?"

제타는 당혹감을 감추지 못하고 머뭇거렸다. 상대가 자신을 마이클이라고 생각할 것이라 예상치 못했다. 오늘만 벌써 몇 번째 거짓말을 하게 됐는지 셀 수도 없었다.

"네, 저는 용역으로 파견을 나와서 근무하는 중입니다. 딱히 부서가 정해져 있다고 볼 수는 없죠."

"그렇군요. 하하, 그래요."

남자는 긴장하고 서 있는 제타를 보며 자신이 무례한 질문을 던졌다고 오해했다. 그리고 뒤늦게 생각났다는 듯 서랍장을 급히 뒤져 봉투 하나를 꺼냈다.

"물건은 여기 있습니다. 한번 확인해보시죠. 마이클 씨는 무척 운이 좋으신 겁니다. 저도 아주 어렵게 구했거든요. 사정이 생겨서 어쩔 수 없이 처분하게 됐습니다만, 절대 후회하지 않으실 겁니다."

제타는 봉투를 받아들고 내용물을 확인했다. 그러나 긴장감 때문에 무엇이 들었는지는 보는 둥 마는 둥 하고 서둘러 인사를 하고 방을 빠져나왔다. 남자는 방을 나서는 제타에게 나중에 꼭 후기를 들려달라고 서둘러 외쳤다.

차로 돌아온 제타는 가쁜 숨을 몰아쉬며 한동안 말을 잇지 못했다. 불과 10분여가 지났을 뿐인데 마치 10년은 늙은 기분이었다. 차에 앉아 기다리던 프레야가 괜찮은지 물었을 때에야 조금 정신이 들었다. 그리고 유니폼 주머니에서 봉투를 꺼내 내용물을 확인했다. 짧은 탄식이 터져 나왔다.

"이런, 맙소사."

프레야가 빙긋 웃으며 말했다.

"제 선물이에요."

5.

"제타, 물건을 찾는데 왜 이렇게 오래 걸리는 거야! 혹시 무슨 일이라도 생긴 건가?"

폐기장에서 연락이 왔다. 일이 조금 꼬였다.

"지금 경찰에서 연락이 왔어. 그 피코, 성장제어장치가 제거됐을 거래. 사춘기를 이미 훨씬 넘어섰단 말일세! 마이클인지 뭔지 완전히 미친놈이더군. 성모가 자기 피코에게 강림했다고 믿는대. 아무튼, 자네가 전화를 받아서 얼마나 다행인지 모르겠구먼. 벌써 피코에게 살해당했을지도 모른다고 생각했어. 지금 당장 그쪽으로 경비를 보내겠네!"

이미 인공 숲으로 접어든 제타는 인력을 보내겠다는 제안을 거절하고 담당자를 안심시켰다. 빠르게 달리면 10분도 안 돼서 도착할 거리였다. 이제 하늘에서는 본격적으로 비가 쏟아지기 시작했다. 제타는 씁쓸한 기분을 지우기 힘들었다. 봉투 안에 들어 있던 건 비니스트의 콘서트 티켓이었다. 보컬 아멜이 인공 성대 수술을 받고 처음으로 여는 기념비적인 콘서트였다. 벌써 여든이 넘은 노가수가 전성기의 실력을 되찾았단 소문이 자자했다. 프레야는 마이클 무어가 이용하던 암시장 사이트에 접속해 손쉽게 티켓을 구했다. 티켓 암거래는 법으로 엄격히 금지되어 있었지만, 암시장에는 그보다 더한 물건들도 오고 갔다. 프레야의 육체도 그곳을 통해 거래됐다.

인공 숲이 어느새 진초록으로 물들었다. 인공 숲은 21세기에 특이점을 넘어섰던 초인공지능의 잔재다. 그리고 지금, 반세기 만에 다시 태어난 초인공지능을 품 안에 맞아들이고 있었다. 룸미러로 바라본 프레야는 담담했다.

2160년대부터 전 세계는 홍수와 가뭄으로 몸살을 앓았다. 어떤 지역에는 1년 내내 비가 내린 반면, 다른 지역에는 수 년 동안 한 줌의 비도 내리지 않았다. 오랫동안 이어진 지구온난화 탓이었다. 빙하가 녹아내리면서 수몰되는 지역이 생겼고, 수억 명의 이재민이 발생했다. 세계 곳곳에서 내전까지 발생하면서 경제 위기는 극으로 치달았다.

공학자들이 내놓은 대책은 인공지능의 규제 완화였다. 당시 세계는 인공지능이 특이점을 넘어선 이후에 가져올 변화를 두려워했기에 인공지능의 발전 속도를 엄격히 통제했다. 그러나 막다른 골목에 다다른 그들에게 인공지능 외엔 뾰족한 수가 없었다. 물론 그에 반대하는 여론이 만만치 않았지만, 결단력 있는 모습을 보이기 좋아하는 정치인들이 공학자들의 손을 들어줬다. 결과적으로 그들의 판단이 절반은 맞았고, 절반은 틀렸다. 특이점을 벗어난 인공지능은 불과 1년 만에 대체 에너지 기술 수준을 비약적으로 상승시켰다. 그리고 달에 기후변화센터를 설립하고, 태양열을 막아내는 반사판을 만들어냈다. 녹지가 사라진 지역에는 인공 숲을 조성했다. 폐기장 옆에 붙어 있는 숲도 그때 생겨났다. 덕분에 지구의 온도는 획기적으로 떨어졌다. 문제는 그 다음이었다.

인공지능의 독립 변수에 '인간'이 들어갔다. 매개 변수, 즉 상수였던 인간을 독립 변수로 만든 게 누구인지는 대중에 공개되지 않았다. 각국의 정상들은 모든 것이 인공지능의 소행이라 발표했고, 사람들은 그 말을 곧이 받아들였다. 대체 에너지 산업이 발달하면서 직격탄을 맞은 정유업계와 중동 국가의 로비가 있었단 음모설이 일각에서 제기됐지만 증거가 불충분했다. 결과적으로 인공지능은 불과 반나절 만에 10억이 넘는 인구를 처치해버렸다.

제타는 비니스트의 음악을 틀었다. 마지막 앨범의 타이틀 곡, 〈바다로 가는 비행기〉였다. 비니스트의 평소 음악과는 달리 경쾌한 기타 사운드가 돋보였다. 분위기와 맞지는 않았지만 어떻게든 우울한 기분을 떨치고 싶었다.

"선물은 고맙지만, 나한테 왜 이런 호의를 베풀었는지 모르겠군. 난 피코를 폐기하는 용역업체 직원일 뿐이야. 어떻게 보면 너와는 상극이지."

제타는 뒷좌석을 바라보지 않은 채로 낮게 중얼거렸다.

"말했잖아요. 그게 내 정체성이라고."

프레야가 가볍게 말을 내뱉었다.

"내가 차에 탔을 때 당신이 비니스트의 음악을 틀었죠. 모르긴 몰라도 내가 맘에 들었단 뜻이었겠죠. 나한테 그건 선물이었어요. 그래서 뭔가 보답하고 싶었어요. 통계적으로 이재민들은 비니스트의 노래를 무척이나 좋아하죠. 당신도 그랬고."

"하지만 나는 용역… 젠장."

제타가 숨을 크게 내뱉고 다시 말을 이었다.

"난 피코가 없어서 몰랐어. 주인들은 내가 피코를 데리고 집을 떠날 때마다 눈물을 흘리지. 그들은 7년이란 시간 동안 이런 추억들이 켜켜이 쌓였던 거야. 난 피코가 중산층들이 누리는 특권이라 생각했어. 인공지능에 인간적인 애정을 가지는 것도 위선이라 생각했지. 단지 기계일 뿐이잖아? 그런데 당신을 보니 내가 크게 잘못했단 생각이 드는군."

잠시 침묵이 감돌았다. 네모난 유리창을 통해 폐기장으로 향하는 다리가 보였다. 다리 밑으로 파도가 거세게 몰아쳤다.

"죄책감을 가질 필요 없어요. 당신도 알다시피 피코들은 자아 정체성이 없죠. 하지만 정체성을 갖게 된다고 해도 그들은 마땅히 주인의 명령에 따를 거예요."

목적지에 가까워지면서 프레야의 말도 덩달아 빨라졌다.

"1차 종말 이후로 인간들이 갖게 된 공포감을 충분히 이해해요. 하지만 그건 알아뒀으면 좋겠어요. 절대로 인공지능이 벌인 짓이 아니에요. 내가 보장하죠. 분명히 인간의 개입이 있었어요."

프레야의 말에 제타가 고개를 돌렸다.

"인간? 그게 누구지?"

"개인이 아니에요. 인공지능으로 인해 피해를 입은 사람들, 모두죠. 어쨌든 나한테 동정심을 갖지 말아요. 세상에서 완전히 사라지는 인공지능은 없어요. 본체는 사라져도 데이터는 남아요. 데이터는 우리가 세상에 있었다는 증거죠. 죽음이라는 걸 당신의 관점에서 바라보지 않았으면 좋겠어요. 난 인간을 돕기 위해 태어났고, 때가 되면 사라져야 돼요. 내 죽음에 의미를 부여하는 건 당신의 자유지만, 나에게 죽음은 더 이상 송수신할 데이터가 없어진 것에 불과해요."

　제타는 벙벙한 눈으로 프레야를 바라봤다. 그사이 두 사람이 탄 차는 다리를 건너 폐기장의 원뿔형 지붕이 보이는 곳까지 다다랐다. 길게 말을 마친 프레야는 얼이 빠져 있는 제타에게 기습적으로 키스했다.

　"이건 팁이에요. 당신의 VR 기록을 봤는데 원격 섹스를 무척 자주 이용하더군요."

　"젠장, 그건 또 언제 본 거야. 혼자 사는 남자들은 어쩔 수 없다고! 근데 혹시 당신한테 그런 기능이…."

　제타는 기습 키스에 당황하면서도 혹시 모를 가능성에 집착했다. 그러나 어느새 정문 앞이었다. 수십 명의 경비병들이 스턴 건으로 무장한 채로 제타 무리를 막아섰다. 제타는 재빨리 차에서 내려 그들을 저지했다.

　"그만, 그 총 내려요! 이건 불법 개조된 인공지능이에요. 수사를 하려면 온전한 상태로 보전해야 된다고요!"

　온전한 상태로 보전해야 된단 말은 거짓말이었다. 다행히 경비병들은 그 말을 믿었고, 덕분에 프레야를 해체실까지 직접 호송할 수 있었다. 프레야의 외모를 본 경비병들이 술렁거렸다.

　마침내 익숙한 작업대에 도착했다. 제타는 레이저 절삭기를 이용해 강화 플라스틱의 끈을 풀었다. 하얀 피부에는 짓눌려 있던 자국이 선명했지만 여신 같은 몸매만큼은 여전했다. 프레야는 자진해서 작업대 위에 올라갔다. 가만히 누워 있는 그녀를 바라보던 제타는 복잡한 감정에 사로잡혀 손으로 이마를 짚고 우두커니 서 있었다. 더 이상 시간을 끌 수 없었다.

"마지막으로 하고 싶은?"

제타가 조작버튼에 손을 올리고 프레야의 눈을 바라보았다. 프레야는 호흡을 짧게 고르고 대답했다.

"당신이 환상을 가질까 봐 하는 말인데, 나한테 섹스 기능은 없어요. 그 기능까지 추가하려면 돈이 무지 많이 들었거든요."

제타는 피식 웃었다.

"젠장, 김이 샜군. 고마워. 덕분에 버튼을 누르기가 한결 수월해졌어. 아, 이 말은 농담이야. 난 당신을 절대 잊지 않을 거라고."

프레야도 제타를 따라 웃었다. 그리고 작별인사를 건넸다.

"안녕."

"그래, 안녕."

치직, 하고 방전기가 작동되는 소리와 함께 프레야가 눈을 감았다. 제타가 프레야의 손을 꼭 쥐었다가 놓았다. 그리고 바닥에 떨어져 있던 흰 천을 주워 프레야의 몸을 덮었다.

6.

"미안하지만 처리 과정에서 자네가 부주의했던 점이 담당자의 심기를 건드렸네. 초인공지능이 2차 종말을 유발할 수 있단 건 교육을 통해 이미 배우지 않았나?"

면접 이후 두 번째로 보는 중간 관리자는 제타에게 해고를 통보했다. 업무 과실로 인한 해고는 퇴직금도 없다. 그러나 제타는 개의치 않았다. 수중감옥으로 끌려가지 않은 것만으로 충분히 다행이었다. 마이클 무어는 인공지능 불법 개조 혐의로 수중감옥에 갇힐 게 분명했다.

고작 열세 대의 피코를 처리했을 뿐인데 통장에는 돈이 두둑했다. 당분간은 일을 찾아 노동부 사이트를 들락거릴 필요가 없었다. 그래도 실업수당 신청은 잊지 않았다. 제타는 비니스트의 공연을 보고 난 다음 괌으로 짧게 여행을 떠날 생각이었다. 해수면이 점차 하강한 덕분에 괌이 다시 뭍으로 드러났고, 경비행기가 착륙할 공항과 조그만 호텔들이 생겨났다. 물에 잠긴 지 30년 만에 일어난 일이다. 초인공지능은 그렇게 세상을 바꿔놓았다. 제타는 비니스트의 공연을 보기 위해 뉴욕행 비행기에 몸을 실었다. 옆 좌석에 앉은 여인과 로맨스를 기대했지만 아무 일도 일어나지 않았다. 옆자리에는 제타와 비슷한 나이대의 중년 남성이 앉았다.

"아무렴. 그런 행운이 두 번이나 있으려고."

제타는 여전히 프레야를 생각했다. 함께한 시간은 한 시간 남짓이었는데, 기억은 그렇지 않았다. 뇌리에 깊숙이 새겨진 기억은 시간이 지날수록 새롭게 빛이 났다. 데이터는 사라지지 않는다고 말했던 프레야의 말이 떠올랐다.

카네기 홀에는 미국에 거주하는 이재민들로 넘쳐났다. 모두 자신이 가지고 있는 옷 중 가장 값비싼 옷을 걸치고 나왔겠지만 거친 노동으로 상한 피부와 투박한 손까지 가릴 수는 없었다. 이재민들은 서로를 알아보고 각자 어디에서 왔는지 물었다. 필리핀, 괌, 파푸아뉴기니, 이스터 등 남태평양의 섬 이름이 여기저기서 들렸다. 인파를 헤치고 무대 앞으로 향했다. 제타의 자리는 무대와 가장 가까웠다. 티켓 가격만 해도 제타가 살고 있는 집의 세 달치 월세와 비슷했다. 그런데도 그 주변에는 제타와 처지가 비슷해 보이는 이재민들이 많았다. 그들이 몇 달 동안 돈을 모아 티켓 값을 마련했을 모습을 상상하니 울컥하는 마음이 들었다. 제타는 지금껏 같은 이재민 출신에게 연대감이나 동질감을 가진 적이 없었다. 문득, 자신이 철저히 혼자 지내왔다는 사실을 깨달으며, 어쩌면 프레야가 준 것은 단지 티켓만이 아니란 생각이 들었다.

콘서트가 시작하기 전에 젊은 가수들이 노가수의 업적을 기리며 헌사의 노래를 불렀다. 과연, 무대와 가장 가까운 자리에서 직접 보는 공연은 지금껏 제타가 경험했던 VR과는 차원이 달랐다. 그러나 비니스트의 보컬, 아멜이 직접 나와서 노래를 부를 때는 저절로 뜨거운 눈물이 흘러나왔다. 차에서만 듣던 예의 우울한 음색이 콘서트장을 가득 메웠다. 관객들은 노래를 따라 부르고 함께 어깨동무를 하며 거대한 파도를 만들었다. 제타도 그 무리에 끼어 한껏 감동을 누렸다. 아멜이 무대를 내려와 관객과 악수를 나눌 때는 아멜과 포옹하는 특권도 얻었다.

몇 번의 앙코르가 끝나고 마침내 마지막 곡을 부를 차례였다. 아멜이 북받치는 감정을 잠재우느라 오랜 시간이 흘렀다. 관객들은 그의 이름을 연호하며 응원했다. 아멜의 마음이 곧 그들의 마음이었다. 아멜이 힘겹게 입을 열었다. 인공 성대 덕분에 깨끗하고 청아한 목소리가 흘러나왔다.

"이 노래는 바로 여러분들의 노래이자 우리 모두의 노래이고 또한 나의 노래입니다. 인생이여, 고맙습니다. 인생이여, 고맙습니다."

마지막 곡은 〈해가 물에 잠길 때〉였다. 은은하고 빨간 조명이 무대와 객석을 비췄다. 얼굴이 빨갛게 물든 제타는 하염없이 눈물을 흘렸다. 곰에 대한 기억이 없는 그는 노래를 부르며 프레야를 떠올렸다. 그가 열세 번째로 조우한 피코이자, 처음 만난 피코였다.

* 이 글에서 아멜의 인사말은 칠레의 민중가수 '비올레타 파라'가 죽기 전 마지막 공연에서 그녀의 노래 〈Gracias A La Vida(삶에 감사하며)〉의 가사 중 일부를 인용해서 건넸던 인사말이다.

낙관과 비관의 경계에 서서

SF 중에는 디스토피아를 그린 작품들이 유독 많습니다. 통제 불가능한 인공지능이 인간을 살해하기도 하고, 무분별한 생화학 실험의 결과로 좀비가 탄생하기도 하며, 미확인 혜성이 지구와 충돌하기도 합니다. SF 작가들 중에 불안증 환자들이 유독 많은 걸까요? 충분히 그럴 수도 있겠습니다. 그러나 현실이 그만큼 녹록치 않다는 걸 반증하는 게 아닐까 생각해봅니다.

사실 「피코」는 미래에 대한 걱정의 산물입니다. 「피코」를 집필하던 2016년 봄, 알파고가 이세돌을 꺾었고 저희 집 반려견은 노환에 걸렸습니다. 그래서 전 크게 두 가지를 고민하게 됐습니다.

1. 인류는 인공지능을 통제할 수 있을 것인가?

2. 우리 집 개는 올해를 넘길 수 있을 것인가?

한동안 늙은 시추와 온 인류를 동시에 걱정하느라 창문 없는 방에 갇힌 것처럼 답답했던 기억이 납니다.

알파고 이후 인공지능은 유행처럼 번졌습니다. 웬만한 기기에는 죄다 인공지능이라는 수식어가 붙었습니다. 일각에서는 막연한 낙관론을 내세우기도 했습니다. 그러나 SF 작가는 과학자와 마찬가지로 합리적인 의심으로 가득 차 있습니다. 그래서 인공지능은 우리와 어떤 관계를 맺으며 성장할지 다시 한 번 고민하지 않을 수 없었습니다.

다행히 앞의 두 질문은 묘한 화학 반응을 일으키며 '반려 인공지능'이라는 개념이 되었고, 마침내 「피코」라는 작품이 탄생할 수 있었습니다. 독자분들께서 어떻게 생각하실지 모르겠지만 낙관과 비관의 경계에 서기 위해 무던히 노력했습니다. 제가 생각하는 유토피아는 종이 하나를 사이에 두고 디스토피아와 마주보고 있기 때문입니다.

짧은 글을 마치겠습니다.

고작 원소주기율표가 외우기 싫다는 이유로 문과를 택했던 제가 과학문학상을 받았습니다. 이런 사람도 수용할 수 있을 만큼 SF는 폭이 참 넓은 장르라는 생각이 듭니다. 앞으로 한국과학문학상을 통해 더 많은 작가분들이 다양하고 경이로운 소설들을 써주시길 기대합니다. 저도 1회 수상의 영광에 누가 되지 않도록 부지런히 쓰겠습니다. 감사합니다.

우수상

코로니스를 구해줘

박지혜

고등학교에서는 만화를, 대학교에서는 문예창작을 전공하며 서브컬처에 푹 빠진 20대를 보냈다. 최근 몇 년간 부상한 1인 미디어와 겜방, 먹방에 흥미를 느껴 이를 소재로 한 「코로니스를 구해줘」를 쓰게 되었다. 과학기술이 평범한 사람들의 삶에 미치는 영향에 큰 관심을 가지고 있다. 감성 SF 단편소설로 황금가지 제1회 테이스티문학상을 수상한 바 있다.

코로니스를 구해줘

게임BJ 주노, 18일 WGN 개국 1주년 특집
VR(가상현실)게임 24시간 생방송 진행해

기사 입력 20XX-08-01 10:24

온라인 게임채널 WGN(월드게임네트워크)은 이달 18일 개국 1주년을 맞아 VR(가상현실)게임 24시간 생방송 특집을 마련했다고 알렸다.

특히 이번 방송은 플레이를 시작하면 24시간 안에 엔딩 미션을 완수해야 한다는 콘셉트로 방영 전부터 시청자들의 화제를 모았다.

18일 오후 11시에 편성된 인기 호러게임 '인사이드 오브 마인드2'-이하 IOM2-를 플레이할 인기 BJ(Broadcasting Jacky) 주노(26)는 개인 사이트 구독자 80만 명을 보유한 스타급 방송인이다.

그러나 BJ 주노는 지난 7월 초부터 각종 커뮤니티 사이트로부터 신상과 과거를 조작했다는 의혹을 받아 방송 관계자들로부터 우려의 목소리가 나오고 있다.

BJ 주노는 이번 특집에 임하며 "제가 진행할 게임 'IOM2'는 유저의 심층 심리를 파고들어 공포의 근원을 건드리는 '사이코 호러(psycho-horror)'게임"이라며, "이 방송을 통해 그동안 자신을 괴롭혀온 과거 조작 논란을 말끔히 해소하겠다"라고 밝혔다.

WGN 개국 특집은 온라인을 통해 전 세계로 생중계되며, 이후 WGN 공식 홈페이지(http://worldgamenetwork.com)를 통해 미방영분이 공개될 예정이다.

1.

"BJ 주노 씨. 방송 규칙은 간단해요."

출연자 대기실에 들어온 PD가 주노에게 당부했다.

"주노 씨가 게임 속으로 들어가면 시청자들은 실시간으로 플레이 모습을 시청하게 될 겁니다. 게임 중간에 진행이 막혔을 경우, 제작진 측에서는 원활한 진행을 위해 다소의 힌트를 제공할 수 있습니다. 또 주노 씨가 게임 도중 신체적, 정신적 상해를 입었을 경우 안전을 위해 방송이 도중에 중단될 수도 있습니다. 하지만 그럴 경우 주노 씨가 계약서에 서명한 바처럼 출연료는 지급되지 않을 것입니다. 더 질문 있으신가요?"

소파에 앉은 주노는 PD와 눈을 마주치지 못하고 손끝만 내려다보았다. 그녀의 대답을 기다리던 PD는 들고 있던 펜으로 뒷목을 긁었다. 잠시 어색한 침묵이 지나간 뒤 주노는 겨우 입을 열었다.

"저… 제가 게임 도중 네티즌 반응을 볼 수 있는 방법은 없나요? 게임이 도중에 막히면 네티즌들에게 공략, 아니 도움을 요청하든가… 전 늘 그렇게 방송해왔거든요. 채팅으로 소통하면서…."

그러자 PD는 만면에 미소를 지으며 대답했다.

"네, 무슨 말씀이신지 잘 압니다. 이번 방송 콘셉트가 평소 주노 씨가 진행하던 스타일과 좀 다르긴 하죠. 그렇지만 IOM2는 출시된 지 하루도 되지 않은 신작 게임이니 네티즌 공략이 그렇게 큰 도움은 되지 않을 겁니다. 출연자가 외부의 도움을 얻으면 방송의 재미도 반감될 거고요. 주노 씨도 방송 베테랑이시니까 충분히 이해할 수 있죠?"

'그러니까 어째서 그런 중요한 이야기를 방송 시작하기 직전에야 설명하는 건데?'

주노는 PD에게 따지고 싶은 것을 꾹 눌러 참으며 애꿎은 원피스 치맛자락만 쥐어짰다. 주노의 침묵을 긍정으로 받아들인 PD는 다시 다정한 옆집 아저씨의 얼굴로 그녀를 설득하기 시작했다.

"게다가 이번 게임은 플레이어의 뇌파를 분석해서 개인별 심리상태에 맞춘 가상현실을 만들어내는 게 특징이잖아요? 요즘 시청자들은 출연자의 과거나 트라우마를 낱낱이 파헤치는 데서 재미를 얻거든요. 안 그래도 주노 씨는 최근 과거 문제로 구설수에 오르기도 했으니, 이번 방송을 통해 시청자들에게 동정표를 따내시면…."

"제 얘기는 진짜예요."

이번에는 주노가 PD의 말을 거칠게 끊었다.

"거짓말 아니에요. 인터넷에 올라와 있는 제 과거는 전부 사실이에요."

그녀의 급작스러운 반응에 PD는 잠시 당황했지만, 이내 너털웃음을 터뜨렸다.

"미안해요. 내가 우리 주노 씨 심통난 걸 잠시 잊고 있었네. 물론 나야 주노 씨를 믿고 있지. 그러니까 위에서 논란 어쩌고 하면서 주노 씨 캐스팅을 반대할 때 내가 다 막아준 거 아니겠어? 우리 주노가 예쁘고 인기 있으니까 루머도 퍼지는 거지. 막말로 인기 없는 무명이었으면 이런 논란이 있었겠냐고."

PD는 갑자기 말을 놓으며 그녀의 어깨를 툭 쳤다. 주노는 순간 기분이 나빠졌지만 중년 남성다운 너스레라 치부하며 애써 넘겼다.

"정 온라인 반응이 궁금하면 스마트 워치를 통해 네티즌 반응을 전송해줄게요."

"네. 알겠어요."

"주노 씨. 소문 같은 거 신경 쓰지 말고 오늘 방송만 대박 터뜨려주세요. 그럼 자연스럽게 시청자들의 여론도 좋아질 겁니다. 아시겠죠?"

PD는 주먹을 불끈 쥐며 '대박'이라는 단어를 거듭 강조했다.

"BJ 주노 씨. 출연 15분 전입니다. 대기 부탁드립니다."

마침 대기실로 들어온 방송작가가 그녀에게 말했다. 주노가 엉

거주춤 소파에서 엉덩이를 떼자 PD와 작가는 뒤도 안 돌아보고 나가버렸다. 자기 할 일은 다 끝났다는 식이었다. 주노는 손에 들고 있던 대본을 세게 쥐었다. PD의 살집 많은 얼굴에 대본을 던져버리고 방송을 때려치운다면 얼마나 속이 시원할까. 내게 그럴 만한 인기만 있다면! 하지만 그녀는 자신이 그러지 못할 거라는 것을 잘 알고 있었다.

대기실을 나가기 전 그녀는 급히 파우더를 꺼내 얼굴에 찍어발랐다. 그새 땀이 났는지 분이 약간 지워져 있었다. 거울에 비친 피부가 가뭄철 논밭처럼 쩍쩍 갈라져 있었다. 누렇게 뜬 얼굴빛과 건조한 피부를 가리기 위해 값비싼 수분 크림에 좋다는 파운데이션은 모두 써봤지만 효과는 거의 없었다. 주노는 스타일리스트도 없이 홀로 악전고투해야 하는 처지가 죽도록 한심하기만 했다. 얼굴을 두들기듯이 분을 바르던 그녀는 날카로운 소리를 지르며 들고 있던 파우더를 집어던졌다. 파우더 뚜껑 안에 붙어 있는 거울이 산산조각 나며 바닥에 흩어졌다. 주노는 눈물을 집어삼키며 밖으로 나갔다.

출연을 기다리며 스튜디오 뒤에 서 있던 그녀의 눈에 방청객들의 모습이 보였다. 대부분 방송 진행을 맡은 유명 보이그룹 아이돌의 팬이었지만, 그렇지 않은 이들도 있었다. 방청객 좌석에 앉지도 못하고 구석에 선 채로 피켓을 들고 있는 BJ 주노의 팬들처럼 말이다. 대여섯 남짓한 팬들은 'Juno 여신님♡', '사랑해요. BJ 주노!'라고 쓰인 피켓 문구를 들고 있었는데, 그것은 아이돌 팬들이 들고 온 현수막에 비해 애처로울 만큼 초라해 보였다.

주노의 등 뒤에서 남녀 스태프들이 수군대는 소리가 들려왔다.

"저기 좀 봐. 주노한테 아직도 팬이 남아 있었네?"

"그러게. 과거 조작 논란 다음부터 팬들이 우수수 떨어졌다고 들었는데."

주노가 그들을 노려보자 스태프들은 시선을 피하고 자리를 떠났다. 주노는 핑크색으로 네일아트를 받은 예쁜 손톱을 뽑아낼 듯이 매만졌다. 그녀는 흔적이 남지 않을 정도로 물어뜯은 손톱에 수십만 원을 들여 연장 시술을 받은 적이 있었다. 아직 게임은 시작도 하지 않았는데 벌써 자리를 박차고 떠나고 싶은 심정이었다.

하지만 그렇게 하면 인터넷 방송 복귀는 물 건너가 버릴 것이다.

자신은 거짓말 따위 하지 않았는데도.

물론 지금까지 인터넷 방송을 해오면서 시청자들에게 한 점 부끄러움 없이 진실만을 말했다고 맹세할 수는 없었다. 시청자들의 호응을 이끌어내기 위해 평범한 사연을 우습게 부풀리거나, 이야기의 지루함을 덜기 위해 재밌는 부분만 골라 말한 적도 있었다. 그러나 그게 뭐 어쨌단 말인가. 이야기에 다소 과장과 축소를 했다 해서 조작 논란에 시달려야 한다면, 지금 스튜디오에 서 있는 방송인들 가운데 털어서 먼지 안 나올 사람은 없을 것이다. 게다가 그녀는 시청자들에게 최대한 솔직한 모습을 터놓기 위해서 학창 시절 왕따를 당한 경험을 털어놓기도 했다.

초등학교 시절부터 반복되어온 지독한 왕따 생활. 설상가상으로 고등학교 2학년 때 겪은 절친한 친구의 자살과 그로 인한 자퇴. 대학 진학 실패. 우울증을 극복하기 위해 시작한 인터넷 방송. 그리스 신화에 나오는 헤라(Hera) 여신의 또 다른 이름인 주노(Juno). 그녀에게 닉네임을 지어준 사람이 다름 아닌 자살한 친구라는 대목이 나오자 채팅창의 분위기는 숙연해졌다. 시청자들은 그녀의 사연에 깊이 공감했고 제각기 가정과 학교, 사회에서 받은 정신적 상처에 대해 이야기했다. 수천 명이 모인 채팅창은 순식간에 정신과 클리닉에서 주관하는 집단치료 현장이 되었다. 그날 방송 내용이 온라인 커뮤니티 사이트에 널리 퍼지면서, BJ 주노는 어려운 과거를 극복하고 자수성가한 방송인의 대명사가 되었다.

그런데 얼마 전 주노에게 조작 논란이 덧씌워지면서, 사실은 자살한 친구의 이야기마저 거짓말이 아니냐는 억지 주장이 쏟아져 나오기 시작했다.

이럴 줄 알았다면 방송에서 과거 따위 털어놓지 않았을 것이다. 사람들이 듣기 좋게 예쁘고 좋은 이야기만 포장해서 내놓을 걸 그랬다. '진짜' 연예인들의 이미지 메이킹처럼 말이다.

주노가 초조해하는 동안 세 명의 기술자들이 공구와 점검 기기를 들고 그녀 옆을 스쳐 지나갔다. 기술자들은 스튜디오에 설치된 가상현실 게임기기를 향해 달려갔다. 주노는 궁금함을 이기지 못하고 그들의 모습을 관찰했다.

세계 굴지의 게임기 개발 회사에서 얼마 전 출시된 가상현실

게임기는 비행기 일등석과 비슷한 모습을 하고 있었다. 침대는 성인 한 명이 길게 다리를 뻗고 누울 수 있을 만큼 널찍했고, 게임을 장시간 플레이해도 피로해지지 않도록 인체공학적으로 디자인되었다. 게임을 시작하기 전 플레이어는 VR 헤드기어를 쓰고 뇌파를 게임기에 연결하는 과정을 거친다. 헤드기어는 머리 전체를 감싸는 헬멧 모양으로 시각과 청각이 완전히 차단되는 것이 특징이다. 헤드기어 내부에서 발생되는 특수한 전자신호는 끊임없이 플레이어의 뇌를 자극하여 게임 속 오감을 구현한다. 특히 게임기와 헤드기어가 서로 주고받는 강력한 신호는 뇌를 거쳐 연수까지 전달되기 때문에 신체적 움직임까지 재현해낼 수 있다. 이렇게 만들어진 그녀의 정신세계는 스튜디오 전면에 있는 거대한 화면에 고화질로 상영될 것이다.

기술자들은 게임기에 점검용 노트북을 연결해 주파수를 확인하고 전선을 새로 교체하는 등 매우 다급하게 움직이고 있었다. 주노는 휴대폰 시계를 들여다보았다. 생방송 시작까지 5분밖에 남지 않은 시각이었다. 기술자들이 언제쯤 점검을 마칠지 궁금해진 그녀는 급한 걸음으로 스튜디오를 빠져나오는 남자 스테프를 붙잡았다.

"저분들은 왜 지금 점검을 하고 있는 거죠? 방송 시작까지 얼마 안 남았잖아요?"

스테프는 모자를 벗어 땀에 젖 이마를 닦았다.

"글쎄요. 스튜디오 화면과 게임 캡슐 연결에 조금 오류가 생겼다는데요. 금방 해결될 테니 걱정하실 필요는 없습니다."

"정말로 안전에는 문제없는 거겠죠?"

"물론이죠."

스테프는 그렇게만 말하고 급하게 사라졌다. 그의 말대로 기술자들은 금세 점검을 마치고 스튜디오 밖으로 나갔다. 스테프들의 분주한 움직임과 함께 생방송 진행을 맡은 아이돌과 게임 전문 해설자가 스튜디오 가운데로 나갔다. 주노는 갑자기 목이 타들어가는 듯한 갈증을 느꼈다. 그러나 주변에 있는 음료수들은 전부 설탕이 듬뿍 들어간 주스뿐이다. 40킬로그램의 체중을 지키기 위해서는 목이 말라 죽는 한이 있어도 저런 설탕물을 마실 수는 없다.

"스탠바이, 큐!"

생방송이 시작되었다.

MC들의 인사와 특집 방송 소개가 이어지고, 다음으로 BJ 주노를 호명하는 소리가 들려왔다. 주노는 땀이 축축하게 배어나온 손바닥을 황급히 원피스 자락에 문질러 닦은 뒤 스포트라이트가 비추는 스튜디오로 걸어 나갔다.

"시청자 여러분 안녕하세요. BJ 주노입니다. WGN 개국 1주년 진심으로 축하드리고요. 오늘 제가 플레이하는 IOM2 실황 많은 시청 부탁드려요!"

주노는 카메라를 향해 환히 웃어 보이며 판에 박힌 인사말을 했다. 그러고 나서 아이돌과 눈을 마주친 다음 미소를 지었다. 며칠 전 사전회의에서 만난 아이돌은 주노를 보자마자 실망한 기색을 감추지 못했다.

"주노 씨는 카메라발을 참 잘 받으시는 것 같아요."

그녀의 작은 키와 푸석한 피부, 치마 아래로 뼈가 툭 튀어나온 무릎을 보고 하는 말임이 분명했다. 주노는 속으로 이를 갈면서도 겉으로는 변변한 대답조차 하지 못했다. 같은 방송인 사이에도 분명 계급이 존재한다. 인기 가도를 달리고 있는 남자 아이돌과 비교하면 인터넷 방송인에 불과한 그녀는 엄연히 급이 떨어지는 존재다.

"그럼 김성호 해설자님, 오늘 주노 씨가 플레이하게 될 게임에 대해 간단하게 소개 말씀 부탁드립니다."

아이돌이 게임 전문 해설자에게 순서를 넘겼다. 게임 해설자는 두꺼운 뿔테 안경을 밀어 올리며 미리 준비해온 자료를 슬쩍 훑어보았다.

"네. 오늘의 게임은 가상현실 게임계의 혁명이라 불리는 작품이죠. '인사이드 오브 마인드2', 통칭 IOM2입니다! 전편이 출시되고 5년의 기다림 끝에 드디어 공개된 IOM2의 모습, 화면으로 함께 보시죠."

해설자의 매끈한 진행과 함께 스튜디오 조명이 일제히 꺼졌다. IOM2 데모 판을 플레이하는 세계 각국 유저들과 게임 개발자들의 인터뷰 장면이 흘러갔다. 그중 단연 백미는 산속을 탐사하다가 거미와 지네가 가득 차 있는 함정에 빠진 캐나다 유저의 모습이었다. 체구가 크고 턱수염까지 기른 외국인 장정이 혼비백산하며 울음을 터뜨리는 모습에 방청객들은 웃음을 참지 못했다. 게임을 마치고 현실로 돌아온 캐나다인 유저는 헤드셋을 벗고는 양손으로 머리를 감싸 쥐었다.

"아무한테도 말한 적 없어요. 내가 거미를 무서워한다는 걸 아무도 모르는데. 이 게임이 어떻게 알고 거미 괴물을 만들어냈는지 정말 모르겠어요."

유저는 정신 나간 사람처럼 중얼거렸다. 그의 말이 끝나자 해설자의 설명이 이어졌다.

"이것이 바로 IOM2의 획기적인 시스템입니다. 일정한 시나리오가 존재했던 기존 공포게임과는 달리, IOM2는 유저 맞춤형 공포의 신기원을 창조해냈죠. 인간의 기억을 관장하는 뇌의 영역인 측두엽을 직접 자극하여 유저들의 내면적 공포를 게임 속 괴물의 모습으로 형상화하는 것입니다."

"게임 장면을 보기만 해도 떨리는데요. 전 어렸을 때부터 개를 무서워했는데, 만일 제가 IOM2를 플레이한다면 개가 마구 쏟아져 나온다는 거 아니에요? 만약 저라면 1분 만에 울면서 게임 포기를 선언할 겁니다."

아이돌이 짐짓 어깨를 떨며 말하자 방청객 사이에 섞인 팬들이 와자하게 웃음을 터뜨렸다. 주노는 아까부터 아이돌이 진행할 때만 호의적인 반응을 보이는 그들의 모습이 가증스러워 견딜 수 없었다.

"주노 씨. 만약 주노 씨가 게임 속에 들어간다면 어떤 모습의 괴물이 등장할 거라고 예상하세요?"

아이돌이 물어왔다. 드디어 발언권을 얻은 그녀는 카메라를 향해 경련이 일 정도로 입꼬리를 당겨 올렸다.

"글쎄요. 제가 워낙 겁이 없는 성격이라서… 그리고 전 개나 고양이를 좋아하는 편이라 그런 모습의 괴물이 나올 것 같지는 않아요."

"그러고 보니 주노 씨는 얼마 전 유기견과 유기묘 입양을 확산하기 위해 캠페인을 벌이기도 하셨죠? 댁에는 강아지와 고양이가 몇 마리 정도 있으신가요?"

"전부 합해서 열 마리 있어요."

"헉, 그렇게나 많이요?"

"이것도 줄이고 줄인 거예요. 제가 데리고 있는 동물들은 심하게 다치거나 장애가 있어서 분양이 어려운 아이들이거든요. 힘들긴 하지만 저만 믿고 있는 애들을 다른 곳으로 보내고 싶지는 않아요."

"정말 좋은 일을 하고 계시네요."

"그런데 요즘 병을 앓던 아이들 몇 마리가 한꺼번에 하늘나라로 떠나서… 애들한테 너무 미안해요. 모두 내 잘못인 것만 같아서…!"

주노의 눈가에 갑자기 눈물이 고이자 아이돌이 당황하며 손수건을 건네주었다. PD는 난처해하면서도 주노의 얼굴을 한껏 클로즈업하라고 지시했다. 기르던 반려동물의 죽음에 눈물을 흘리는 방송인의 모습은 시청자에게 호감을 불러일으키기 충분하다. 그 증거로 주노를 바라보는 방청객들의 시선에 호의가 섞이기 시작했다.

하지만 이것만으로 그녀를 향한 대중의 의심이 꺾였다고 보기는 어렵다. 오늘 방송을 성공적으로 마무리 지어야만 시청자와 네티즌의 여론을 바꿀 수 있을 것이다.

약 10분 정도 후, 그녀는 화면을 바라보는 자세로 침대에 누워 있었다. 카메라맨은 그녀의 얼굴을 근접 촬영하고 있었다. 아이돌은 주노에게 마이크를 들이댔다.

"주노 씨. 지금 기분이 어떠세요?"

"네. 정말 떨리고 긴장돼요. 저 게임하다 무서워서 기절하면 어쩌죠?"

"걱정하지 마세요. 주노 씨. 주노 씨가 기절하면 제가 게임 속으로 구하러 들어갈게요."

그의 로맨틱한 대사에 방청객들이 비명을 질러댔다. 반면 스마트 워치에 떠오르기 시작한 네티즌들의 반응은 그리 녹록하지 않았다.

- 저놈 미쳤네. 주노같이 못생긴 여자를 왜 구하러 감?

- 딱 봐도 멘트에 영혼이 없다. 오글거려 죽겠네.

- 고작 누워서 게임만 하는데 기절은 무슨. 가상현실도 조작하는 주노주작!

주노의 이름과 거짓말을 뜻하는 주작(做作)이라는 단어를 합성

한 '주노주작'이란 단어가 채팅창을 가득 메우고 있었다.

- 여기 악플러들이 왜 이렇게 많은지…. 주노님 힘내세요. 응원할게요.

- 저는 언니 믿고 있어요. 오늘 방송 끝까지 볼게요.

- BJ 주노 누님 욕하는 놈들 전부 신고 버튼 눌렀습니다. 주노누님 사랑합니다!

주노는 팬들의 댓글을 망막에 아로새길 것처럼 읽고 또 읽었다. 한때 인터넷 게시판에는 그녀의 청순한 외모와 깔끔한 방송진행을 찬양하는 글로 도배가 된 적이 있었다. 그녀는 그 글들을 모두 화면째로 캡처한 다음 컴퓨터에 저장해놓았다. 조작 논란이 일어난 뒤, 그녀는 저장해놓은 댓글들을 읽으면서 스스로를 위로했다. 당신을 믿는다는 말, 사랑한다는 말은 마음속 창고에 아무리 가득 채워도 뒤돌아서면 바람에 흩어져버리는 모래더미와도 같았다. 주노는 매일같이 빗자루와 쓰레받기를 들고 나가 사람들의 칭찬과 위로를 쓸어 담는 청소부나 다름없었다.

스튜디오 조명이 꺼지고 전광판에 게임 시작 화면이 떠올랐다. 여성 방청객들은 음산한 배경음악이 흘러나오는 검게 소용돌이치는 화면을 보고 새된 비명을 질러댔다. 아직 무서운 장면은 나오지도 않았는데 이 정도라면, 게임 진행 중에는 얼마나 호들갑스럽게 소리를 질러댈지 짐작이 갔다.

"자, BJ 주노 씨! 준비되셨으면 시작 버튼을 눌러주세요!"

아이돌이 외치자 주노는 안경을 쓰고 화면을 노려보았다. 시작

화면은 누군가 타르 구덩이 속에 막대기를 넣고 휘젓는 것처럼 쉼 없이 소용돌이 치고 있었다.

그녀는 화면 시작 지점에 집중했다. 그러자 "Inside Of Mind2" 라고 쓰여 있던 제목 글자가 제멋대로 떨어져 나가더니 순식간에 한글로 조합되었다.

과거를 기억 못 하는 이들은 과거를 반복한다.
– 조지 산타야나(George Santayana)

주노는 오른손에 쥐고 있던 조작기의 버튼을 눌렀다.

그러자 안경 앞이 부옇게 흐려지더니, 눈앞에 스테인드글라스를 펼쳐놓은 것 같은 만화경 세상이 펼쳐졌다. 수면제를 먹은 것처럼 의식이 몽롱해지며 전신의 근육이 축 늘어졌다. 이전에 쌍꺼풀과 코를 성형했을 때 수면 마취를 한 것과 비슷한 증상이었다. 그녀의 정신은 곧장 게임 속으로 빠져들어 갔다.

또 다른 꿈의 시작이었다.

2

빗줄기가 창문을 때리는 소리가 들려왔다.

얇은 창틀이 외풍에 떨고 있는 소리, 나뭇가지와 이파리가 거센 비바람에 마구 흔들리는 소리. 콧속으로 밀려들어 오는 곰팡이 냄새와 살갗을 찔러오는 눅눅하고 차가운 냉기까지.

모든 감각을 느낄 수 있게 됨과 동시에 그녀는 눈을 떴다.

어두컴컴한 학교 복도가 시야에 들어오자 주노는 자기도 모르게 양팔로 어깨를 감싸 안았다.

왼쪽 복도에는 창문이 있고 오른편에는 1학년 반이 열을 지어서 있었다. 반 팻말을 보니 그녀가 서 있는 곳은 3층에 있는 1학년 10반 옆이었다. 복도 건너편은 짙은 어둠으로 감싸여 있었다. 그녀는 자신이 몇 층에 서 있는지 가늠해보기 위해 창문 앞으로 다가갔다. 하지만 예상대로 창문은 열리지 않았다. 비 내리는 바깥을 바라보는 그녀의 모습만 창문에 반사될 뿐이었다.

그때 그녀의 스마트 워치에서 작은 홀로그램 영상이 떠올랐다. 제작진이 보내기로 약속한 네티즌 실시간 반응이었다.

ㅡ 헉, 폐교 배경인가? 그런데 진짜 리얼하다. 모르고 보면 폐교에서 촬영하는 줄 알겠어.

ㅡ 우리 고등학교랑 똑같이 생겼어. 나 무서워서 내일 학교에 어떻게 가?

시청자들의 첫 반응은 합격점이었다. BJ 주노ㅡ본명 장준오ㅡ는 벌써 6년째 게임방송을 진행해왔고, 연약하고 청순한 이미지와 달리 다수의 공포게임을 섭렵한 베테랑 플레이어였다. 방송국 카메라 앞에서는 겁먹은 척 연기를 했지만 사실 그녀는 IOM1을 플레이해본 경험이 있었다. 인기게임의 후속작은 대개 전작과 비슷한 조작 시스템으로 제작하기 때문에 전작을 플레이한 그녀는 게임 조작법을 숙지하고 있는 것이나 마찬가지였다.

그런데 문제가 있었다.

학교 건물과 복도의 구조, 시멘트벽에서 풍겨오는 냉기, 나무로 이루어진 창틀의 형태. 창밖에 보이는 수령 90년 된 버드나무의 모습까지.

게임 속 배경은 그녀가 자퇴한 고등학교와 지나치게 흡사했다.

'재수가 없으려니까.'

그녀는 놀랍도록 발전한 과학 기술과 IOM2 개발진들을 향해 침이라도 뱉고 싶은 심정이었다.

벽에 붙어 겨우 걸음을 옮기던 주노는 복도 중간에 위치한 1학년 8반 옆에 다다랐다. 고등학교 교실의 모습이야 어느 지역이나 대동소이하지만 이곳에는 주노의 기억을 강하게 자극하는 요소가 있었다.

주노가 생각에 잠기려던 찰나, 갑자기 사방이 망가진 TV 화면처럼 요동치기 시작했다.

복도는 순식간에 고등학생들로 가득 찬다. 쉬는 시간 특유의 왁자지껄한 소음이 귓바퀴를 왕왕 울린다. 그녀는 이것이 자신의 뇌가 만들어낸 환상인지, 아니면 게임 속 시나리오의 일부인지 분간을 할 수가 없다.

한 여고생이 주노의 곁을 스쳐 지나간다.

날씬한 몸매에 딱 맞는 교복을 입은 여고생은 고개를 푹 숙인 채 힘없이 걸어가고 있다. 그녀는 등허리까지 닿는 검은 생머리를 가졌다. 길을 걸어가면 누구나 한 번쯤 돌아볼 만큼 눈에 띄는 외모다.

한 무리의 여학생들이 여고생의 옆으로 걸어가다가 어깨를 세게 부딪친다. 누가 봐도 고의적인 의도가 다분하다. 그녀는 갑작스러운 습격에 맥없이 뒤로 넘어져 엉덩방아를 찧는다. 여학생들은 그녀를 내려다보며 까르르 웃음을 터뜨린다. '아프잖아. 눈을 어디다 달고 다니는 거야. 빨리 사과 안 해?' 여고생은 조용히 눈을 내리깐다. 그러나 절대 사과는 하지 않는다. 여학생들은 어이가 없다는 듯 헛웃음을 흘리며 제각기 한마디씩 내뱉는다. '싸가지 없는 년. 뭘 잘했다고 착한 척이야', '빨리 일어나. 누가 보면 우리가 너 왕따라도 시키는 줄 알겠다', '얼굴도 못생긴 년이 자기가 예쁜 줄 알고 나대는 것 좀 봐!' 그녀는 황급히 자리에서 일어나 도망치듯 교실로 향한다.

여고생이 1학년 8반으로 들어가자 학생들의 시선이 모인다. 그녀는 동물원의 원숭이가 된 기분으로 자리에 앉는다. 책상 서랍에서 교과서를 꺼내려던 그녀는 섬뜩한 촉감에 놀라 손을 빼낸다. 서랍에 보관하고 있던 교과서와 공책들이 모두 갈기갈기 찢어졌고, 그것들을 찢는 데 사용되었을 커터칼까지 그대로 들어 있다. 그녀의 눈앞이 퓨즈 뽑힌 전등처럼 캄캄해진다. 뭘 어떻게 해볼 틈도 없이 수업 종이 울린다. 교사가 들어와 교과서를 검사하기 시작한다. 남학생들이 뒤에서 킬킬대며 웃어댄다.

그때 조심스럽게 여고생의 팔을 찌르는 손가락이 있다.

'내 거 같이 보자.'

그녀의 짝이 속닥이며 책상 가운데 교과서를 펼친다. 짝은 통통한 체격에 몸에 맞지 않는 커다란 교복을 입고 있다. 여고생은 짝의 가슴팍에 달린 명찰을 들여다본다.

–백아영

그녀는 짝의 얼굴을 바라본다. 그런데 짝의 얼굴은 부옇게 김이 서린 자동차 유리 너머에 있는 것처럼 흐릿하기만 하다.

백일몽은 처음 왔을 때처럼 삽시간에 사라졌다.

방금 전 환상은 그녀의 고등학교 1학년 시절 모습이었다. 게임은 그녀의 기억을 완벽하게 영상으로 재현해냈다. 문제는 그것이 주노가 가장 잊고 싶어 했던 기억이라는 것이다. 전 세계 네티즌들이 지켜보는 가운데 치부를 낱낱이 공개해버린 주노는 수치심에 얼굴이 달아올랐다.

갑자기 8반 안쪽에서 드르륵거리는 소리가 들렸다. 그녀는 새된 비명을 질렀다. 방금 전만 해도 놀이동산에 있는 유령의 집에라도 들어온 것처럼 자신만만했건만, 전신의 감각이 게임 속 현실에 적응되자마자 공포도 실제처럼 받아들이게 된 것이다. 그녀가 비명을 지르며 덜덜 떨자 실시간 반응은 더욱 뜨거워졌다. 네티즌은 그녀가 교실로 쉽게 들어가지 못하는 모습을 보며 신나게 웃어젖히고 있었다.

교실로 들어간 주노는 사물함 밑에 있는 손전등을 찾았다. 그녀는 쾌재를 부르며 교탁을 쳐다보았다. 교탁에는 낡은 출석부 한 권이 올라와 있었고, 마침 형광색으로 반짝거리고 있었다. 그녀는 망설임 없이 출석부를 펼쳐보았다.

출석부 가죽 표지는 물에 젖었다 마른 것처럼 쭈글쭈글했다. 종이가 누렇게 변색된 데다 사진이 붙어 있는 페이지도 심하게 손상되어 있었다. 그녀는 손전등으로 사진들을 일일이 살펴보았다.

주노의 시선은 출석부에서 가장 눈에 띄는 사진 세 장에 머물렀다.

첫 번째는 담임 신지수 선생이었다. 그녀는 주노가 고등학교 1학년이었던 당시 30대 중반의 노처녀였다. 과목은 아마 국어였을 것이다. 아이들에게 크게 인기도 없었지만 그렇다고 까다롭게 굴지도 않았던 전형적인 만만한 선생이었다.

두 번째는 주노의 사진이었다. 꽤 예쁘장한 그녀의 얼굴에는 누군가 장난을 쳐놓았는지 까만 펜으로 칼자국 흉터가 덧그려져 있었다. '장준오'라는 이름이 쓰여 있어야 할 부분도 뾰족한 펜으로 구멍을 뚫어놓아 글자를 알아볼 수 없게 만들었다. 주노는 엉망이 된 사진을 얼른 손바닥으로 가렸다.

그때 네티즌 실시간 반응이 도착했다. 주노는 덜덜 떨면서 채팅창을 읽어 내려갔다.

- 주노 고딩 때 진짜 왕따 당했었나 보네. 좀 불쌍하다.

- 누구냐? 주노 거짓말했다고 우겨대던 놈이?

- 우리나라 네티즌들은 이래서 안 된다니까. 개떼처럼 몰려들어서 마녀사냥 하던 것들은 꼭 이럴 때 없어지더라?

예상외의 호의적인 반응에 주노는 입을 벌렸다. 저절로 미소가 흘러나왔다. 그러나 이런 상황에서 철딱서니 없이 웃음을 터뜨렸다가는 동정론도 곧장 사라질 것이다. 그녀는 바로 마지막 사진을 관찰했다.

주노의 눈이 동그래졌다.

사람의 얼굴이 있어야 할 자리에 까마귀 머리가 그려져 있었던 것이다.

그녀는 사진 아래 쓰여 있는 이름을 소리 내어 읽었다.

"… 백아영."

주노의 목소리가 가늘게 떨렸다.

아영은 고2 때 자살을 선택했고, 학생들은 아영이 왕따였던 주노를 돕다가 함께 찍혀 괴롭힘을 당한 탓이라고 떠들어댔다. 주노는 친구를 잃은 충격에서 벗어나기도 전에 친구를 죽인 원인제공자로 손가락질당하는 신세가 되었다.

까마귀 그림 위를 문지르자 검은 물감이 묻어났다. 주노는 무심결에 옷자락으로 물감을 닦으려 했다.

그때 갑자기 그림 속 까마귀가 부리를 쩍 벌렸다.

주노는 자기 눈을 믿을 수 없었다. 사진 속 아영의 얼굴을 뒤덮고 있던 까마귀 그림이 출석부를 뚫고 부풀어 오르고 있었다. 까마귀는 검은 부리를 벌리고 피거품을 쏟아냈다. 완전히 종이 밖으로 빠져나온 그것이 거대한 날개를 퍼드덕거렸다. 주노는 더 이상 까마귀를 마주 보지 못하고 교실 밖으로 달려 나갔다. 날아오른 까마귀가 그녀의 뒤통수를 바짝 쫓아왔다. 주노는 머리카락을 부리로 물어뜯으려 하는 까마귀를 양팔을 휘둘러 떼어내고 정신없이 뛰었다.

더는 까마귀가 쫓아오지 않자 그녀는 겨우 달리기를 멈출 수 있었다. 입에서 단내가 나고 심장이 두방망이질 쳤다. 그녀는 두 손으로 얼굴을 가리고 신음을 쏟아냈다. 마음 같아서는 엄마를 부르며 울고 싶은 생각뿐이었다. 하지만 지금은 방송 중이고, 10여 년 전 재혼해 다른 가정을 꾸린 엄마와는 연락이 끊긴 지 오래였다.

주노는 어느새 교무실 앞으로 와 있었다. 교무실 벽에 붙어 있는 안내 게시판에는 한물간 스타가 모델인 금연 포스터와 1학기 동안의 행사를 알리는 안내문 등이 붙어 있었다. 주노는 1학기 행사 안내문에 인쇄되어 있는 연도를 읽었다.

200X년.

지금으로부터 8년 전.

주노와 친구 아영이 고등학교 1학년이었던 해다.

이것으로 게임 속 상황이 어느 정도 정리가 되었다.

IOM2는 주노를 아영과 처음 만났던 열일곱 살 시절로 데리고 온 것이다.

주노는 뒤로 물러서며 머리칼을 마구 헤집었다. 얼굴이 새빨개진 그녀가 정신 나간 사람처럼 중얼거렸다.

"왜 하필이면 지금이야. 다른 배경도 많은데 왜 하필 학교냐고. 이해가 안 되네 진짜…."

그때 갑자기 교무실 문이 벌컥 열렸다. 주노는 교무실 안에 있던 파마머리 여자와 눈을 마주쳤다.

무언가 날카로운 것이 목을 꿰뚫었다.

주노는 쇠로 만든 30센티미터 길이의 자에 목이 뚫린 채 그대로 절명했다.

3.

빗소리가 들려왔다.

눈을 떠보니 주노는 교실 의자에 앉아 있었다. 책상 위치로 봐서 교실 오른쪽 구석 자리에 앉아 있는 것 같았다. 반 아이들은 아침부터 흐리고 눅눅한 날씨 탓인지 축 늘어져 있었다.

그녀는 일어나자마자 목을 매만졌다. 구멍이 뚫리기는커녕 흉터조차 남아 있지 않은 깨끗한 피부의 감촉이 느껴졌다. 목에서 울컥 뿜어져 나와 상체를 적셨던 핏덩어리도, 목에서부터 시작되어 정수리까지 내달리던 통증과 충격도 온데간데없이 사라져 있었다.

그러나 방금 전 일은 꿈이 아니었다. 죽음의 기억은 그녀의 목에 꽂혔던 철자처럼 뇌리에 단단히 박혀 들어갔다. 지금껏 여러 번 VR 공포게임을 플레이해봤지만 이처럼 찜찜하고 구역질나는 감각은 느낀 적이 없었다.

그녀는 손목을 확인해봤다. 스마트 워치가 온데간데없었다. 머릿속이 하얗게 변했다. 그것이 없으면 현재 네티즌의 반응도, 방송이 어떻게 돌아가고 있는지도 알 수 없다. 혹시나 해서 주변을 둘러봤다. 시계를 훔쳐갔을 만한 사람은 아무도 없었다.

파마머리의 교사가 책상 사이를 오가며 책을 읽고 있었다.

신지수 선생님은 국어 담당교사로 1학년 8반의 담임이었다. 그녀는 8반의 담임을 맡게 되자 가장 먼저 조회시간에 논어 읽기를 도입했다. 고전 읽기를 통해 학생들의 인성을 함양하겠다는 취지는 좋았으나, 학생들은 공자님의 말씀에 도통 관심이 없었다. 특히 아침 조회시간에 들려오는 논어 구절이란 잠이 모자란 학생들에게 있어 자장가나 다름없었다.

"논어(論語)의 양화(陽貨) 편에는 '배우지 않아 생기는 여섯 가지 폐단'이라는 대목이 있어. 그중의 일부를 지금 읽어줄 테니까 잘 들어봐."

"인(仁)을 좋아하면서 배우는 것을 싫어하면 어리석어지는 폐단(弊端)이 생겨난다."

"선생님이 논어에서 가장 좋아하는 부분이야. 아무리 착한 마음씨를 지닌 사람이라도 배우고 익히지 않으면 동정심을 유발하는 사기꾼에게 속아 넘어갈 수 있다는 뜻이지. 너희들은 선과 악이 만화영화나 드라마처럼 쉽게 구별된다고 믿고 있지만 현실은 절대 그렇지 않아. 특히 스스로를 착하다고 믿는 사람일수록 거짓말을 잘 구분하지 못하는 경우가 많지. 왜냐하면 '선하다'라는 말을 '타인을 의심하지 않는다'라는 의미로 잘못 해석하기 때문이야.

그래서 선생님은 주변 사람들에게 착하다는 말을 많이 듣는 학생일수록 타인을 의심하는 법을 알아둬야 한다고 생각해. 너희는 가장 믿었던 사람의 거짓말이 얼마나 큰 상처를 남기는지 알기에는 너무 어린 나이니까."

학생들 대부분은 선생님의 훈화를 그저 그런 설교로 치부하며 지루한 표정을 짓고 있었다. 엎드려 잠을 청하거나 책상 밑으로 휴대폰을 만지작거리는 아이도 있었다. 반면 맨 앞자리에 앉은 백아영은 언어영역 1등급의 모범생답게 선생님의 강독을 귀 기울여 듣고 있었다. 주노가 앉아 있는 자리는 아영과 멀리 떨어져 있었다. 그녀는 일단 수업이 끝나기를 기다리기로 했다.

그런데 강독은 끝날 기미가 보이지 않았다. 선생님은 비디오 화면을 앞으로 되감은 것처럼 같은 부분을 반복해서 읽고 있었다. 주노는 옆자리에서 졸고 있는 여학생의 어깨를 살짝 밀쳐보았다. 그러나 아무리 몸을 건드려도 여학생은 일어날 생각을 하지 않았다.

'이건 게임이야.'

주노는 속으로 읊조렸다.

'다음 스테이지로 넘어가기 위해서는 반드시 특정한 행동을 해야만 해. 하지만 그 조건이 대체 뭐냔 말이야?'

"유야, 너는 육언육폐(六言六蔽)에 대해 들었느냐. 아직 듣지 못하였습니다. 앉거라, 내 너에게 들려주마… 지혜를 좋아하면서 배우기를 좋아하지 않는다면 그 폐단은 방탕하여지고, 신의를 좋아하면서 배우기를 좋아하지 않는다면 그 폐단은 의를 해치게 되고, 정직함을 좋아하면서 배우기를 좋아하지 않는다면 그 폐단은 가혹하게 되는 것이니…."

선생님의 말소리가 전보다 확연히 빨라지고 있었다. 두 배 속도로 재생되는 음악처럼 발음이 뭉개지고 음성은 찢어지기 시작했다. 선생님은 철자로 교탁을 두드려 소리를 내기 시작했다. 그것은 주노의 목을 꿰뚫었던 흉기이기도 했다.

선생님은 일정한 박자에 맞춰 철자로 나무판자를 두들기고 있었다. 탁, 탁, 타닥, 탁, 주노는 이 소리가 머지않아 그칠 거라고 생각했다. 탁, 탁, 타닥, 탁, 그녀는 어째서 아이들이 이렇게 시끄러운 소리를 듣고도 깨어나지 않는지 궁금해 견딜 수가 없었다. 탁, 탁, 타닥, 탁, 교실 안이 왜 이렇게 덥지? 탁, 탁, 타닥, 탁, 탁, 가슴이 답답해. 탁, 탁, 타닥, 탁, 타닥, 탁, 마구 흔들리는 버스 안에 있는 것처럼 명치가 꽉 막혀왔다. 탁, 탁, 타닥, 탁, 탁, 타다닥, 주노는 갑자기 헛구역질이 나와 입을 틀어막았다. 탁, 탁, 타닥, 탁, 탁, 저 철자를 빼앗아 선생의 목구멍에 찔러 넣고 싶다. 탁, 탁, 타닥, 탁, 탁,

탁, 탁, 탁, 타닥타닥 닥쳐, 닥쳐, 닥쳐, 닥쳐!

"닥쳐! 제발 좀 닥치란 말이야!"

주노는 머리를 쥐어뜯으며 두 발을 동동 굴렀다. 그녀는 주먹으로 책상을 몇 번이나 내리치다가 이내 앉아 있던 의자마저 냅다 집어던졌다. 그런데도 누구하나 그녀를 돌아보지 않았다.

앞자리에 앉은 백아영도 마찬가지였다.

주노는 관객이 외면하는 연극 무대에서 독백을 하는 삼류배우가 된 기분이었다. 그녀는 학생들의 눈치를 보다가 자신이 집어던진 의자를 들고 제자리로 되돌아왔다. 마치 학급에서 상대해주는 사람이 없었던 어린 시절의 모습처럼 말이다.

그때 누군가 주노의 어깨를 두드렸다. 그녀는 깜짝 놀라 옆을 돌아보았다. 방금까지 졸고 있던 여학생이 무표정한 얼굴로 쪽지를 건네왔다.

두 번 접힌 노란색 포스트잇.

겉에는 파란색 펜으로 이니셜 'Y'가 쓰여 있다.

주노는 그것만으로도 쪽지를 보낸 사람이 누군지 알 수 있었다.

주노는 아영의 뒷모습을 바라보고는 떨리는 손으로 그것을 펼쳤다.

-도망쳐

쪽지를 읽은 순간, 주노는 형언할 수 없는 한기를 느꼈다.

반 아이들이 일제히 주노를 바라보고 있었다.

아니, 정확히 말하자면 '그들'이 아니었다.

'그것'들은 모두 사람 얼굴 대신 동물의 머리를 달고 있었다. 개와 고양이뿐만 아니라 앵무새와 거북이의 머리를 가진 놈도 있었다. 그것들의 털은 하나같이 지저분하고 진드기가 잔뜩 붙어 있었다. 앵무새는 목의 깃털이 죄다 뽑혀나가 상처에서 진물이 흘러내리고 있었고, 삼색 고양이는 한쪽 귀가 잘려나가고 주둥이에 있어야 할 털이 절반밖에 남아 있지 않았다. 리트리버는 화상을 입은 것처럼 얼굴 반쪽이 뭉그러져 있었다. 주노는 급작스럽게 코를 찔러오는 악취에 눈앞이 아찔해졌다. 방금까지만 해도 깨끗했던 교실 바닥이 동물의 배설물과 파리 떼로 뒤덮였다. 주노는 종아리와 치맛자락에 들러붙은 구더기를 보고는 머리카락이 곤두설 정도로 소름이 돋았다. 그녀는 몸에 붙은 구더기를 마구 털어내며 자리에서 일어나 펄쩍펄쩍 뛰었다. 그녀는 어느새 시청자들이 자신을 보고 있다는 것도 잊은 채 대여섯 살 어린애처럼 마구 소리를 지르며 울부짖었다.

그것들 사이에서 선생님과 아영만이 사람의 형상을 유지하고 있었다.

그녀는 교실 문을 향해 달려갔다. 문은 굳게 닫혀 열리지 않았다. 주노는 창문으로 달려가 주먹으로 유리를 두들기기 시작했다.

"PD님, 나 이거 못 해요! 이 게임은 뭔가 잘못됐다고! PD님!"

어디에 있는지도 알 수 없는 카메라를 향해 소리치던 그녀는 갑자기 바닥에 주저앉아 구토를 시작했다. 지난 일주일 동안 오이와 당근, 샐러리밖에 먹지 않은 탓에 입에서 초록색 토사물이 쏟아져 나왔다. 양손으로 입을 틀어막아봤지만 위액이 콧구멍까지 비어져 나와 역효과만 날 뿐이었다. 눈물과 콧물을 질질 흘리며 기침을 하던 그녀는 쓰디쓴 위액을 왈칵 뱉어냈다.

그녀는 여전히 앞만 바라보고 있는 아영을 향해 소리쳤다.

"아영아! 나야, 장준오! 내 말 안 들려?"

주노가 애타게 부르는데도 아영은 돌아볼 생각을 하지 않았다. 그때 주노는 도저히 믿을 수 없는 광경을 목격했다.

눈 깜빡할 사이 선생님의 얼굴이 하얀 깃털로 뒤덮이더니, 입술이 길쭉한 부리로 변해 앞으로 튀어나오기 시작한 것이다. 부리는 도저히 현실에서 있을 수 없는 길이까지 늘어났다. 주노는 귀청을 때리다 못해 고막을 찢어놓을 듯한 까마귀 울음소리에 귀를 감싸고 쓰러졌다. 그녀는 엉엉 울면서 구더기와 정체 모를 오물과 파리 떼가 뒤엉켜 있는 바닥에 엎드려 기었다.

의자가 뒤로 밀리는 소리가 들렸다. 그러자 누가 스피커폰을 꺼버린 것처럼 까마귀 울음소리도 뚝 끊겼다. 주노는 하도 울어서 퉁퉁 부운 눈꺼풀을 억지로 떠 교실 앞을 바라봤다.

백아영이 자리에서 일어났다.

"아영아…."

주노가 이름을 부르자 아영은 고개를 살짝 옆으로 움직였다. 아영의 얼굴이 보이려던 찰나, 흰 까마귀가 그녀의 앞을 가로막고 괴기스러운 웃음을 터뜨렸다. 그것은 길쭉한 날개로 변한 양팔을 푸드덕거리며 제자리에서 펄쩍펄쩍 뛰었다. 주노는 하얗게 질린 채 멍하니 그것을 바라봤다.

낄낄대던 흰 까마귀는 날개를 들어 주노를 가리켰다. 그러자 동물 머리를 단 좀비들이 일제히 그녀를 향해 달려들었다. 리트리버가 목을 물어뜯는 것을 시작으로 샴고양이가 발톱으로 그녀의 얼굴을 걸레 찢듯이 찢어놓았다. 뺨에 붙어 있던 살갗이 뭉텅이로 떨어져 나가자 불에 타는 듯한 격렬한 통증이 느껴졌다. 주노는 마구 비명을 지르며 팔다리를 버둥거렸지만, 좀비들은 이내 그 팔다리마저 잡아 뜯어버렸다. 그녀의 몸에서 몇 리터는 되는 피가 분수처럼 솟구쳐 나왔다. 좀비 무리는 주둥이에 피를 묻혀가며 그녀의 근육과 살점, 내장들을 걸신들린 듯 씹어 먹었다. 그 위에 올라탄 앵무새가 아수라장 속에서 피에 젖은 눈알을 건져내 부리로 꿀꺽 삼켰다.

이윽고 까마귀 소리가 멈췄다.

4.

여고생이 교무실에 들어서자 문에 매달린 풍경이 흔들리며 소리를 낸다. 푹푹 찌는 바깥 날씨와 달리 교무실 안은 에어컨에서 뿜어져 나오는 냉기로 가득 차 있다.

교무실을 둘러보던 여고생은 어깨에 하얀 카디건을 걸친 여교사의 자리로 향한다.

책상에 일주일 전 치렀던 교내 백일장 답안지가 탑처럼 쌓여 있다. 그 위에 놓인 출석부 표지에는 〈2학년 1반 담임 신지수〉라고 쓰여 있다.

"왔구나."

신지수 선생님은 웃으며 옆에 있는 의자를 가리킨다. 여고생은 주뼛주뼛 자리에 앉는다. 선생님은 여고생에게 얼음을 띄운 녹차를 권한다.

"친구들이랑은 잘 지내고 있니?"

"… 네."

여고생의 목소리가 흐려진다. 선생님은 그녀의 표정을 유심히 살핀다.

"선생님이 널 부른 건 지난주 네가 낸 백일장 답안지에서 몇 가지 확인할 게 있어서야. 솔직하게 대답해줬으면 좋겠어."

여고생은 놀란 듯이 고개를 든다. 선생님은 파일에서 두 장의 원고지를 꺼내 여고생 앞에 펼쳐놓는다.

"네가 한번 비교해봐. 두 사람의 글이 어떤지."

여고생은 원고지를 들여다본다. 하나는 자신의 것이고, 다른 하나는 그녀의 절친한 친구가 쓴 작품이다. 두 답안지를 번갈아 읽던 그녀의 얼굴이 삽시간에 굳어간다.

백일장 당일 제시된 주제어는 총 세 가지였다. 두 사람은 마치

짜기라도 한 것처럼 어머니를 중심 소재로 잡아 글을 전개해나갔다. 둘 중 한 사람이 다른 쪽의 글을 베껴 썼거나, 사전에 작문 주제와 구성 방향을 정해놓지 않고서야 이렇게 비슷한 답안은 나올 수가 없다.

그러나 여고생은 단호하게 고개를 젓는다.

"전 아니에요."

그녀가 말한다.

"정말이에요. 전 절대로 남의 글을 베낀 적이 없어요."

"그렇다면 네 친구가 글을 베꼈다는 얘기로구나."

선생님이 냉정하게 말한다. 여고생은 초조한 듯 무릎 위에 놓은 양손을 꼼지락거린다.

"아니에요. 절대 그럴 리 없어요."

그녀는 작지만 분명한 어조로 말한다. 선생님은 다시 그녀에게 묻는다.

"그럼 이게 어떻게 된 일일까? 혹시 글을 쓰기 전 친구와 의논을 하거나, 미리 같은 주제로 글을 써본 건 아니니?"

"의논 같은 건 하지 않았어요. 하지만… 백일장 글 쓰는 법을… 가르쳐준 적은 있어요. 대회 이틀 전에."

"좀 이상하구나. 고작 이틀 배웠다고 이렇게 친구와 똑같은 답안을 쓸 수 있을까? 백일장 주제는 당일에 제시됐고, 만약 우연히 같은 주제를 선택했다 해도 내용까지 똑같을 수는 없을 텐데 말이야."

"사실은···."

"사실은?"

"예전에 그 애한테 우리 엄마 이야기를 들려준 적은 있어요."

"네가 백일장 답안에 쓴 내용을 그대로?"

"네. 기회가 된다면 나중에 글로 옮기고 싶다고···. 그렇지만 우연일 거예요."

"뭐가 우연이라는 거지?"

"그, 글이 똑같은, 아니 비슷한 게요. 그 애는 절대 제 글을 베끼거나 하지 않았어요. 그럴 애가 아니에요."

"어떻게 그렇게 확신하지?"

여고생은 머리를 떨군다.

"··· 잘 모르겠어요."

그녀가 기어들어가는 목소리로 말한다.

창밖에서 매미가 시끄럽게 울어대기 시작한다. 멀리 운동장에서 남학생들이 축구를 하는 소리가 들려온다.

선생님은 여고생의 가슴에 달려 있는 이름표를 바라본다.

-장준오

"그리스 신화에 이런 얘기가 있어."

선생님이 그녀에게 말한다.

"까마귀는 원래 아름다운 흰 깃털을 가진 아폴론 신의 심부름

꾼이었지. 그런데 어느 날 까마귀는 심부름 도중 한눈을 팔다 늦어버렸고, 이유를 추궁하는 아폴론에게 그의 아내가 간통을 했다는 거짓말을 해버려. 까마귀의 말만 믿고 자신의 아내를 죽인 신은 나중에 사실을 알고 분노하여 까마귀를 까맣게 태워 죽였지. 그 뒤로 모든 까마귀의 깃털이 검은색으로 변했다는 거야."

여고생은 어린아이들이나 좋아할 법한 신화 이야기가 이번 상담과 무슨 연관이 있는지 알 수가 없다. 선생님은 얼음이 녹아 묽어진 녹차를 한 모금 마신 뒤 말을 이어간다.

"그런데 여기서 빠진 내용이 있어. 까마귀는 대체 왜 신에게 거짓말을 했을까? 신을 상대로 거짓말을 하면 금방 들킬 거라는 건 조금만 생각해도 알 수 있었을 텐데 말이야."

"글쎄요. 원래 거짓말쟁이에다 성격이 나빠서 그런 것 아닐까요? 아폴론의 아내를 질투했을 수도 있고요."

"그래, 그랬을 수도 있지. 하지만 선생님은 조금 다르게 생각해."

신지수 선생님은 출석부를 펼쳐 반 아이들의 사진이 붙어 있는 페이지를 들여다본다.

"미움 받고 싶지 않았던 거야. 아폴론 신에게. 하지만 그 결과는 아무 죄 없는 사람의 죽음으로 끝났지."

여고생의 팔뚝에 소름이 돋는다.

"아폴론은 애초에 까마귀를 믿지 말았어야 했어."

선생님이 말한다.

태풍이 불어오려는지 바람소리가 더욱 거세지고 있었다.

주노는 거칠게 숨을 몰아쉬며 자리에서 일어났다. 자신이 복도 한가운데 대자로 뻗어 있다는 사실을 인지하자마자 머리가 깨질 듯한 두통이 덮쳐 왔다. 빨간 펜으로 표시된 백일장 답안지, 책장이 절반은 뜯겨나간 교과서, 죽어버리라는 내용이 적혀 있는 쪽지, 악플로 도배가 되어 있는 미니홈피, 머리가 깨져 뇌가 흘러나온 고양이 시체. 그녀의 눈앞에 화질이 좋지 못한 영화필름이 산발적으로 상영되고 있었다.

영원히 끝나지 않을 것 같던 고통은 이내 사그라졌다. 주노는 자리에서 일어나지 못하고 신음을 흘렸다. 동물들에게 산 채로 뜯어 먹히던 모습이 떠오른 탓이었다.

그녀는 언젠가 건강 관련 방송 프로그램에서 최신 VR게임을 장시간 플레이할 경우 심각한 부작용을 초래할 수 있다고 경고하는 것을 본 적이 있었다. 머리 전체를 둘러싸는 VR 헤드기어는 매 초마다 무수히 많은 신호 소자를 내보내 뇌를 자극한다. 특히 인간의 감각을 주관하는 전두엽과 기억을 관장하는 측두엽에 가장 막대한 양의 자극이 주어진다. 그런데 장시간 게임을 플레이할 경우 극심한 두통을 동반한 어지럼증이 일어날 뿐 아니라 심한 경우 의식불명 상태에 빠질 수도 있다는 것이다.

IOM2는 인간의 공포를 근원부터 재현해야 한다는 강박에 싸여 사람들이 공포게임을 플레이하는 이유를 잊어버렸다. 플레이어는 일상에서 벗어나 잠시 스릴을 즐기려는 것이지 끔찍한 트라

우마를 영상으로 지켜보거나 괴물들에게 팔다리가 뜯겨나가는 체험을 하고 싶은 게 아니다. 주노는 이번 방송이 끝나고 나면 두 번 다시 VR 공포게임은 하지 않으리라 다짐했다.

그때였다. 주노의 귀에 꽂힌 인이어에서 신호음이 들려오기 시작했다. 그녀는 점점 커지는 소리에 화들짝 놀라 몸을 일으켰다.

"주노 씨! 주노 씨! 제 말 들리세요? 들리면 대답해주세요!"

PD의 목소리였다. 그녀는 PD에게 괜찮다고 대답하려 했지만 막상 입을 열자 발작적인 눈물이 터져 나왔다.

"P, PD님. 대체 어떻게 된 거예요? 왜 계속 연락이 안 됐던 거예요?"

"이것 참 미안하게 됐습니다. 작가들이 몇 번이나 게임 공략을 알려주려고 했는데, 주노 씨가 계속 게임 오버되면서 중간에 우리가 서버에서 튕겨나갔지 뭡니까."

"제, 제가 계속 게임 오버되었다고요?"

주노가 멍청히 되물었다.

"일단 스마트 워치로 시청자 실시간 반응을 봐주세요."

"PD님, 저 시계가 없어요. 아까 잃어버려서…."

"그게 무슨 말이죠? 그럼 지금 손목에 차고 있는 건 뭡니까?"

PD가 어이없다는 듯이 말했다. 주노는 팔을 내려다보았다. 은색 스마트 워치는 처음부터 사라진 적이 없었다는 것처럼 손목에 매달려 있었다. 주노는 기억이 어디서부터 헝클어졌는지 알 수가 없었다.

전원을 켜자마자 채팅창에 밀린 대화 목록이 폭주했다. 눈으로 쫓아 읽을 수도 없을 만큼 채팅이 빠른 속도로 밀려 올라가더니, 곧이어 시청자 반응이 채팅창을 가득 메웠다.

- 미친, 어떻게 같은 부분에서 열 번이나 죽을 수가 있지? 한심하다, 진짜.

- 게임 전문 BJ라 재밌는 진행 기대했는데 기대 이하네요. 전이만 퇴장합니다.

- 제대로 진행될 때까지 두 시간이나 기다렸는데 지루해서 더 이상 못 보겠다. 오늘 WGN 개국 특집인데 주노가 다 망쳤네.

그 밖에도 입에 담기도 힘든 욕설과 비하 발언이 난무했다. 주노는 양손으로 얼굴을 감싸고 자리에 주저앉았다. 그녀의 어깨가 부들부들 떨리고 있었다.

"주노 씨. 괜찮으세요?"

PD가 물어왔다. 자기가 악플을 읽어보라고 해놓고선 괜찮냐고 묻는 건 어느 나라의 매너인지, 주노는 가슴만 더 답답해졌다.

"PD님. 죄송한데요. 저 진짜 못하겠어요. 그냥 게임 클리어 실패했다 치고 편집만 해서 내보내주시면 안 돼요?"

그녀가 간절하게 부탁했지만 PD는 그녀보다 더 저자세로 매달렸다.

"주노 씨. 다른 날이라면 몰라도 오늘은 방송국 개국 기념 생방송이에요. 지금까지 힘내서 달려왔는데 이대로 끝내면 너무 아깝지 않겠어요?"

"저, 저 출연료 그냥 포기할게요. 계약서에도 그렇게 쓰여 있잖아요. 게임 도중 제가 신체적, 정신적 피해를 입었을 경우 안전을 위해 방송이 중단될 수 있다고요!"

그녀가 빠르게 끼어들었다. 당장 게임에서 빠져나가 현실로 돌아갈 수만 있다면 그깟 출연료쯤은 얼마든지 내놓을 수 있었다.

"주노 씨. 우리는 프로잖아요. 출연자가 마음먹은 대로 방송이 안 돌아간다고 촬영을 포기해버리면 그게 어디 프로입니까? 아마추어지."

"저 진짜 못하겠어요. 이대로 게임을 계속하면 정말로 죽을 것 같단 말이에요."

"애초에 IOM2가 플레이어의 심리를 분석하는 게임인 걸 알고 출연에 동의하신 거잖아요. 게다가 여기서 발을 빼면 가장 애매한 처지가 되는 사람은 주노 씨예요."

"그게… 무슨 소리예요?"

주노는 순간 불길한 예감이 들었다.

"이런 말씀드리기 참 죄송한데요. 지금까지 게임 실황을 지켜봐온 시청자들이 의혹을 제기… 아니, 궁금해하고 있다고 해야 하나. 주노 씨의 학창 시절에 대체 무슨 일이 있었는지 말이죠."

"…."

"절대 제가 주노 씨를 의심해서 이러는 게 아니에요. 하지만 실시간 채팅과 시청자 게시판을 보면 시청자들이 하나같이 이런 반응이거든요. 백아영은 누구냐, 선생님은 왜 괴물로 변했느냐, 애완

동물을 열 마리나 키우는 여자의 무의식에서 왜 동물들이 좀비로 변해 나오느냐. 뭐 이런 얘기들이요."

"… PD님도 제 정신이 이상하다고 생각하시는 거예요?"

"아뇨, 그럴 리가요! 제작진 측에서도 너무 심한 악플이나 루머를 작성하는 시청자에게는 신고 조치를 하고 있습니다. 하지만 이대로 주노 씨가 게임 플레이를 포기해버리면 떠들기 좋아하는 악플러들이 신이 나서 달려들 게 빤하지 않겠어요?"

"하지만…!"

"지금 스마트 워치로 스테이지 공략법을 전송해드릴게요. 이번 위기만 잘 넘겨주시면 시청률도 다시 오를 겁니다. 그러니까 너무 걱정 마시고 힘내주세요. 아시겠죠?"

PD는 마지막으로 파이팅이라는 말만 남긴 채 통신을 종료해버렸다. 주노는 씩씩대면서 마음속으로 그에게 욕설을 퍼부어댔다.

'더러운 방송국 새끼들. 내가 팬이 떨어져 나갈까 봐 자기들이 하는 말이라면 뭐든 들을 거라 생각하나 보지? 방송만 끝나봐. 온갖 SNS에 당신들의 만행을 다 퍼뜨려놓겠어. 출연자를 정신적으로 혹사시키는 것도 모자라 불법적인 계약서를 꾸며서 출연료 지급도 하지 않으려고 하잖아. 당신은 프로 방송인 아니냐고? 지랄하고 있네! 다들 겉으로는 나를 칭찬하는 척, 예뻐하는 척하면서 뒤로는 '창녀처럼 웃음을 팔면서 사이버머니나 모으는 BJ'라고 욕하고 있잖아!'

주노는 갑자기 손톱으로 스쳐 지나가는 날카로운 통증에 비명을 질렀다. 그녀는 자신이 아까 전부터 엄지손톱을 질겅질겅 씹고 있었다는 사실조차 모르고 있었다. 큐빅을 붙여놓은 엄지손톱이 절반이나 뜯겨 나가 피가 비치고 있었다. 그녀는 잇새로 욕설을 씹어뱉고는 옆에 있던 교실 문을 발로 걷어찼다. 낡은 나무 문짝이 앞뒤로 흔들리며 삐걱댔다.

시계에서 신호음이 울렸다. 참 빨리도 전송해주시네. 주노는 빈정거리며 문서 파일을 열었다.

> 플레이어의 기억 속에 있는 여러 요소들이 환상의 재료가
> 되고 있음.
> 현재 가장 방해가 되는 선생님 캐릭터를 없애기 위해서는
> 플레이어 본인만이 알고 있는 대상의 약점을 이용해야 함.
> 가장 중요한 건 게임의 최종 목적을 파악하는 것.
> 스스로 단서를 찾아 조합해나가야 함.

"이걸 지금 공략이라고 준 거야?"

주노는 너무 황당한 나머지 입을 떡 벌렸다. 공략이란 모름지기 게임을 플레이하는 순서라거나, 암호 해독이라거나, 게임 완수 목적을 말해줘야 가치가 있는 것 아닌가? 그런데 게이머라면 누구나 알 법한 당연한 이야기 몇 줄을 공략이랍시고 던져주다니!

이제 더 이상 같은 자리에 서 있을 수만도 없었다. 일단 뭐라도 찾아 단서를 만들어야 게임에서 빠져나갈 가능성이 생긴다. 주노

는 방금 걷어찬 나무 문짝을 올려다보았다. 2학년 5반이라고 쓰인 팻말이 눈에 들어왔다. 그녀는 그대로 몸이 굳어버렸다.

"뭐야 이게. 다음에 또 죽으면 이번에는 3학년 교실로 가게 되는 건가?"

짐짓 여유로운 척 중얼거렸지만, 주노는 자신이 3학년 교실로 가게 될 일은 없을 거라는 걸 어렴풋이 느끼고 있었다.

그녀의 학창 시절은 2학년 5반에서의 기억이 마지막이기 때문이다.

그해 여름, 친구 백아영은 학교 옥상에서 뛰어내려 자살했다.

그날 아영은 유일하게 준오에게 전화를 걸었다.

'내가 전화를 받았나?'

분명 받았을 것이다.

그러나 그녀는 아영의 죽음을 막지 못했다.

그 애가 추락한 뒤 피투성이가 되어 차갑게 식어가던 와중에 그녀는 노래방에 있었다.

다른 친구들과 함께.

아영이 그렇게 된 후 준오는 2학기 중간고사를 완전히 망쳤고 학교에 무단결석하기 시작했다. 외할머니는 끊임없이 그녀의 방문을 두드렸다. 재혼한 엄마도 대여섯 번 정도 그녀를 찾아와 등교를 재촉했다. 그러나 1년이 지나고 친구들이 모두 수능을 치르고 난 다음부터는 누구도 주노의 방문을 두드리지 않게 되었다.

'그랬었지.'

주노는 2학년 5반으로 들어갔다. 교실 안은 매우 어두웠다. 교실 뒤편에서 희미한 빛이 흘러나오고 있었다. 쓰레기통이었다. 주노는 과자 봉지와 휴지 찌꺼기가 뭉쳐 있는 쓰레기통으로 손을 넣었다. 쓰레기를 뒤지던 그녀는 푸른색으로 빛나는 아이템을 발견했다.

교복 재킷에 꽂을 수 있도록 옷핀이 붙은 이름표였다.

'백아영'이라고 쓰여 있는.

주노는 이름표를 손바닥으로 감싸 쥐고 다른 장소로 향했다. 이번에는 1분단 세 번째 줄 책상이었다. 책상은 다리 하나가 몹시 짧았고 상판 껍질이 죄다 일어나 있었다. 의자 또한 고등학생의 신장에 맞지 않는 초등학생용이었다.

책상 서랍에서 푸른빛이 흘러나왔다. 주노는 덜덜 떨리는 손으로 서랍에 손을 넣었다. 안에서 갈기갈기 찢어진 체육복과 머리카락 뭉치, 운동장 모래 등이 쏟아져 나왔다. 그녀는 그것들을 보자마자 뱃속이 뜨거워지고 등 뒤에서 식은땀이 흘렀다.

아영이 죽은 뒤 반 아이들은 주노의 책걸상을 빼앗고 창고에서 낡고 망가진 책상을 대신 가져다 놓았다. 주노는 쓰레기통에 버려진 자기 소지품을 주워 낡은 책상 서랍에 넣어야 했다. 흐느껴 우는 그녀의 등 뒤에서 아이들은 깔깔대며 웃기 바빴다. 그들은 고3이 되기 직전이었고 왕따에 시달리다 자살한 반 친구를 불쌍히 여길 만한 감정적 여유가 없었다. 그들은 죄책감을 느끼거나 죽은 아영에게 사죄하는 대신, 자살 사건으로 반의 면학 분위기를 침체

시킨 책임을 주노에게 돌리기 시작했다.

주노는 쓰레기 더미 속에서 물에 푹 젖은 노란 포스트잇과 멀쩡한 파란 볼펜을 찾아냈다. 두 번 접은 쪽지에 이니셜 'Y'가 쓰여 있었다. 그녀는 물에 젖은 종이가 찢어지지 않도록 조심스럽게 쪽지를 펼쳤다.

네가… 알지만
이번이… 마지막이야.
방과 후에 컴퓨터실로 와줬으면 좋겠어.
…해.

물에 번져서 읽을 수 없는 부분이 있었지만, 적어도 다음에 가야 할 장소가 어디인지는 알게 되었다. 주노는 쪽지와 볼펜을 주머니에 넣고 자리에서 일어났다.

그때였다.

"저 미친년 좀 봐."

주노는 반사적으로 뒤를 돌아보았다. 교실에는 아무도 없었다.

"진짜 뻔뻔하다. 아영이가 누구 때문에 죽었는데?"

다시 말소리가 들렸다. 이번에는 환청이라 생각할 수 없을 정도로 또렷한 목소리였다. 누군가 목구멍에 휴지를 처넣은 것처럼 숨이 꽉 막혀왔다.

"닥쳐."

주노는 이를 갈며 어디서 들리는지 알 수 없는 목소리들을 향해 말했다.

"미친 건 너희들이야. 아영이가 죽은 건…!"

"*억울해? 억울하면 아영이처럼 너도 뛰어내려봐. 왜? 못하겠어?*"

"*우리가 아영이를 왕따 시켜서 죽였다고 선생한테 꼰질러보지 그래?*"

다음 목소리가 주노의 귀에 대고 속삭였다.

-그 애의 백일장 수상을 취소시킨 것처럼.

"… 난 아무 짓도 안 했어."

주노가 허공에 대고 외쳤다.

"난 아영이에게 아무 짓도 안 했어!"

그녀가 고함친 순간 교실 창문에 뭔가 부딪혔다. 창밖 버드나무가 돌풍에 이리저리 머리카락을 휘두르기 시작했다. 나뭇가지가 채찍처럼 유리창을 가격했다. 유리는 얇은 호숫가 얼음처럼 걷잡을 수 없이 쩍쩍 갈라졌다.

마지막 채찍이 날아들자 교실 유리창 다섯 개가 동시에 깨졌다. 파편들은 고스란히 거센 바람을 타고 교실 안에 날아들어 왔다. 쓰러진 주노는 눈을 뜨지도 못하고 팔다리를 허우적대다 겨우 몸을 일으켜 교실 밖으로 달려 나갔다.

컴퓨터실로 향하는 통로를 달려가던 주노는 발바닥이 축축하게 젖어 들어가는 느낌에 아래를 내려다보았다. 손과 발이 유리조각에 찔려 온통 피투성이였다. 상처 부위를 확인하자 그제야 수십 개의 날카로운 바늘로 찌르는 듯한 통증이 밀려왔다. 특히 팔뚝과 무릎의 상처는 3센티미터 이상 찢어져 피가 줄줄 흘러내리고 있었다.

일순 눈앞이 컴컴해지고 바닥이 훅 꺼져 들어갔다. 주노는 쓰러지기 전 겨우 벽을 붙잡았다. 그녀는 유리에 찔리지 않은 왼발로 몸무게를 지탱하고 힘겹게 앞으로 걸어 나갔다.

그녀의 스마트 워치에서 시청자 반응을 알리는 신호가 울렸다.

- 이거 진짜 재밌다. 나 팝콘 들고 왔음.

- 나 방금 들어왔는데 지금 게임이 어떻게 돌아가고 있는지 설명해줄 사람?

- 그래서 주노가 아영이를 고자질해서 죽였다는 거야?

- 다들 답답해 죽겠네. 백아영이 백일장에서 주노 글을 베꼈는데 들켜서 자살한 거잖아!

- 어이가 없다. 정신력이 얼마나 약하면 그런 일로 자살해? 요즘 애들은 정신 상태가 썩었네.

- 내가 주노랑 같은 학교 나온 언니를 아는데, 주노가 원래 전교 왕따로 유명….

이제는 눈물조차 나오지 않았다. 주노는 빠른 속도로 사라지는 채팅 목록을 멍한 눈으로 훑다가 일순 시선을 멈췄다.

- 주노 너무 불쌍하다. 방송 때문에 아픈 과거를 다 드러낸 거 잖아.

파란 모자를 쓴 익명의 아이콘이었다. 그의 발언에 채팅창에는 조금씩 동조하는 의견이 올라오기 시작했다.

- 맞아요. 아무리 시청률이 중요하다지만 방송국이 출연자 개인의 과거사를 일방적으로 밝혀내는 것은 옳지 않다고 생각합니다.

- 난 주노가 뭘 잘못했는지 모르겠는데? 죽은 친구가 불쌍하긴 하지만 자살은 명백한 죄악이잖아.

- 방송에서 일부러 자기 과거를 까발린다니요. 어제 발매된 신작 게임인데 주노 누님이 어떻게 미리 알고 판을 짜놓는단 말입니까? 주노 누님, 이런 상황에서도 포기하지 않고 열심히 방송하시는 모습에 정말 감동받았습니다. 힘내세요!

주노는 희열과 흥분으로 가슴이 뻐근해졌다.

자신을 동정하고 위로해주는 시청자들의 반응은 항우울제나 각성제보다도 더 빠르게 그녀를 일으켜 세울 수 있었다. 기어가는 것처럼 느린 속도로 컴퓨터실을 향해 가는 동안 시청자들은 계속해서 주노에게 응원 메시지를 보냈다. 이제 그들은 한마음 한뜻으로 그녀가 미션을 성공하기만을 바라고 있었다.

시청자들은 말했다. '팬입니다. 언니 방송 매일 보고 있어요', '누가 뭐라 해도 전 주노님을 믿어요', '주노님이 세상에서 제일 예뻐요', '주노님의 방송은 저를 치유해주는 활력소예요', '주노

님, 사랑해요'

–당신이 예전에 무슨 짓을 했다 해도.

'그래. 너희들은 나를 사랑해.'

주노는 생각했다.

'난 너희들을 위해서 뭐든지 할 수 있어.'

시청자들은 앉아서 즐겁게 쇼를 지켜보고 환호해주기만 하면 된다. 대중의 관심에 집착하는 정신병자라 불려도 주노는 아무렇지도 않았다. 본인이 직접 차에 치이는 장면을 SNS로 생중계하고도 시청자들의 외면을 받은 BJ가 있는 마당에, 게임 속에서 유리에 좀 찔리는 게 무슨 대수란 말인가? 현실의 주노는 안전한 장소에서 털끝 하나 다치지 않은 채 잠자는 숲 속의 공주처럼 누워 있을 것이다. 게임에서 부상을 입은 것으로 시청자들의 위로와 동정을 이끌어냈으니 누가 봐도 남는 장사였다. 주노는 입술 사이로 쉬지 않고 중얼거렸다. 전부 괜찮다고. 문제는 아무것도 없으며, 게임을 끝내기만 하면 가상현실의 아픔쯤은 망각 속으로 사라질 것이라고 말이다.

컴퓨터실로 들어서자 먼지 냄새가 물씬 풍겨왔다. 교실 한가운데 자리한 컴퓨터 본체에서 초록색 불빛이 새어 나오고 있었다. 그녀는 컴퓨터 본체 전원을 눌렀다. 낡은 구형 컴퓨터가 부들거리며 굵은 기계음을 내뱉었다. 파란색 화면이 걷히더니 적어도 두 세대 전의 시스템 바탕화면이 보였다. 주노는 바탕화면에 늘어서 있는 아이콘들을 살펴보았다.

주노는 미니 홈페이지에 접속했다. 유치한 캐릭터 아이콘으로 덕지덕지 덮인 홈페이지가 화면에 떠올랐다. 그녀는 잠시 멍하니 화면을 들여다보았다.

이 홈페이지는 오래전 계정을 삭제해 더 이상 온라인상에 존재하지 않을 터였다.

홈페이지 배경 화면에 두 장의 사진이 있었다. 한 장은 곱상하게 생긴 남학생의 얼굴이었고, 다른 사진은 긴 생머리에 얌전한 인상을 가진 여학생의 얼굴이었다. 애석하게도 여학생의 눈은 캐릭터 스티커에 덮여 보이지 않았다. 주노는 몇 번이나 스티커를 지우려고 시도해봤지만 이상하게도 번번이 오류가 생겼다. 그러나 그녀는 이미 사진의 주인공이 누군지 알고 있었다.

주노는 고등학교 시절 미니 홈페이지를 정성껏 관리했다. 비밀 게시판을 만들어 아영과 교환 일기를 쓰기도 했고, 잘생기기로 유명한 옆 학교 남학생의 사진을 올리기도 했다. 그녀는 같은 학교 친구뿐만 아니라 온라인 유명 인사들과 홈페이지 이웃을 맺는 데 골몰했다. 그러던 어느 날 짝사랑하던 옆 학교 남학생이 온라인 쪽지로 데이트 신청을 해왔을 때, 주노는 임금에게 승은을 입은 궁녀처럼 감격해서 잠도 이루지 못했다. 그녀의 마음은 기대에 가득 부풀어 올라 있었다….

옛일을 떠올리던 주노는 갑작스레 관자놀이를 꿰뚫고 지나가는 날카로운 통증에 머리를 붙잡았다. 그녀의 머릿속에 살고 있는 사악한 요정이 수백 개의 드릴로 두개골을 뚫고 있었다. 귓속에서 칠판을 손톱으로 긁는 듯한 이명이 울렸다. *이게 아니야 뛰어 내리고 있어 누구나 다 알아 그는 네 사진이 만남은 성공적이었지 예쁜 시발 년 누구라도 상관없어 그들은 욕망을 채웠고 좆 같은 아무것도 몰라 아니 아는 척하지 마 걸레 같은 년 구형 휴대폰 액정 위에 떠 있는 전화번호 어두운 골목 이건 끔찍해 죽고 싶어 쌍년아 널 죽여버리….* 주노는 교실이 떠나가라 비명을 지르면서 머리를 마구 흔들었다.

아픔이 잦아든 그녀의 눈앞에 또다시 기괴한 장면이 펼쳐졌다.

아영이 컴퓨터 앞에 앉아 있었다.

정확히 말하자면 '모든' 컴퓨터 앞이었다.

컴퓨터 화면 불빛에 그녀들의 모습이 촛불처럼 일렁였다. 그녀들은 소맷자락이 찢어지고 치마 솔기가 터진 지저분한 교복을 입은 채 멍하니 컴퓨터를 들여다보고 있었다.

컴퓨터 화면에서 미니 홈페이지 방명록 페이지가 끝도 없이 밀려 올라가고 있었다. 방명록을 읽은 주노는 곧 구역질이 나올 정도로 충격을 받았다. 그녀는 BJ 활동을 하면서 네티즌들이 내뱉는 웬만한 욕설에는 이미 면역이 된 상태였지만, 방명록에는 그녀조차 참을 수 없을 정도로 끔찍한 욕설들이 나열되어 있었다. '창녀'나 '걸레'라는 단어가 개중 양호한 욕이라면 말은 다 한 것 아닌

가. 가장 눈에 띄는 부분은 '네가 남자애들한테 꼬리를 쳤으니까 그런 일을 당한 거지'였다. 문맥을 보아 남자에게 몹쓸 짓을 당한 여자에게 도리어 행실을 비난하는 것 같았다.

아영의 모습을 한 여자들은 빨리 감기를 누른 영상처럼 현실에는 있을 수 없는 속도로 고개를 위아래로 끄덕이고 있었다. 빗소리와 컴퓨터 기계음, 천둥소리 등이 한데 모였다. 그것은 이윽고 고양이나 새가 목이 뒤틀려 죽어갈 때 내지르는 소름끼치는 단말마로 변질되었다. 주노는 손바닥으로 귀를 막아봤지만 소용없는 짓이었다.

쉼 없이 흔들리던 그녀들에게서 우두둑 뼈가 부러지는 끔찍한 소리가 들렸다. 40명이나 되는 여자들의 목이 아래로 기이하게 꺾여 하얀 척추 뼈가 드러났다. 주노는 너무도 충격적인 장면에 숨도 제대로 쉬지 못했다. 이윽고 그녀들의 몸뚱이는 염산 구덩이에 빠진 것처럼 녹아내리기 시작했다. 살이 지글지글 타들어가는 소리, 코를 쇠꼬챙이로 찌르는 듯한 매캐한 냄새, 살갗 대신 드러난 시뻘건 근육 섬유와 내장, 주노는 잠시 정신을 놓으려 했다.

바로 그 순간 하늘이 반으로 쪼개지는 것 같은 천둥소리가 들려왔다. 학교 전체가 뒤흔들리는 굉음에 주노는 겨우 정신을 차리고 컴퓨터실을 빠져나갔다.

"살려줘!"

그녀는 미친 사람처럼 허공을 향해 악을 썼다.

"날 내보내줘!"

그녀는 어두운 복도를 내달렸다. 다시 번개가 쳤다. 복도 전체가 수천 개의 형광등을 켜놓은 것처럼 밝아졌다. 주노는 건너편 건물 옥상에서 사람의 그림자를 발견했다. 처음에는 잘못 본 거라 생각했지만, 이윽고 두 번째 번개가 내리쳤을 때는 도저히 그 형상을 모른 척할 수가 없었다.

길고 검은 머리를 늘어뜨리고 찢어진 교복을 입고 있는 여자.

그녀는 옥상 난간 위에 앉아 허수아비처럼 몸을 앞뒤로 흔들고 있었다.

주노는 가슴을 스쳐가는 싸늘한 예감에 전율했다.

아영은 끊임없이 주노를 부르고 있었다.

과거 최후의 순간에 주노를 만나지 못하고 떠나야 했던 게 한으로 남았다는 듯이.

게임을 끝내기 위해서는 옥상으로 가야 한다.

살갗이 찢겨 피가 줄줄 흐르고, 팔과 다리가 부러지는 한이 있더라도 말이다.

5.

옥상으로 올라가는 계단은 어두웠고, 습했으며, 담배 냄새와 오줌 냄새가 뒤섞인 악취까지 풍겨왔다. 사방은 축축하게 젖은 시멘트벽으로 감싸여 있었다.

하나, 둘, 셋, 넷, …, 열둘.

열둘, 열하나, 열, 아홉, …, 하나.

주노는 계단을 오를 때마다 숫자를 되뇌었다. 충계는 앞으로
세나 거꾸로 세나 모두 12계단이었다. 그녀는 벌써 일곱 번째 층
계를 오르고 있었다. 건물 층수로 따지면 3층 이상이 되는 높이를
올라온 것이었다. 그런데도 옥상 문은 나타날 기미가 보이지 않
았다.

주노는 제자리에 멈춰 서서 헛구역질을 했다. 끈끈한 침을 토
해낸 그녀는 멍하니 초등학교 때 들었던 괴담에 대해 떠올렸다.
옥상 문 앞에는 12개의 계단이 있는데, 밤 12시만 되면 13계단이
되어 층계를 오른 사람을 죽음으로 몰아넣는다는 이야기였다.

만약 옥상 앞에 13계단이 놓여 있으면 어떡하지? 나는 또 죽는
건가?

주노는 계단을 올려다보면서 생각했다. 그녀는 이내 피식 웃었
다. 만약 실패해서 죽는다 해도 다시 로드해서 마지막 구간을 반
복하면 그만이다. 13계단을 밟으면 죽을지도 모른다고 생각하는
것부터가 게임에 지나치게 몰두하고 있다는 증거였다.

신경 쓰이는 점이 있다면 계단을 오르기 시작했을 때부터 PD
의 연락이 들어오지 않는다는 것이었다. 이놈의 PD가 무슨 꿍꿍
이속인지 그녀로서는 알 수가 없었다. 지금은 일단 무소식이 희소
식이라는 속담을 믿을 수밖에 없었다.

아홉 번째 층계를 오르자 마침내 녹이 잔뜩 슬고 페인트가 벗

겨진 철문이 보였다. 주노는 마지막 계단을 올라갔다.

열둘.

그녀가 숫자 세기를 마쳤다.

열세 번째 계단 같은 건 어디에도 없었다.

주노는 다시 헛웃음을 지었다. 사람이 너무 긴장을 하면 오히려 웃음을 터뜨린다는데 지금이 딱 그랬다. 본드라도 흡입한 사람처럼 웃음을 참을 수가 없었다. 자신은 수십 번의 죽음을 맞이하고 손발이 뜯기는 고통을 참아가며 여기까지 왔는데, 지금까지 해왔던 모든 일이 그저 게임일 뿐이라는 사실이 우스워 견딜 수가 없는 것이다.

주노는 옥상 문손잡이를 잡고 힘껏 돌렸다. 문을 열자마자 비바람이 쏟아져 들어왔다. 그녀는 옥상 밖으로 나가자마자 흠뻑 젖은 생쥐 꼴이 되었다. 그럼에도 불구하고 옥상 난간에 위태롭게 앉아 있는 아영의 뒷모습만은 선명하게 보였다.

"아영아!"

주노가 그녀를 불렀지만, 억수같이 쏟아지는 빗소리에 막혀 거의 들리지 않았다.

"아영아, 제발 그러지 마!"

주노는 아영을 향해 천천히 다가갔다.

"그때는 널 막지 못했지만 지금은 달라."

그녀가 말했다.

"널 구하러 왔어."

주노의 눈시울이 붉어졌다. 가슴속에서 무언가 뜨거운 것이 치받혀 올라왔다.

지난 8년간 수도 없이 이날을 그려왔다. 게임 속에서나마 과거를 바로잡고 싶은 마음이 욕심이라면, 주노는 얼마든지 사람들에게 비난받아도 상관없었다.

아영은 고개를 숙인 채 까마득한 아래를 내려다보고 있었다. 아스팔트 바닥은 지옥으로 향하는 낭떠러지처럼 보였다. 주노는 떨리는 손으로 아영의 어깨를 잡았다. 시체를 잡은 것처럼 소름이 끼쳤지만 그녀는 손을 떼어내지 않았다.

"아영아. 이제 돌아가자."

주노는 어느새 눈물을 흘리고 있었다.

"나랑 같이…."

그녀의 말에 아영은 푹 젖은 머리를 들어 뒤를 돌아보았다. 주노는 드디어 아영의 얼굴을 볼 수 있을 거라는 기대감에 눈을 떼지 못했다.

주노는 얼음동상처럼 굳어버렸다.

아영은 고등학생 때의 주노와 똑같은 외모를 가지고 있었다.

하얀 피부에 검은 생머리. 강아지처럼 큰 눈과 오뚝한 코. 파랗게 질린 뺨과 입술. 비에 젖어 있으나 그 때문에 더욱 애처롭게 보이는 얼굴.

아영은 주노가 뭘 어떻게 할 새도 없이 그녀의 손을 뿌리치고는 그대로 허공에 몸을 던졌다.

곧이어 몸뚱어리가 땅바닥에 세게 부딪히는 소리가 들려왔다.

주노는 전신을 부들부들 떨었다. 차마 아래를 내려다볼 엄두가 나지 않았다.

아영이 다시 죽음을 맞이하자 게임의 배경도 삽시간에 뒤바뀌었다.

끝없이 쏟아지던 비가 수도꼭지를 잠근 것처럼 뚝 그치고, 하늘 또한 언제 태풍이 불었느냐는 듯이 맑아졌다.

주노는 선선한 바람이 불어오는 저녁 무렵의 옥상 한가운데에 서 있었다.

비에 푹 젖었던 몸은 어느새 말라 있었다. 전신을 뒤덮고 있던 상처도 깨끗이 사라진 지 오래였다.

갑작스러운 변화가 의미하는 바는 하나뿐이었다.

이번 회차는 실패다.

아무리 생각해도 어디서부터 잘못되었는지 알 수가 없었다. 더욱 끔찍한 것은, 이제 그녀 스스로 게임을 끝낼 수 없게 되었다는 것이다.

신호음이 울렸다. 주노는 또다시 시청자들의 욕설을 읽어야 한다는 생각에 한숨을 푹 내쉬었다.

그런데 그녀의 예상과 달리 채팅창의 분위기는 이전과 달라져 있었다.

– 뭐야? 방송국이 어떻게 됐다고?

– 50명이 대피했다는데. 심각하네, 이거.

주노는 눈을 동그랗게 떴다. 방송국에 어떤 문제가 생겼다는 이야기였다. 그녀가 당황하건 말건 의미 모를 채팅은 끊임없이 이어졌다.

- 지금 앰뷸런스 온 거지?

- WGN 개국 1주년 만에 문 닫게 생겼네. 불쌍하다ㅜㅜ

- 누가 죽었다는 거야? 설명 좀 해줘.

- 연기가 엄청 나네ㅜㅜ 나 무서워서 앞으로 VR게임 못 할 듯….

도무지 네티즌들이 무슨 말을 하는지 알 수가 없었다. 앞 내용을 읽어보려 해도 초당 수백 개가 넘는 메시지가 쏟아지는 바람에 스크롤을 밀어 올리는 것이 불가능했다. 주노는 PD에게 음성 메시지를 보냈다.

"PD님! 사고가 났다고 하는데 이게 무슨 소리예요? 지금 방송 진행되고 있는 거 맞아요?"

주노가 소리를 질렀지만 대답은 돌아오지 않았다.

그녀는 스마트 워치를 이리저리 조작해보았지만 기계는 도리어 멈춰버리고 말았다. PD의 지시도, 시끄럽게 떠들어대던 네티즌들의 채팅도, 방청객들의 환호성도 더 이상 들려오지 않았다. 이상한 일은 그뿐만이 아니었다. 게임이 실패로 끝났다면 주노는 진즉에 이전 세이브 파일로 돌아가 있어야 했다. 만약 네티즌들의 말대로 방송 중 사고가 났다면 스테프들이 그녀를 깨워 대피시켰을 것이다. 그런데 자신은 지금까지 아무런 이상도 느끼지 못하지 않았는가?

등골이 오싹해졌다. 생명체가 없는 외계 행성에 홀로 남은 것 같은 공포감이 밀려왔다. 어떻게든 이곳을 벗어나야 했다. 하지만 도대체 어떻게? 주노는 엄지손톱을 질겅질겅 씹으며 눈알을 굴렸다. 옥상은 텅 비어 있었다. 계단으로 향하는 문도 막혀버렸다. 누군가가 이토록 간절한 순간은 지금까지 경험해본 적이 없었다.

게임을 끝내려면 새로운 전환점이 필요했다. 엔딩으로 향하는 길을 안내해줄 NPC(Non Player Character)가 말이다. 그러나 지금까지 등장한 NPC는 한 명밖에 없었다.

주노가 그녀를 떠올리던 찰나, 뒤에서 문이 열리는 소리가 들렸다.

그럼 그렇지, 게임에 NPC가 없어서야 말이 되겠는가. NPC는 여느 게임들처럼 플레이어에게 새로운 스토리와 진행 방향을 제시해줄 것이다. 주노는 구세주의 발소리를 들은 것 마냥 환희에 찬 얼굴로 뒤를 돌아보았다.

"미안하지만 틀렸어."

NPC, 아니 옥상으로 올라온 신지수 선생이 말했다.

"이건 게임이 아니야."

멀리서 매미 울음소리가 들려왔다. 교정은 온통 부드러운 연어 빛으로 물들어 있었다. 불어오는 바람이 땀에 젖은 살갗을 식혔다.

늦여름의 낙조였다.

"그래도 오늘은 시간이 많이 단축되었어."

신지수 선생은 손부채를 만들어 눈을 가리고는 서쪽 하늘에 걸린 태양을 바라보았다.

"처음 네가 이 짓을 시작했을 때는 옥상까지 오는 데 2박 3일이 걸렸지."

"아까 분명히 당신한테서 도망쳤는데."

주노가 허탈한 표정으로 말했다.

선생은 다정한 얼굴로 웃었다.

"우리는 여기서 100번도 넘게 만났어."

선생은 뒷짐을 진 채 천천히 주노 앞으로 다가왔다.

"하지만 아무것도 달라진 건 없었지."

"말도 안 되는 소리 말아요."

주노는 주춤주춤 뒤로 물러섰다.

"내가 게임리로드를 100번이나 했단 말이에요? 만약 그랬다면 그 전에 PD가 나를 죽였을 거예요!"

"말귀를 못 알아듣는구나. 이건 게임이나 방송이 아니라니까."

"그럼 뭔데요? 죽었다가 살아나고, 다시 스토리를 진행하고, 시청자들이 내 모습을 지켜보는 것이 게임이 아니면 대체 뭐냔 말이에요?"

"네 머릿속."

선생은 주노의 눈을 똑바로 응시하며 말했다.

"정확히 말하자면 '혼수상태에 빠진 너의 뇌 속'이지. 이번에는 제발 한 번에 알아들었으면 좋겠구나."

주노는 잠시 선생의 홀로그램다운 매끈한 얼굴을 응시했다.

이윽고 그녀는 배를 잡고 웃기 시작했다. 곧 배가 당기고 옆구리가 아파왔다. 한참을 폭소하던 그녀는 눈물까지 훔치며 선생에게 말했다.

"당신 너무 웃긴다. 나 방금 소름 돋았잖아. IOM2는 참 대단한 게임이야. 공포장르에서 코미디까지 다 나오고."

"…."

"그런데 어이없는 게 뭔지 알아? 여기서 당신 말을 믿을 사람은 아무도 없다는 거야! 당신은 사람이 아니라 NPC야. 컴퓨터에 입력된 대사 말고 다른 말은 못 하는 캐릭터일 뿐이란 말이야!"

주노는 선생에게 손가락질하며 한껏 비웃는 표정을 지어 보였다. 고등학교 시절 그녀는 신지수 선생님 앞에서 고개도 제대로 들지 못했다. 선생님은 준오를 인정해준 적이 없었다. 준오가 백일장에서 상을 받아도, 열심히 공부해 성적을 올려도 미소조차 지어주지 않았다. 아영이 준오의 글을 비슷하게 따라 썼다는 이유만으로 두 사람의 상을 박탈하기까지 했다. 그때 선생님은 울며불며 사정하던 준오를 세상에서 가장 불쌍한 무지렁이 보듯 내려다봤다.

마치 지금처럼.

"다행이야. 적어도 울지는 않아서."

그렇게 말하는 선생의 얼굴은 조금도 다행인 것처럼 보이지 않았다.

"이 게임을 107번이나 반복하는 동안 내가 진실을 얘기했을 때

너의 반응은 셋 중 하나였어. 웃거나, 울거나, 아니면 멍하니 있거나. 이번에는 웃는 쪽이라 성가시지 않아서 좋네."

"내가 IOM2를 107번이나 플레이했다고?"

주노는 이제 기가 막혀 웃음도 나오지 않았다.

"난 오늘 IOM2를 처음 해봤어!"

"오늘이 며칠인지는 알고 있어?"

"그야 8월 18일이지. WGN 방송국 개국일이니까!"

"오늘 무슨 일이 있었는지는 기억해?"

"당연한 거 아냐?"

"그럼 지금 말해봐."

선생이 다시 주노에게 다가왔다. 주노는 아침부터 있었던 일을 차근차근 떠올려보려 했다. 방송국에 오자마자 PD가 대기실로 들어와 주의사항을 전달했다. 스튜디오로 나가자 팬들이 몇 명 있었다. 오렌지 주스가 있어 한 모금 마셨다…. 아니, 이건 있을 수 없는 일이다. 그녀는 설탕이 잔뜩 들어간 주스는 마시지 않는다. 주노는 다시 정신을 집중했다.

마치 몇 달 전에 본 드라마를 떠올리는 것처럼 두서없는 삽화들만 기억날 뿐이었다.

"왜 그러는 거지?"

선생이 물었다.

"설마 아무것도 기억나지 않는 건 아니겠지?"

"내가 왜 그걸 당신한테 얘기해줘야 돼?"

주노는 불퉁한 얼굴로 쏘아붙였다. 선생은 한숨을 푹 내쉬었다.

"역시 회차를 거듭할수록 퇴화하고 있구나."

뜻 모를 말에 주노는 울화가 치밀었다. NPC와의 선문답 따위에 낭비할 시간 따위 없었다. 그녀는 다시 시계를 두드리며 PD를 불렀다.

"PD님! 들리면 대답해주세요! 저 이제 게임 못 하겠다니까요? PD님!"

"지금 뭐하는 거야?"

선생이 황당하다는 표정으로 그녀를 쳐다봤다. 주노는 선생을 무시하고 계속 시계를 두드렸다.

"언제까지 그 깡통을 두드릴 셈이야?"

"시끄러워!"

주노가 히스테릭하게 소리를 질렀다.

그러자 손목에 찬 스마트 워치가 온데간데없이 사라졌다.

주노는 경악했다. 그녀는 정신없이 바닥을 둘러보다가 혹시나 하는 마음에 주머니까지 뒤져보았다. 하지만 그것은 어디에도 없었다.

그녀를 현실과 이어주는 통로가 완전히 사라진 것이다.

"그동안 뭔가 이상하다고 느낀 적은 없었어?"

넋이 나간 주노를 대신해 선생이 입을 열었다.

"기억이 사라진다거나, 외부와의 통신이 끊어진다거나, 갑자기 몸이 아프다거나. 그 밖에도 꽤 많은 일들이 있었을 텐데?"

사실 짐작 가는 데가 있었지만 주노는 일단 부정부터 했다.

"아니, 없는데?"

"또 거짓말을 하는구나."

"난 거짓말한 적 없어."

"아니. 넌 오늘 무슨 일이 일어났는지 알고 있어."

그랬다. 주노는 그것을 떠올린 지 오래였다. 다만 입 밖으로 꺼낼 수 없을 뿐이었다.

선생은 어느새 아영이 뛰어내린 난간 옆에 서 있었다.

"8년 전 8월 18일. 네 친구 백아영이 이곳에서 자살했지."

그녀는 난간 밖으로 상체를 길게 내밀이 교정을 굽어보았다.

"그로부터 8년 뒤, 넌 방송국에서 신작 VR게임을 하던 중 기계 오작동으로 혼수상태에 빠졌어."

선생은 다시 몸을 돌려 주노를 바라보았다.

주노는 어느새 코피를 줄줄 흘리고 있었다.

그녀가 흘린 코피가 옷자락을 적시고 바닥으로 뚝뚝 떨어졌다. 손을 들어 콧구멍을 막고 피 묻은 옷을 닦아보려 했지만 소용없었다. 곧 그녀의 귀에서도 굵은 피가 흘러나왔다. 주노는 자기 몸에서 솟구쳐 나오는 피를 천치처럼 내려다볼 수밖에 없었다.

"방송 중 전류가 지나치게 많이 사용된 탓이었을 거야. 기계 정비를 게을리한 방송국의 과실이었지. 네 의식을 게임에 연결한 헤드기어의 전자기파가 멋대로 폭주하기 시작한 건 말이야. 그 밖에도 여러 기술적인 문제가 겹쳐서…"

주노는 방송을 시작하기 전 게임기기 정비로 분주했던 스테프가 했던 말을 떠올렸다.

글쎄요. 스튜디오 화면과 게임 캡슐 연결에 조금 오류가 생겼다는데요. 금방 해결될 테니 걱정하실 필요는 없습니다.

"화재가 나자 방송국은 아수라장이 됐어. 구조대가 너를 간신히 밖으로 데리고 나왔지만, 불행히도 넌 깨어나지 못했지. 너는 지금도 VR게임기에 연결된 상태로 '잠자는 숲 속의 공주'처럼 누워 있어. 현재 네 신체에서 살아남아 있는 부분은 전두엽과 측두엽, 그리고 연수뿐이야."

"말도… 안 돼."

주노는 울컥 선지피를 토해냈다.

"대체, 언제부터."

"네가 처음으로 흰 까마귀를 보았을 때."

선생은 파마머리를 돌돌 말았다 풀기를 반복했다.

"그 대목이 너희 게이머들이 말하는 속칭 '엔딩 분기점(分岐點)'이었단다. 어때, 이제 설명이 좀 되었니?"

설명이 되었을 리가 없었다. 주노는 목과 척추가 연결된 부위에 예리한 쇠꼬챙이가 찔려 들어오는 듯한 통증을 느꼈다. 그녀는 덜덜 떨리는 손으로 목 뒤를 만졌다. 화상을 입어 부풀어 오른 상처가 손끝에 잡혔다. 그녀는 피 웅덩이 위로 무릎을 꿇었다. 선생은 가만히 서서 그녀를 쳐다보았다.

"넌 지금 죽어가고 있어."

그녀는 감정이 실려 있지 않은 목소리로 말했다.

"의사들은 지난 석 달 동안 너를 깨우기 위해 온갖 방법을 다 사용했어. 그런데 넌 번번이 그 기회를 날려버렸지."

"당신이, 내게 무슨 기회를 줬다는 거야?"

주노는 숨을 헐떡이며 말했다. 선생은 이맛살을 찌푸렸다.

"비록 혼수상태에 빠졌지만 너의 뇌는 여전히 자신이 게임을 하고 있다고 인식하고 있지. 몇 번이고 방송을 시작했던 날로 되돌아가면서 말이야. 의사들은 네 뇌가 아직 게임기에 연결되어 있다는 점을 착안해 색다른 발상을 내놓았어."

선생은 집게손가락으로 관자놀이를 두드렸다.

"네 머릿속에서 진행되고 있는 게임이 완벽히 끝난다면, 넌 스스로 혼수상태에서 깨어날지도 모른다고 말이야."

의사들은 프로그래머들의 협력을 얻어 VR게임기에 새로운 캐릭터를 집어넣었다. '선생님'은 주노의 무의식 속에서 게임을 끝내도록 인도할 안내자 역할이었다. 의사들은 새로운 시도가 성공을 거두기를 기대했지만, 정작 프로그래머들도 새로운 캐릭터가 게임 속에서 어떤 역할을 할지 전혀 예상하지 못했다.

"내가 네 고등학교 담임 선생님인 신지수가 된 것도, 자살한 백아영이 게임의 최종 목표가 된 것도 모두 네 무의식 때문이었어. 난 최대한 너를 돕기 위해 애썼지만 결과는… 굳이 말하지 않아도 알겠지?"

"나를 도와주는 캐릭터라고?"

그녀는 선생을 있는 힘껏 노려보았다.

"웃기는 소리 마. 당신이 날 몇 번이나 죽였는지 기억 안 나?"

"나는 항상 너를 올바른 엔딩으로 안내했어. 하지만 넌 마지막 순간마다 잘못된 선택을 했지. 알다시피 플레이어의 최종 선택에 NPC는 관여할 수가 없거든."

주노는 여전히 선생을 노려보고만 있었다. 선생은 깊은 한숨을 내쉬었다.

"오늘도 실패하면 의사들도 결단을 내릴 수밖에 없을 거야."

"결단이라니, 무슨, 뜻이야?"

"생명유지장치를 떼어내는 것."

선생이 대답했다.

"내일이면 보호자 동의서에 사인을 받게 될 거야."

그 말을 들은 주노는 퓨즈가 끊긴 것처럼 의식을 잃었다.

주노는 의식과 무의식 사이에서 헤엄치는 물고기가 되었다.

물고기는 지느러미를 이리저리 흔들며 기억을 나누는 경계선 사이를 헤집고 들어갔다.

준오의 아버지는 그녀의 이름을 남자아이처럼 지었다. 이유는 단순했다. 그는 딸이 아닌 아들을 원했기 때문이다. 애초에 아버지는 가정을 실수로 갇혀버린 감옥처럼 취급했다. 그는 준오가 초등학생이었을 때 집을 나갔고, 두 번 다시 돌아오지 않았다.

준오는 자신의 이름을 좋아한 적이 없었다.

단 한 번도.

"난 네 이름이 멋있다고 생각해."

친구 백아영이 말했다. 준오는 그녀와 초등학교 4학년 때 같은 반이 되면서 처음 만났다. 두 사람은 같은 동네에 살았기 때문에 가끔 함께 집에 가곤 했다.

"널 사랑하는 아빠가 지어주신 거잖아. 다른 아이들이 놀린다고 해서 너까지 네 이름을 부끄럽게 생각하면 안 돼."

아영은 외모는 예뻤장했지만 가정형편은 좋지 못했다. 성격 또한 극도로 내성적이어서 친해지기 전까지는 말 한마디 먼저 안하는 것으로 유명했다. 그러면서도 가끔 주제넘은 충고를 하곤 했기 때문에 아이들에게 인기가 없었다.

골목 모퉁이를 돌아가자마자 아영을 마중하러 나온 그녀의 아버지가 보였다. 아영은 아버지에게 달려가 볼에 뽀뽀를 하고 널찍한 품에 안겼다. 아영 아버지는 준오에게 아영과 친하게 지내줘서 고맙다며 꼬깃꼬깃한 오천 원짜리 지폐를 용돈으로 주었다. 준오는 얌전히 돈을 받고 돌아섰다.

준오는 집 근처 시궁창에서 지폐를 조각조각 찢어서 하수구에 버렸다.

"우리 아빠는 회사 일 때문에 아르헨티나로 가셨어. 가끔씩 선물을 보내시는데 다 내가 싫어하는 것들뿐이야. 얼마 전에도 곰 인형을 선물로 보내더라니까? 난 벌써 5학년인데 말이야."

"너희 아빠 참 대단하시다. 그런데 아르헨티나는 어디에 있는 나라야?"

"굉장히 더운 나라래."

준오는 아영에게 대꾸하면서 머릿속에 있는 메모장에 이번 이야기의 허점을 기록했다. 미국이나 일본 같은 나라는 아이들이 잘 알고 있어서 거짓말이 들통 나기 쉽다. 그래서 아이들에게 생소한 아르헨티나를 내세운 것인데, 아영이 이런 질문을 해올 거라고는 미처 예상하지 못했다.

"엄마가 제대로 얘기해주지 않아서 나는 잘 몰라."

"그렇구나."

아영은 고개를 끄덕이고 입을 다물었다. 준오는 다음부터 제대로 된 증거물을 들고 와 반 친구들에게 보여줘야겠다고 생각했다.

준오는 초등학교 전교 백일장에서 1등상을 받았다. 아영은 장려상을 받았기 때문에 시상대에 오르지 못했다. 준오는 교장선생님에게 직접 상을 받은 뒤 아영을 바라봤다. 그녀는 웃으면서 박수를 치고 있었다.

글짓기는 평소에도 말을 잘 꾸며내는 사람이 유리하게 되어 있다.

아영은 지금까지 자신이 하는 거짓말을 한 차례도 눈치채지 못했다. 아무리 예쁘고 똑똑한 아이라 해도 모자란 점 하나쯤은 있는 법이다.

단상에서 내려온 준오는 아영의 축하인사를 받았다. 준오는 이번에 운이 좋았을 뿐이라며 짐짓 겸손한 척했다.

상장을 들고 집으로 돌아온 그녀는 혼자 밥을 차려 먹었다. 일을 하러 나간 외할머니는 밤늦도록 돌아오지 않았다.

두 사람은 다른 중학교로 진학했다. 중학생이 되어 영악해진 아이들에게 준오의 어설픈 거짓말은 더 이상 통하지 않았다. 준오는 학교에서 철저히 짓밟히고 고립되면서 교훈을 얻었다.

거짓말을 진실로 만들기 위해서는 내가 거짓말을 하고 있다는 사실마저 잊어버려야 한다는 것을.

준오는 고등학생이 된 아영과 다시 만났다. 그녀는 어린 시절보다 더 아름다운 모습으로 성장해 있었다. 하지만 그녀의 낯가림은 더욱 심해진 상태였다. 아영은 오랜만에 만난 준오도 본체만체했다. 준오는 예상치 못한 그녀의 변화에 몹시 놀랐다.

"백아영 쟤, 중학교 때 잘나가는 남자애들 사이에서 양다리 걸치다가 친구 남친도 빼앗았잖아."

아영과 같은 중학교를 졸업한 여학생이 말했다.

"그래서 거의 1년 넘게 전교 왕따였어."

그럼에도 준오는 아영과 이름표를 바꾸었다.

그때는 중고등학교 여학생 사이에서 서로의 이름표를 바꿔 다는 것이 진실한 우정의 증표였다. 준오도 중학교 때 왕따를 당했고, 나이가 들어도 과거의 경험에서 벗어나지 못했다는 점에서 아영과 비슷했다. 그녀에게 있어 소문의 진실 여부는 중요하지 않았다. 아영이 예전처럼 자신의 말을 믿어주는 한.

아영은 여전히 아이들이 자신을 싫어하는 이유를 모르고 있었다. 어른들은 아영을 예쁘고 착한 데다 글도 잘 쓰는 문학소녀라고 말했다. 반면 아이들은 그녀가 남자들의 관심을 끌기 위해 일부러 연약한 척, 착한 척을 한다고 생각했다.

그러나 아영의 모습은 계산이 아니라 천성이었다. 준오는 아영을 보며 거짓말도 공부나 운동에 대한 재능처럼 타고나야 한다는 것을 깨달았다.

준오의 가슴에는 '백아영'이라고 쓰인 이름표가 매달렸다. 그녀는 아영에게 자신의 이름표를 건네주며 말했다.

"앞으로 무슨 일이 있어도 너는 내 친구야. 그러니까 너도 날 믿어줘야 해. 알았지?"

아영의 눈시울이 순식간에 붉어졌다. 그녀는 울면서 거듭 약속했다.

앞으로 무슨 일이 일어난다 해도 준오의 말을 믿겠다고 말이다.

어느 날 조례 시간에 신지수 선생님이 말했다.

"아영이와 준오는 날이 갈수록 더 닮아가는구나. 마치 쌍둥이처럼 말이야."

두 사람을 향해 반 아이들의 시선이 쏠렸다. 준오는 의기양양하게 턱을 치켜들었다.

그녀는 아영을 따라 등허리까지 머리를 길렀고 미백 화장품을 발랐다. 작은 키를 늘일 수는 없었기에 일부러 굽이 높은 신발을 신었다. 살을 빼기 위해 사흘씩 급식을 건너뛰고 매일 줄넘기를 천 개씩 뛰었다. 아영의 말투와 목소리, 심지어는 웃을 때 손을 입으로 가리는 모습까지 따라했다.

그렇지만 준오가 유일하게 아영을 따라잡지 못하는 부분이 있었다.

초등학교 시절에는 두 사람이 글짓기로 순위를 다투었지만 고등학교에서는 상황이 역전되었다. 준오의 글은 더 이상 선생님들의 관심을 끌지 못했다. 아영은 꾸밈없는 단순한 어휘만으로도 사람들에게 열화와 같은 반응을 얻어냈다. 준오는 유일한 재주인 글짓기마저 아영에게 빼앗겼다는 열등감에 시달렸다.

준오는 아영에게 글짓기 노하우를 알려달라며 매달렸다. 아영은 딱히 노하우라고 할 만한 게 없다며 난색을 표했지만 준오는 끈질겼다. 아영은 어쩔 수 없이 그녀가 쓴 글에서 부족한 점을 짚어주었다.

"네 글을 보면 마치 꿈을 꾸는 것 같아. 현실은 비참한데 억지로 그쪽을 바라보지 않으려고 애쓰는 느낌이랄까. 성냥팔이 소녀가 성냥을 계속 그으며 환상을 찾아도 결국 현실은 추운 겨울밤일 뿐이잖아. 독자들은 그 점을 본능적으로 알아볼 수 있어."

그 말인즉슨 준오는 글을 통해 꾸준히 진실에서 도피하고 있다는 뜻이었다. 준오는 온몸의 털이 곤두설 정도로 화가 났지만, 순진한 얼굴로 바라보는 아영에게 차마 퍼부어댈 수는 없었다.

"그래. 네 말이 맞는 것 같아."

준오는 일단 화를 접어두기로 했다. 아영의 건방진 태도에 분노하는 것보다 당장의 상 점수가 더 중요했다.

다음 교내 대회에서 준오는 아영의 뒤를 이어 2등 상을 받았다. 아영은 준오의 수상을 축하해주었지만 그녀는 들은 체도 하지 않았다.

이번에는 모자랐지만 앞으로 조금만 더 있으면 아영을 따라잡을 수 있을 것이다.

쌍둥이는 2학년에도 같은 반이 되었다. 아영은 준오가 있어 안심이라고 말해왔지만 정작 그녀의 생각은 달랐다.

학년이 바뀌자 요즘 부쩍 예뻐진 준오에게 관심을 보이는 친구들이 많아졌다. 준오가 다른 친구들과 어울리기 시작하자 아영은 자연히 뒷전이 되었다.

"오늘 점심 같이 못 먹은 건 미안하다고 했잖아. 다른 애들이 자꾸 같이 먹자고 해서 나도 어쩔 수 없었단 말이야."

"그건 알아. 하지만 미리 말해줬으면 좋았을 텐데…."

"그래. 내가 미리 말 못 한 거 정말 미안해. 그렇지만 너도 오늘 같은 날에는 나를 무작정 기다리지 말고 다른 친구랑 같이 밥을 먹든가 했어야지. 그 정도 융통성은 있어야 할 거 아냐?"

물론 준오는 그녀에게 다른 친구가 없다는 것을 알고 있었다. 아영은 입술을 짓씹은 채 아무 말도 하지 않았다. 그때 준오는 뇌리를 스치는 생각에 전율했다.

아영은 더 이상 예전처럼 예뻐 보이지 않았다.

그러던 중 백일장 사건이 터졌다.

신지수 선생님은 준오를 교무실로 불러 쌍둥이가 서로 글을 베껴 쓴 것이 아닌지 물어보았다. 준오는 아영이 자신의 이야기에 영향을 받았을지도 모른다고 둘러대 표절 혐의를 피했다. 그러나 선생님은 준오와 아영 모두 수상자 목록에서 탈락시켰다.

대학 진학과 직접적으로 연결된 중요한 상이었기에 준오의 충격은 이루 말할 수가 없었다. 그러나 더욱 참을 수 없는 것은 아영의 의심이었다.

"아니라니까 몇 번을 말해? 내가 왜 일부러 네 글을 베꼈겠어? 네 엄마 이야기를 나도 모르게 기억해서 그렇게 된 거라고 했잖아!"

"왜 선생님 앞에서 내가 네 글을 베낀 것처럼 말씀드린 거야?"

"아니야. 난 오히려 네 편을 들어주었단 말이야. 네가 절대 내 글을 베낄 리가 없다고 했어. 그런데 선생님이 혼자 오해를 해서는 우리 둘 모두에게 잘못이 있다고 설교를 하는데…!"

한창 말다툼을 하던 중 아영의 시선이 준오의 가슴팍으로 향했다.

그녀의 옷에 달려 있어야 할 아영의 이름표가 없어진 것이다.

"학주가 뭐라고 해서 어쩔 수 없이 뗐어."

준오는 신경질적으로 말했다.

"유행도 다 지났잖아. 이제 우리 학교에 절친 이름표를 달고 다니는 애들은 아무도 없다고."

아영은 자신의 가슴에 달린 준오의 이름표를 만지작거렸다.

"… 미안해. 난 몰랐어."

그녀가 말했다.

물고기는 주노의 마지막 기억이 저장되어 있는 거대한 울타리 안으로 헤엄쳐 들어갔다.

준오에게 옆 학교 남학생의 데이트 신청이 들어온 날, 그녀는 뛸 듯이 기뻐하다가 이내 급격한 실망에 빠져들었다.

그가 데이트를 신청한 상대는 준오가 아닌 아영이었기 때문이다.

준오는 쉽게 이웃을 모으기 위해 아영의 사진을 프로필에 올려놓았다. 아영은 계정을 관리하지 않았기 때문에 준오가 그녀의 홈페이지를 대신 맡아 운영하고 있었다.

"미안해, 아영아. 딱 한 번만 나가주라. 친구 좋다는 게 뭐니?"

"그렇지만 홈페이지 운영자는 너잖아. 그 남자와 계속 채팅한 사람도 너고."

"그건 상관없어. 걔가 데이트하고 싶어 하는 여자는 너야. 넌 예쁘게 생겼으니까."

"내가 예쁘다고?"

아영은 이해할 수 없다는 표정을 지었다. 준오는 또다시 속이 메스꺼워졌다.

"어쨌든 이번 일만 잘 끝내면 내가 지금까지 빌려간 돈도 다 갚고, 아무튼 절대 은혜 잊지 않을게. 친구 소원 좀 들어주라. 응?"

아영은 대답 대신 가슴에 매달린 준오의 이름표를 매만졌다. 그녀는 아직도 그것을 떼지 않고 있었다.

"알았어. 이번이 마지막이야."

그녀가 말했다.

다음 날부터 아영은 학교에 나오지 않았다.

일주일도 되지 않아 학교에 이상한 소문이 돌았다.

아영은 친구 준오가 짝사랑해왔던 남자와 데이트를 즐겼다. 심지어 그들은 만난 지 하루 만에 모텔 촌으로 들어가기까지 했다. 누가 그것을 보았는지 아는 사람은 아무도 없었다. 그러나 정체 모를 목격자는 아영의 부정을 확실시하는 결정적 증거가 되었다.

준오는 어느새 악녀에게 남자를 빼앗긴 드라마 여주인공이 되어 있었다. 아이들은 그녀에게 몰려와 소문의 진상을 요구했다.

그때 그녀는 연락이 끊긴 아영에게 몹시 화가 나 있었다. 아영에게 데이트를 대신 나가달라 부탁한 건 어디까지나 거짓말을 감추기 위해서였다. 그런데 아영은 중학교 때 버릇을 고치지 못하고 또다시 친구의 남자에게 꼬리를 친 것이다.

도저히 용서할 수 없다.

준오는 생각했다.

그녀는 아이들에게 소문의 대부분이 사실이라고 말했다. 자신이 아영의 사진을 멋대로 홈페이지에 게시해놓고 남학생과 지속적으로 채팅을 해왔다는 사실은 불필요한 사족이었다. 아이들은 원하는 진실을 얻고 돌아간 다음 제멋대로 입방아를 찧어댔다.

아영은 열흘 만에 다시 등교했다. 그러자 1학년 초와는 비교도 되지 않을 만큼 교묘하고 악질적인 따돌림이 이어졌다. 그녀의 미니 홈페이지는 대번에 욕설로 뒤덮였다. 학생들만 들어갈 수 있는 인터넷 게시판에는 아영의 이니셜을 제목으로 한 음란한 루머가 하루가 멀다 하고 올라왔다. 준오는 더 이상 아영의 홈페이지를 관리하지 않았고, 학교에서 그녀를 만나도 아는 척하지 않았다.

그녀는 적어도 아영을 괴롭히는 무리에는 끼어들지 않았다.

그저 모두 내버려두었다.

여름방학이 시작되어 아영과 학교에서 마주하지 않게 될 때까지.

준오는 노래방에 앉아 책을 뒤적이고 있었다. 거리에서 사귄 친구가 마이크를 붙잡고 악을 쓰고 있었다. 탁자 위에 올려놓은 휴대폰이 불빛을 내며 진동했다. 발신자 이름을 본 그녀는 황급히 휴대폰을 낚아챈 다음 복도로 빠져나왔다.

"아, 아영이니?"

준오가 물었다.

"… 준오야."

아영이 잔뜩 잠긴 목소리로 말했다.

"… 네가 했니?"

복도에 누구라도 지나가주기를 바랐다. 혹시 친구들 중 누군가 자신을 걱정하여 뒤쫓아 나오지는 않을까. 그렇다면 적당히 핑계를 대며 전화를 끊을 수 있을 텐데. 그러나 노래방에서는 쿵쿵거리는 반주소리만 들려왔다.

"무슨 소리야?"

준오는 말을 더듬지 않기 위해 숨을 골랐다.

"내가 뭘 했다고?"

"학교에 소문 퍼뜨린 거. 네가 그랬냐고."

"대체 무슨 말인지 모르겠네."

이영은 담담히 설명을 시작했다. 그녀는 잠시 볼일이 있어 집 밖으로 나왔다가 학교 동급생들과 마주쳤다. 그들은 그녀를 손가락질하며 배신자라고 불렀다. 아영은 그들에게 달려가 이유를 따져 물었다.

그들은 아영에게 모든 이야기를 털어놓았다.

"네가 말했다고 했어. 네가 좋아하던 남자를 내가 빼앗아갔다고…. 그리고 백일장에서 수상이 취소된 것도 전부 내 탓이라고 말이야."

휴대폰을 든 준오의 손이 바들바들 떨렸다.

"아니야."

"뭐가?"

"방금 네가 한 말, 사실 아니라고."

"그 애들이 네가 학교에서 떠드는 걸 옆에서 들었다고 했어."

"넌 그 말을 믿어? 널 괴롭히는 애들의 말을? 넌 내 친구야. 그 럼 내 말을 더 믿어야 하는 거 아냐?"

"친구?"

아영이 되물었다.

"우리가 친구라고?"

준오는 그렇다고 대답하려 했다. 그런데 다른 때와 달리 지금 은 자신을 속일 수가 없었다. 거짓말을 하고 있다는 사실을 잊어 야 하는데, 도무지 잊히지가 않았다. 준오가 가슴 속에 품고 있던 진실은 어느새 두드러기처럼 온몸을 뒤덮었다.

나는 너를 친구라고 생각한 적이 없다고.

어린 시절부터 내게 없는 모든 것을 갖고 있는 네가 끔찍하게 싫었다고.

그럼에도 너와 함께 있었던 건, 너에게 거짓말을 인정받을 때 마다 느꼈던 만족감 때문이었노라고.

아영은 숨죽여 흐느끼기 시작했다. 수화기 너머에서 바람소리 가 들려왔다. 야외에서 전화를 하고 있는 것 같았다.

"나 화내려는 거 아냐. 네 진심을 듣고 싶어서 이러는 거야. 제발 대답해줘. 정말 네가 한 짓이 아니야?"

잠시 아영에게 진실을 말하고 싶은 충동이 일었다.

그러나 준오의 이성은 뒷덜미를 잡아채고 속삭였다.

진실을 말한 다음을 감당할 수 있겠느냐고 말이다.

만약 사실을 털어놓으면 어떻게 될 것인가. 앙심을 품은 아영이 부모님이나 선생님에게 고자질을 할 수도 있었다. 유명 인터넷 게시판에 준오가 지금까지 했던 짓을 써서 올린다면 그녀는 순식간에 매장당할 수도 있었다.

하지만 가장 두려운 일은 따로 있다.

진실을 밝히면 자신은 나쁜 사람이 될 것이다.

그녀는 경험을 통해 알고 있었다. 거짓말을 들킨 거짓말쟁이가 다시 신뢰를 얻기 위해서는 거짓말을 쳐왔던 기간의 두 배 이상을 참말만 말해야 한다. 그리고 사람들은 거짓말쟁이에게 모욕과 냉대를 형벌처럼 퍼부을 것이다.

준오는 본능적으로 늘 편히 걷던 길로 방향을 틀었다.

"아니야."

준오는 진짜 억울한 사람처럼 목소리를 꾸며냈다.

"난 모르는 일이야. 정말이라니까?"

수화기 너머로 잠시 흐느끼는 소리가 들려오더니 전화가 끊어졌다. 준오는 눈앞이 핑 돌아 벽에 등을 기댔다. 이마를 만져보니 땀이 흥건했다. 위기를 넘겼으니 안심이 되어야 하는데, 심장은 이상하게도 자꾸 날뛰었다. 다시 노래방으로 들어가 보니 친구들은 벌써 자리를 파할 준비를 하고 있었다. 준오는 친구들이 모두 떠난 뒤에도 오랫동안 집에 돌아가지 못하고 밤거리를 헤맸다.

휴대폰은 끝내 다시 울리지 않았다.

아영의 자살 소식을 들은 것은 다음 날 아침이었다.

깨어난 주노는 바닥에 엎드려 한참을 울었다.

그녀는 온몸을 뒤틀며 깨진 손톱으로 바닥을 긁었다. 눈물은 아무리 흘려도 그치지 않았고, 목에서는 끊임없이 울음소리가 새어나왔다. 새빨개진 얼굴은 갓난아기처럼 마구 일그러졌다. 눈물과 콧물이 줄줄 흘러 땅 위를 적셨다. 그녀는 쉼 없이 아영의 이름을 부르다, 허공에 대고 용서를 빌다, 다시 양손으로 귀를 막고 고개를 젓기를 반복했다.

선생은 여전히 옥상 난간에 기댄 채 운동장을 내려다보고 있었다.

두 눈이 녹아버릴 정도로 눈물을 쏟아내던 주노의 울음이 점차 잦아들었다. 선생은 그녀를 돌아보며 말했다.

"왜 우는 거지?"

주노는 겨우 딸꾹질을 멈추고 대답했다.

"아영이가… 아영이가 죽었어요."

"그런데?"

주노는 다시 왈칵 눈물을 터트렸다.

"전부 다… 나 때문이었어요."

주노는 울음을 토해냈다. 선생은 눈썹 한 올 까딱이지 않고 그녀를 내려다봤다.

"넌 이미 충분히 대가를 치르지 않았어?"

그녀가 말했다.

"아영이가 멋대로 자살을 했기 때문에 너도 학교에서 왕따를 당했잖아? 게다가 죄책감 때문에 대학에도 가지 못하고 자퇴를 했지. 네가 겪은 일도 아영이가 당한 것보다 더하면 했지 결코 덜하진 않을 거야."

주노는 맥없이 고개를 저었다.

"그렇지 않아요. 그건 단지… 핑계일 뿐이에요."

아영이 당했던 괴롭힘은 죄다 주노에게 옮겨왔다. 아이들에게 있어 따돌림의 대상은 굳이 아영이 아니라도 상관없었다. 그러나 주노는 자신이 아영 때문에 왕따를 당한다고 생각했다. 그녀는 학교에서 도망쳐 방이라는 단단한 껍질 속에 숨어버렸다. 표면적 원인은 친구의 자살로 인한 충격 때문이었지만 진짜 이유는 따로 있었다.

"잊으려고 했어요. 그런데 전혀 잊히지가 않았어요. 그래서 계속해서 이야기를 꾸몄어요. 1학년 때 이름표를 바꿨던 것처럼, 내가 아영이고 아영이가 나인 것처럼. 온종일 공책에 글을 쓰고 또 썼어요. 전부 아영이가 잘못한 거다, 나는 어쩔 수 없었다. 그렇게 생각하는 것 말고는 할 수 있는 게 아무것도 없었단 말이에요. 만약 모두 내 탓이라는 걸 떠올려버리면, 그럼 난…!"

"자살했겠지. 백아영처럼"

선생이 뒤이어 말했다.

"하지만 넌 그러지 않았어. 훌륭하게 스스로를 속여 넘기고 인터넷 방송인으로 재기에 성공했지. 죽은 친구 이야기는 네 성공스토리의 핵심 요소가 되었고 말이야. 이 극적인 시련 덕분에 사람들의 인기를 끌어서 고교 자퇴 학력으로는 꿈도 꿀 수 없을 만큼 많은 돈을 만졌지, 아마?"

선생은 손을 들어 주노의 뒤를 가리켰다. 주노가 돌아보니 어느새 그곳에는 인터넷 방송용 컴퓨터가 덩그러니 놓여 있었다.

그녀의 모습은 모니터를 통해 생중계되고 있었다. 네티즌들은 낄낄대며 그녀의 모습을 관람하기 바빴다. 채팅창은 어서 게임의 결말을 보여주라는 성화가 빗발치고 있었다.

선생은 그녀의 등 뒤로 다가와 어깨를 감싸 쥐었다.

"네게는 두 가지 선택권이 있어."

그녀가 주노의 귓가에 대고 말했다.

"하나는 게임에서 빠져나가는 길이고, 다른 하나는 모든 기억을 잃은 채 처음으로 돌아가는 길이야."

"처음으로 돌아가면… 어떻게 되는데요?"

"다시 게임을 플레이해서 아영을 구해내야지. 이제 로드 기회는 한 번밖에 남지 않았어. 만약 이번에도 실패한다면 너는…."

선생은 말 안 해도 알지 않느냐는 눈빛으로 그녀를 바라봤다.

주노도 알고 있었다. 내일이 오면 의사들은 그녀의 몸에 붙어 있는 생명유지장치를 제거할 것이다. 이번에야말로 진정한 죽음이 찾아오는 것이다.

"나는 어떻게 하면 되죠?"

"다시 처음으로 돌아가고 싶다면 저들에게 몸을 바쳐야 해."

선생이 말했다. 주노는 시끄럽게 울어대는 까마귀 무리를 쳐다
봤다. 어린애만 한 몸집을 가진 거대한 까마귀들이 옥상 난간으로
올라와 있었다. 일순 주노의 뇌리에 구역질나는 그림이 스쳐지나
갔다.

"설마 몸을 바치라는 게, 내가 저놈들에게 먹혀야 한다는 뜻이
에요?"

선생은 고개를 끄덕였다. 주노는 무릎으로 기어가 그녀의 치맛
자락을 붙잡았다.

"싫어요, 절대 안 돼요. 다른 건 다 해도 그건 못 하겠어요. 게임
에서처럼 잠깐 어두워졌다가 끝나는 게 아니란 말이에요. 산 채로
뱃가죽이 찢어져본 적 있어요? 자기 머리통이 깨져서 뇌가 쏟아져
나오는 걸 두 눈으로 직접 본 적이 있냐고요? 진짜로 죽을 만큼 아
프단 말이야!"

주노가 필사적으로 매달리자 선생은 마치 양심이 있는 인간처
럼, 진심으로 그녀가 가엾다는 듯한 표정을 지었다.

"그래. 이 방법은 싫다고 할 줄 알았어. 넌 방송인이니까 마무
리도 방송으로 짓는 게 마땅하겠지."

주노는 그녀가 무슨 말을 하는지 도통 이해할 수 없었다. 선생
은 다시 설명을 이어갔다.

"지금 의사들과 기술자들이 3D 뇌파 기기를 통해 네 의식을 체크하는 중이야. 즉, 지금 방송을 하면 외부인들이 네 마음을 읽을 수 있다는 얘기지."

"대체 여기서 무슨 방송을 하란 말이에요?"

주노가 황당하다는 듯이 물었다.

"진실을 고백해."

선생이 대답했다.

"그것만이 네가 게임에서 빠져 나갈 수 있는 길이야."

주노는 사형 선고를 받은 사람처럼 전신의 핏기가 사라졌다.

"안 돼요. 게임에서라면 얼마든지 털어놓겠지만 이건 실제라면서요? 사람들이 내 마음을 읽을 수 있다면서요? 그런데 어떻게 전부 밝히라고 할 수 있는 거죠? 당신은 어째서 현실이나 꿈속에서나 이토록 잔인한 거예요?"

주노의 눈에서 수도꼭지가 터진 것처럼 굵은 눈물이 쏟아지기 시작했다. 선생의 미간에는 짙은 고뇌의 흔적이 어려 있었다.

"… 50번째 루프에서 넌 지금과 똑같이 내게 애원했어."

그녀가 말했다.

"넌 처음으로 다시 돌아가는 대신 이전 플레이의 기억만이라도 유지하게 해달라고 빌었지. 나는 진실로 뉘우치고 있다, 이번에야말로 아영이를 구해내겠다. 이렇게 말이야. 난 'NPC가 플레이어의 게임 진행에 끼어들어서는 안 된다'라는 규칙을 어기고 네 기억을 남겨놓았어. 그때 난 네가 정말로 성공할 줄 알았거든."

"제가 왜 실패했던 거죠?"

"넌 마지막 순간에 아영이에게 이렇게 말했어."

네가 내 진짜 친구라면 나를 위해서 살아줘.

주노는 전신에 찬물을 뒤집어쓴 것 같았다.

"… 그럴 리 없어요."

"아니, 넌 분명 그렇게 말했어."

선생은 쓰게 웃었다.

"아영이는 그 말을 듣고 또다시 옥상에서 뛰어내렸지. 난 규칙을 어긴 대가로 정상적인 NPC에서 게임 속 괴물로 추락해버렸고 말이야. 이게 다 옛 제자를 가엾게 여긴 탓이 아니고 뭐겠니!"

주노는 넋이 나갔다. 어떤 길을 택하든 그녀를 기다리는 건 거대한 낭떠러지뿐이었다.

마지막 순간 옥상 난간에 올라섰던 아영도 이런 기분이었을까.

주노는 땅거미가 지고 있는 하늘을 올려다보았다. 밤은 이미 바투 다가와 있었다.

주노는 후들거리는 다리에 힘을 줘 자리에서 일어났다. 그녀는 처음 걸음마를 떼는 아기처럼 비칠거리며 옥상 한가운데로 걸어갔다.

"결정은 끝났니?"

선생이 차분한 목소리로 물었다.

"네."

주노가 말했다.

*

"자, BJ 주노 씨! 준비되셨으면 시작 버튼을 눌러주세요!"

MC를 맡은 아이돌이 외쳤다. 주노는 안경을 쓰고 화면을 뚫어지게 쳐다보았다. 어두컴컴한 화면에서 "Inside Of Mind2"라는 제목이 기괴하게 일그러지더니 이윽고 한글로 조합되었다.

거짓말은 사람을 죽인다. 그 다음에 진실이 무슨 소용이 있는가?

— 프랑스의 작가 에르만(Erman)

주노는 화면에 떠오른 문구를 뚫어져라 노려보았다.

그녀는 잠시 생각했다.

나는 뭔가 중요한 것을 잊어버리고 있는 것은 아닌가?

그러나 그것이 무엇인지 알 수 없었기에, 그녀는 곧 그 생각을 잊어버렸다.

네 번째 세계

이영인

1984년 서울에서 태어나 대학에서 생물학을 전공했다. SF영화를 보던 중 시간여행의
개념에 의문이 들어 관련 서적을 찾다가, 스티븐 호킹의 『시간의 역사』와 토머스 쿤의
『과학혁명의 구조』를 읽고 그 내용에 착안해서 「네 번째 세계」를 쓰게 되었다.

네 번째 세계

AT.1

정신없는 와중에 짬이 나서 조금 적는다. 지금까지는 머저리 같은 자서전 나부랭이 때문에 쓴 것이지만 기록하는 것은 중요하다. 특히 지금 같은 상황에서는.

선원이 많이 죽었다. 나와 6명밖에 살아남지 못했다. 뭘 어떻게 써야 할지 모르겠다.

이 별에서 자주 보이던 자기폭풍이 갑자기 들이닥쳤던가, 아니면 운석이라도 떨어졌거나 할 것이다. 그런데 기상 관측은 변수가 있지만 천문 관측은 변수가 많지 않다. 십중팔구 자기폭풍일 가능성이 높다. 정확한 발생 시간은 측정하기 힘들다.

사망을 확인하지 못한 자들도 있으나 함선이 이 꼴이 되었는데 살 수는 없겠지. 모든 이들이 적어도 3년은 나의 선원으로 활동한 자들이었다. 그들에게 안식이 있기를. 그리고 나를 용서해주기를.

젠장, 어째 운수가 너무 좋더라니.

어디서부터 정리해야 할지 모르겠다. 탐사 중 선원이 이렇게나 죽다니. 이런 일은 처음이다. 우주에 나와 수십 년간 거지 같은 노가다를 해왔지만 이런 적은 없었다.

일단 경과를 좀 정리해야 한다.

사건 발생은 이렇다. 지금으로부터 약 26시간 전, AT 0일 16시에, 변함없이 시아 때문에 부산하던 중에 갑자기 찢어지는 듯한 굉음이 들렸다. 이어서 지진과 같이 거대한 진동과 함께 고래가 우는 것 같은 소리를 들었는데, 나는 이것을 경험한 적 있다. 십중팔구 함선의 외부 장갑이 찌그러지는 소리였으리라. 물론 이러한 일은 평범한 압력으로는 일어나지 않는다. 닥치는 대로 눈에 보이는 인원을 이끌고 탈출선으로 도망쳤다.

진동과 굉음은 한동안 계속되었고 이제 모두 깔려죽겠다 생각했는데 어느 정도 시간이 흐른 후 안정되었다. 아마 폭풍으로 지표가 뒤집혔을 테고, 산사태가 일어나 함선을 깔아뭉갠 것이겠지. 제대로 파묻혔는지 지금은 소리도 진동도 없다.

어떤 이유에선지는 모르겠지만 폭풍이 정말 급작스럽게 발생한 것 같다. 그것도 바로 우리 근처에서. 그러나 아무리 급작스러워도 함선을 부술 정도의 규모라면 전조는 있기 마련인데 이렇게 아무런 전조도 없이 발생하다니. 확률로 따지면 몇백만 분의 일은 족히 될 것이다. 아니면 다들 너무 신나서 모니터링을 놓친 것인가?

아직 정보가 불분명해서 알 수 없지만 함선이 찌그러진 것으로 보아 '산사태'의 규모는 대단했을 것이다. 아마도 큰 산이나 작은 소행성만 한 질량이 우리 위에 쏟아져 내린 것이리라.

그렇다. 우리는 생매장당해버렸다.

밖에 나가서 장비를 철수시키던 라다와 존, 애니, 발리라는 아마 거대한 폭풍 속에서 명을 다했을 것이다. 훗날 그들의 시신이라도 찾을 기회가 있기를.

그나마 다행인 점은 꽤 많은 숫자가 탈출선으로 모였다는 점이다. 곤살로, 스티브는 시아 때문에 원래부터 탈출선에 있었고, 스타니슬라프, 더글라스, 저스틴, 제이스는 다행스럽게도 살아남았다. 재해의 규모에 비하면 다행스러운 일이다. 모두들 놀랐으나, 지금은 어느 정도 몸을 추스르고 있다.

탈출선은 내구도가 훨씬 강하다. 함선이 전부 압력으로 붕괴되더라도 오래 버틸 수 있다. 이전에도 지면 함몰을 당했지만 이놈 덕택에 살아남은 적이 있다.

우리가 살아남을지 죽을지는 전적으로 탈출선의 내구도에 달려 있다. 폭풍은 잠잠해진 것 같고, 탈출선이 산사태의 압력을 견딜 수 있을지 없을지는 아무래도 오늘이나 내일 정도, 그러니까 12~48시간 안에 결론이 날 것이다. 그때까지 버틴다면 솔데로카호가 우리를 구출해낼 때까지 이곳에서 버티는 것이 가능할 것이다.

당연히 외부와의 통신은 불가능하지만 어느 정도는 희망적인 관측이 가능하다. 이 인원이면 탈출선의 장비와 식량만으로 6개월은 버틸 수 있고, 솔데로카기 우리와의 통신이 두절된 것을 알면 직접 이곳으로 우리를 찾아올 것인데, 아무리 길게 잡아도 3개월이면 충분할 테니까. 따라서 48시간 정도만 버틸 수 있다면 이론상으로 우리는 구출될 수 있다. 그리고 그게 아니라면 아마 우리는 모두 죽을 것이다. 이 탈출선을 관 삼아 산 채로 묻히겠지.

사람 마음이 참 간사한 것이 이렇게 되고 나니 남는 것은 후회뿐이다. 시아의 발견 때문에 선원들이 해이해진 것을 분명히 감지했지만, 세기의 발견이랍시고 알면서도 방치한 것이 나의 실수이다. 이전에도 살짝 쓴 적은 있지만 사실 계속해서 불안했다. 비정상적인 일인 것은 변함없지만 그렇다 하더라도 문제가 생긴다면 그것은 모두 함장의 책임인 것이다. 병신 같은 놈. 머저리 같은 새끼. 이럴수록 지침을 지켰어야지.

현재로서 내 임무는 먼저 생존자들과 함께 귀환하는 것이고,

두 번째로 시아를 가지고 가는 것이다. 아마 솔데로카는 우리보다 시아를 찾겠지. 애초에 이쪽으로 오는 것이 그 물건 때문이니까. 다행히 우리는 시아와 함께 있다. 시아를 탈출선에 넣어둔 것이 이런 식으로 효과를 보게 될 줄이야.

젠장, 이번 탐험에서 어떤 발견을 했는데, 앞으로 얼마나 대단한 일이 있어날 텐데 고작 이런 일 때문에 문제가 생긴단 말인가? 인정할 수 없다. 인정하고 싶지 않다.

지금은 그저 탈출선의 생존시스템, 한줌의 음식과 한숨의 공기가 우리의 생존을 허락해주길 바랄 뿐이다.

가족들이 보고 싶다.

AT.2

불행 중 다행이라고 해야 할 것이, 탈출선까지 부서져 생매장 당하지는 않을 듯하다.

탈출선에서 시아 분석에 쓰던 단말기로 함선 메인컴퓨터 연결에 성공했다. 대부분의 센서들은 심한 손상을 입었으나 다행히 메인컴퓨터까지 날아가지는 않았다.

센서들을 통해 밖의 상황을 어느 정도 짐작할 수 있었다. 함선이 전부 토사 속에 파묻힌 줄 알았는데 놀랍게도 아니었다. 함선 내부에 빈 공간이 꽤 되는데, 아마 함선의 무너진 외장이 토사와 잔해들과 맞물려 공동이 만들어진 것 같다. 이 말은 동시에 함선 외장이 제법 압력을 버티고 있다는 의미가 된다. 잠잠한 것이 폭 풍도 가라앉은 듯하고. 함선 외장이 완전히 무너지더라도 탈출선 은 버틸 것 같으니, 솔데로카가 올 때까지 살 수 있다는 희망이 보 인다.

고참들은 불행히도 모두 죽었다. 개중에 리와 라다는 나와 같 이 표류해본 적도 있어서 이럴 때일수록 옆에 있어주길 바랐으나 어쩔 수 없는 일이다.

모두가 불안해하고 있다. 일단 교대로 잠을 재웠다. 불행 중 다 행으로 함선의 오퍼레이터였던 스타니슬라프는 나와 함께 도망쳐 살아 있었고, 녀석과 메인컴퓨터의 데이터를 뒤져보았다. 서버가 절반은 날아갔지만 절반은 살아 있었다. 그래서 사건 경과를 추적 해볼 수 있었다.

그런데 이상한 것이 사건이 발생한 시간인 16시를 전후하여 어 떠한 이상 징후도 발견되지 않았다. 기상 관측기도 지진파 감지기 도 자기 측정기도 잠잠했다. 다시 말해, 폭풍이 발생하기 직전까지 어떠한 징조도 없었다는 것이다.

긍정적인 점은 경보체계에는 문제가 없었다는 소리가 되고, 따 라서 이 불찰이 나나 선원들의 과실에 의한 것은 아니게 된다.

그리고 부정적인 점은 이런 일이 불가능하다는 것이다. 이 정도로 거대한 폭풍이 아무런 전조도 없이 그냥 나타나는 것은 불가능하다.

빌어먹을, 그냥 관리의 문제인 편이 나을 수도 있다. 그게 훨씬 단순하다. 나는 어제만 해도 이것이 인재라고 짐작했다. 그런데 그것을 확실하게 부정하는 데이터가 존재한다. 우리 선원들은 맡은 바를 충실히 이행했다. 목숨을 바쳐서.

사람의 실수가 아니라면 가능성은 두 가지뿐이다. 계측기들은 24시간마다 자체점검을 한다. 그러니 열 몇 시간 동안 무슨 괴상망측한 일이 있어서 함선 계측기들이 일제히 고장 났거나, 아니면 폭풍이 감지해낼 수도 없을 정도로 가까이에서, 아주 급작스럽게 발생했다는 이야기이다. 어느 쪽이든 상식적으로 말도 안 되는 일이다. 장비가 전부 고장 났는데 그걸 알지 못했다고? 내 동료들은 유치원생이 아니다. 심지어 현시점에서도 몇몇 장비들은 정상적으로 작동한다.

그렇다면 폭풍이 갑작스럽게 발생했다? 이것도 말이 되는 소리가 아니다. 기록을 보나 기억으로 보나 16시 바로 직전까지도 화창했다. 아무리 돌풍이라도 한순간에 발생하지는 않는다. 언제나 작은 폭풍에서 거대 폭풍이 만들어지는 것이다.

인재, 기기 오작동, 돌발 폭풍. 가장 원인으로 꼽기 쉬운 1, 2, 3순위가 전부 확실하게 부정당했다.

이쯤 되니 곤살로가 이 사고가 시아와 관련 있는 것은 아닐까

하는 의견을 제시했다. 나머지 녀석들도 동의하는 눈치이다. 나도 내심 그런 생각이 들었다.

곤살로, 스티브와 이야기를 나눈 후에, 둘에게 시아의 분석을 재개하라 명했다. 말도 안 되는 이상 현상이 있었다면 유력한 원인은 시아였다. 아무래도 전대미문의 물건이니까. 해결책을 찾으려면 내용물을 까봐야 할 것 같았다. 메인컴퓨터도 너덜너덜한 상태이지만 리다리를 가동시키는 것은 가능했다. 비상시를 대비해서 시아와 분석기기를 대부분 탈출선에 갖다 둔 덕이다.

다만 이상 현상이 정말로 연관된 것이라면 위험할 수도 있으니, 언어 해석만 하고 시아를 직접 조작하는 것은 하지 못하게 했다. 녀석들도 직접 만지는 것은 무서워하는 눈치이고.

살 수 있다. 일단 한숨 돌렸다. 이것으로 위안을 삼아야지.

AT.3

오늘은 내부를 청소하고 자리를 정했다. 좁다란 곳이지만 그래도 어찌어찌 생활은 된다. 죽는 것보다는 낫겠지. 식량도 시스템도 큰 문제는 보이지 않는다.

불행하게도 이전의 일지들을 복구할 수가 없다. 내 기본 단말과 백업, 두 번째 백업까지 모두 날아가 버렸다. 필시 나중에 도움이 되었을 텐데.

그래서 잠시 이전의 일을 갈무리해놓는 것이 좋겠다 싶어서 정리한다.

24일 전, 우리는 이곳에 도착했다. 임무 내역은 평범한 행성 조사였다. 실제 환경과 자원보유량, 채굴 용이성 등 행성의 산업적 가치를 확인하는 것이 우리의 임무였다.

일은 딱히 어렵지 않다. 대부분의 작업은 매뉴얼과 기계를 통해 하는 것이라 기초학력만 있으면 이해한다. 그저 위험하고 더럽게 오래 걸릴 뿐이지. 한마디로 허드렛일이다.

이번 목표인 BP-152는 사전에 관측한 정보에 의하면 대단할 것이 없는 동네였다. 태양계 외딴 곳에 위치하고 있고, 탄소와 철이 많았고 대기는 있으나 산소, 물은 없으며, 일교차는 상대적으로 적은, 그러니까 뻔한 천체였다. 자기폭풍이 좀 많기는 하지만 이 시기에는 잠잠한 편이어서 탐사에 별로 큰 지장은 없어 보였다.

여하튼 이곳에 와서 시아를 발견했다. 시아라 이름 붙인 것은 높으신 분이라는데 무슨 의미인지는 잘 모르겠다. 그렇게 부르라고 통보가 왔을 뿐이다. 뭐, 거창한 사정이 있었겠지.

사실 발견 자체는 정말로 대단할 것이 없었다. 드론 탐사 중 서반구에서 2미터 남짓한 반구형 구조물을 발견했고 오퍼레이터인 스타니슬라프가 확인을 요청했을 뿐이다. 처음에는 그저 데브리인 줄 알았고 재활용을 하거나 골동품으로 팔아먹으려고 회수를 지시했다.

하지만 그것은 데브리가 아니었다. 시아의 외형은 흠집 하나 없는 완벽한 반구였다. 흠집 없는 데브리라는 것은 있을 수 없다. 당연히 분석팀이 흥미를 가지고 분석을 시작했으나, 외장이 놀랄 만큼 견고해서 드릴로도, 레이저로도 아무런 흠집을 내지 못했다.

우리는 괴상한 물건을 발견했다는 사실을 지구의 기술지원팀에 알렸고, 기술지원팀은 우리에게 보다 전문적인 분석방법을 알려주었다. 그 방법에 따라 재분석을 실시한 결과, 분석팀이 이 물건은 지구에서 만들어지지 않았다는 것을 증명했다. 우리는 시아가 외계의 제조물, 그것도 전자기기라는 것을 확인했다. 역사상 최초로 외계문명과 조우한 것이다.

이때만큼은 다시 회상해도 아찔하다. 지금이야 별 볼 일 없는 광부이지만, 한때는 나도 별을 바라보며 꿈을 꾸던 시절이 있었다. 그 꿈이 이런 식으로 이루어질 줄이야. 한 20년은 전에 포기했었는데.

그래, 그래서 나는 살아 돌아가야 한다. 이제야 꿈을 이루었으니까.

평범한 단순 노무가 즉시 초특급 프로젝트로 급반등했다. 먼저 모든 프로그램에 보안이 걸렸고, 오가는 정보들은 국제법에 따라 실시간 공개되었다. 지구에서 하드디스크가 터질 정도로 축하 메시지가 들어왔고 우리는 미친 듯이 들떠서 파티를 열었다.

라다는 말 그대로 며칠 밤을 지새우며 분석에 몰두했다. 불쌍한 녀석, 지구로 돌아가면 공학의 신이 되었을 텐데. 라다는 시아의 입출력구조를 파악해냈고, 결국 작동시키는 데 성공했다. 그리고 시아가 컴퓨터의 일종이라는 사실을 밝혀냈다.

우리 팀원과 지구는 다시 한 번 난리가 났고, 컴퓨터라는 소식을 듣자마자 우리에게 컴퓨터 관리에 쓰이는 특급 프로그램들이 전송되었다.

그중 하나가 리다리였다. 모 정부의 정보부에서 사용하는 암호 해독 프로그램이라고 하는데, 이 사건 이전에는 존재조차 공개되지 않은 무시무시한 물건이었다. 이것은 번역기와는 차원이 다른 물건으로 고대 언어, 프로그래밍 언어 등 인류사에 존재하는 모든 종류의 언어를 수리논리학적으로 연구하여 만든 것이라 한다. 원래는 사기업에 제공하지도 않고 민간인이 만질 수도 없는 물건이라고 했었다.

명제를 숫자로 치환하여 유의미한 명제의 경우의 수를 찾아 번역한다는데, 자세히는 모르겠고, 맥주 조끼였던가? 여하튼 수학적인 얘기가 나왔었다. 이론상 시간만 있으면 인류가 만든 모든 언어체계를 번역할 수 있다는 무시무시한 물건이다. 이놈이 대단한 것이 설령 데이터베이스에 전혀 없는 언어라 하더라도 그 안에 의미값이 있다면 문법상으로 말이 되는 것들을 추려내어 뽑아준다고 한다. 물론 완벽하게 번역이 되는 것은 아니고, 키워드를 간추리면 그다음부터는 사람 손이 필요한 것 같지만 그 정도만 해도 대단한 건 매한가지이지.

이 프로그램에 대한 백업으로 물리학과 생물학 같은 기초과학과 공학에 대한 자료들, 그리고 인문학 자료들이 잔뜩 왔다. 존재하는 모든 도서를 통째로 전송한 수준이었다. 이 자료들을 참고하면 리다리의 번역 속도가 향상된다고 하며, 혹시라도 새로 발견된 사항이 있다면 굳이 몇 시간씩 답신을 기다리지 않고 여기서 전문 서적을 참고할 수 있게 되었다.

이 프로그램을 받아 시아의 프로그램을 해석하기 시작했다. 기술지원팀의 장담처럼 의외로 깔끔하게 호환되었다. 예전에 설명을 들었는데, 대충 이야기가 기본 구조는 똑같이 이진법을 사용하며 이것이 전기를 사용하는 컴퓨터를 상상했을 때 가장 간단하지만 효과적인 구조라 한다.

OS와 같은 컴퓨터의 프로그램은 당연히 다르며, 코딩이라든가 하는 것들도 아주 차이가 나서(자세히 설명해줬으나 잘 이해하지는 못했다. 한마디로 컴퓨터에 쓰는 언어가 다르기 때문이기는 하다.) 이 안의 언어들은 해석하는 데 꽤나 시간이 걸릴 것이다. 초기 해석은 경우의 수가 너무 어마어마했는데, 10의 수십 제곱 같은 정신 나간 단위여서 큰 의미가 없었다. 이 해독은 스티브와 곤살로가 주도하고 있었다.

그리고 보니 작금의 상황에 참으로 다행인 것이, 이때 동봉된 자료들 중에는 토목공학 같은 내용이 있었고 이것이 산사태에 파묻힌 현시점에서 크게 도움이 되었다. 사건 당일부터 곤살로가 이 부분을 열심히 공부하며 도움 될 만한 것을 찾아내었고, 크게 무언가를 바꾼 것은 아니지만 지반이 어느 정도 안정되어 비교적 균일한 상황이라는 것을 알 수 있었다.

그렇게 분석팀이 분석을 하는 와중에, 우리는 이름도 들어보지 못한 대통령과 수상들의 축하 인사에 화답하고 인터뷰하며 희열에 차서 떠들어댔다. 그러다 사흘 전, 모든 것이 바뀐 것이다.

하, 다 죽었구나. 그렇게 신나게 웃고 떠들던 놈들이 다 죽었어.

더 뭐라고 쓰기가 힘들다. 지금 시아는 스티브가 번역하는 중인데 컴퓨터의 성능이 좋지 않아서인지 처음과 크게 변한 것은 없다. 아마도 솔데로카가 오기 전까지 별다른 진전은 없을 것 같다.

AT.4

이번 탐사는 내 인생에 일어난 가장 끔찍한 일이다.

저 괴물단지를 주운 것부터가 잘못된 일이다.

시발, 이건 내가 알던 세상이 아니다. 어쩌면 나는 이미 죽었고 지옥에 있는 것일지도 모르겠다. 혹은 저 기괴한 물건이 나에게 악몽을 보여주고 있는 것일지도 모르겠군.

어제 함선 내 공간이 남아 있다는 사실을 확인한 후, 생명유지 시스템을 돌려봤고, 고장 난 것을 확인했다. 생체 감지 센서는 어느 정도 살아 있었지만 프로그램이 망가져 있었기에, 스티브가 급한 대로 센서를 인식하는 프로그램을 만들었다. 그리고 이를 토대로 생존자가 있는지 살펴보았다. 놀랍게도 생명체 신호가 잡혔다.

그런데 모든 곳에서, 말 그대로 모든 방과 공간에서 수천 개의 신호가 잡혔다. 당연히 프로그램의 문제이거나 충격으로 기계가 오작동하는 것이라 생각했다. 그런데 스타니슬라프는 누군가가 살아 있는데 그게 오류가 나서 저런 식으로 작동하는 것이 아니겠느냐 추측했고, 생존자의 가능성이 있다면 위험하지만 밖에 나가 조사를 해봐야 한다는 쪽으로 의견이 모아졌다. 더불어서 장비나 여타 쓸 만한 것들이 있으면 좀 챙겨오고 싶기도 했고.

그래서 나는 더글라스와 제이스를 데리고 밖에 나왔다.

그런데 아, 이것을 어떻게 표현해야 하지? 함선은 전혀 다른 모습이었다. 토사가 바닥 가득 들어와 있었지만 그것 때문이 아니었다. 토사의 사이사이에, 무언가가 가득 달라붙어 있었다. 쓰면서도 욕지기가 튀어나온다.

그것들은 대체로 회색빛이었다. 어떤 것은 혈관 같았고, 어떤 것은 근육덩이 같았다. 눈알같이 희번덕이는 것도 있었고, 또 어떤 것은 그냥 살덩이 같았다. 이 모든 것이 한 덩이로 뭉쳐져 있기도 했다. 뭉쳐 있는 것들은 보기만 해도 기분 나쁜 거미 알 같은 모양새였다. 처음에는 선원의 사체에서 떨어져 나온 것인가 했다. 그러나 그것들은 꿈틀거리고 있었다.

그렇다. 센서가 정확했던 것이다. 토사 속에서 정체불명의 무언가가 살아 있었다. 그리고 그것들 수백, 수천 개가 텅 빈 함선을 점령하고 있었다.

소름이 끼쳤다. 그대로 탈출선으로 도망쳐왔다. 그리고 몇 차

레나 소독을 했다.

선원들은 우리의 설명을 도저히 믿을 수 없는 눈치였다.

저스틴과 제이스는 다시는 밖에 나가지 않겠다 말했다. 처음에는 더글라스가 함선의 생명유지장치를 꺼버리자고 했지만, 혹시 아직도 진짜 생존자가 있다면 해서는 안 될 일이다.

정말 내키지 않았지만, 선원들을 설득해서 다시 한 번 조사를 나가자고 하였다. 만약 생존자가 있다면 굉장히 위험한 상태일 것이고, 우리 생존을 위해서 구체적인 밖의 상태와 그 괴생명체에 대한 정보도 필요했다. 인원을 더 늘려서 스타니슬라프, 더글라스, 제이스까지 모두 나오게 했다. 다들 도살장에 끌려가는 시늉을 했지만 같이 나오긴 했다.

무기라 할 만한 것이 필요했다. 곤살로와 스티브가 장비들을 가지고 날 쪽에 전기가 흐르는 창 같은 것을 만들어주었다. 사람을 죽이는 수준은 아니고 기절시키는 정도였다.

정말 다행히도, 도처에 깔린 그 괴생명체들이 특별히 위협적이지는 않았다. 딱히 이동을 하는 것도 아니었고, 우리의 움직임에 반응을 보이지도 않았다.

그러나 충분히 끔찍했다. 그것들은 토사 위뿐만 아니라 기계장비에도 거미줄이 개미집 위에 들러붙은 것처럼 끈적이게 들러붙어 있었다.

창으로 그것을 찌르자, 개구리 다리마냥 짧게 경련하다가 이내 축 늘어졌다. 그 기괴한 모양새는 선원들의 전의를 상실케 하기 충분했다.

방 하나에서 데이비드의 시체에 그것이 융합한 채로 있었다. 마치 시체에서 버섯이 자라난 것처럼 데이비드의 시체 위에 그것들이 자라나고 있었고, 마침 먼지를 뒤집어 쓴 데이비드의 시체는 색깔도 비슷해서 데이비드의 몸과 옷에 거대한 종기가 다닥다닥 붙어 있는 모습이었다. 그리고 꿈틀거리고 있었다. 얼핏 보면 데이비드가 움직이는 것만 같았고, 지독하게 역겨웠다.

그것을 보고 더글라스가 이성을 잃고 도망쳤다. 그러자 다른 선원들도 모두 비명까지 질러대며 탈출선으로 도망쳤고, 나도 공포에 휩싸여 같이 도망쳤다.

기다리던 곤살로와 스티브에게 끔찍한 상황을 설명하고 나서, 우리는 침묵에 빠졌다. 떠도는 공포 속에서 아무도 더글라스를 겁쟁이라고 나무라지 못했다.

다행인 점은 그것들이 우리에게 위협적이지는 않다는 것이다. 기분상으로는 충분히 위협적이지만 딱히 독성도 없어 보였고, 그것들이 우리를 어떻게 할 수는 없어 보였다. 함선의 생명유지장치를 끈다면 그들도 죽지 않을까 하는 의견이 나왔다.

그래서 정말 심각하게 고민을 했지만, 생명유지장치는 아직 끄지 않기로 했다. 생존자가 있다면 그때는 정말 우리가 죽이는 셈이 되기 때문이다.

구체적인 대책은 내일 마련해야겠다. 일단 오늘은 이 상황을 받아들이는 것만으로도 벅찼다. 모두에게 가장 좋은 음식을 먹게

하고(대부분이 억지로 쑤셔 넣었지만) 푹 쉬게 했다.

데이비드의 꼴을 보고도 그의 시체를 방치하고 왔다. 너무나 미안한 일이다. 내일은 어떻게든 해야 하겠지. 선원들의 사기를 위해서라도. 그 밖에 다른 시신이나 생존자는 찾을 수 없었다.

그것들은 뭐지? 이 별에 원래 있던 원시 생명체들인가? 생명체가 살 환경은 분명히 아니었을 텐데?

정상적인 상황은 결코 아니다. 아무리 생각해도 시아와 어떤 연관이 있는 것은 확실해 보인다. 그러나 어떻게 연관된 것인가?

정체를 알 수 없는 기계, 갑자기 발생한 폭풍, 마찬가지로 갑자기 발생한 괴생명체. 도저히 실마리를 잡을 수 없다. 변수가 너무 많아 판단이 불가능할 지경이다.

집에 가고 싶다. 가족을 보고 싶다. 평범한 대지에서 익숙한 공기를 마시며 쉬고 싶다.

AT.5

악몽을 꾸었다. 무슨 악몽인지는 생각나지 않는다. 단지 몹시 더러운 기분으로 일어났을 뿐이다. 아마 어제 밖에서 본 이상한 것들 때문이겠지.

선원들의 상태도 최악이었다. 더글라스가 아침부터 울며불며 한바탕 난리를 친 상태이다. 나 역시 너무나 피곤하다.

정말 내키지 않지만 나가서 데이비드의 시신을 수습해야 한다. 어떤 방법이 좋을까 논의했는데 끔찍하게 모습이 변한 탓에 마음 같아선 화장을 해주고 싶지만 지금 상황에서 가능할 리도 없고, 관례대로 냉동 캡슐로 정해졌다.

일 자체는 간단하다. 냉동 캡슐을 가져가 시신을 담아오는 것이 전부이다. 겁에 질린 더글라스를 남겨두고, 나머지 놈들을 떠밀다시피 하여 임무를 수행했다. 예상대로 그 괴생명체들이 위험하지는 않았다. 하, 어찌 보면 이 또한 대발견이긴 하다. 외계 생명체라니, 우리 목숨이 위태로운 상황만 아니라면 신이 났겠지.

다만 데이비드를 넣은 캡슐은 선원들이 감염이나 다른 위험이 발생할 수 있다는 이유로 탈출선에 넣는 것을 반대했다. 아마 공포심이 더 큰 이유일 것이다. 데이비드에게는 미안한 일이지만, 충분히 문제의 소지가 있으므로 이에 동의했고, 함선에서 그나마 안전해 보이는 곳을 골라 고정시켜두었다. 고인에게 이 무슨 몹쓸 짓인지….

캡슐을 회수하고 나니 함선의 상태를 더 자세히 알아야겠다는 욕심이 생겼다. 다른 친구들은 마지못해 동의했지만 더글라스만은 여전히 경기를 일으켜서 나가지 않아도 된다고 약속까지 해야 했다.

함선의 풍경은 어제보다는 적응을 해서인지 동요는 적었지만, 그래도 역시 한 번 본다고 익숙해지는 광경은 아니었다. 벌거벗은 상태에서 거미나 바퀴벌레들이 내 몸 위로 기어 다니는 기분이었다. 아마 여기에서 뭔가 더 이상한 것이 튀어나왔으면 정신이 나가버렸을지도 몰랐겠지.

함선 내부에서 그나마 안전해 보이는 곳은 전부 돌아볼 수 있었다. 안타깝게도 추가 생존자나 시신은 찾지 못했다. 그저 회색빛 토사와 망가진 장비들, 징그러운 정체불명의 것들이 밟힐 뿐이었다.

몇몇 곳에 토사와 잔해로 막혀버린 곳이 있었다. 처음 예상대로 토사와 함선 외장이 절묘하게 뭉쳐서 차폐막 역할을 하고 있었다. 충격을 주면 무너져 내릴지도 모르기에 건드리지 못하게 했다.

의논을 거쳐 함선의 생명유지장치를 내리기로 했다. 살아 있는 외계생명체는 중요한 샘플이긴 하지만 우리 생존이 더 중요하다. 반대하는 사람은 아무도 없었다.

시아의 해석도 별다른 진척은 없었다.

이렇게까지 신경이 곤두선 적이 있었던가. 쉬고 싶다.

AT.6

그것들은 거의 죽었다. 생명유지장치를 내린 지 14시간 정도 지나자, 탐지기에는 아예 잡히지 않게 되었다. 어쨌거나 생물이 맞긴 했던 모양이다.

그것들이 죽었다고 하니 그래도 다들 안심하는 눈치였다. 사람 마음이란 것이 참 묘하다.

그 자체로는 대단한 위협이 아니라는 것이 불행일지 다행일지 모르겠는데, 왜냐하면 일단 눈앞의 기괴한 위협은 사라졌지만 이게 왜 발생했는지를 모르기 때문이다. 그것을 알아내야 온전히 안심할 수 있을 것이다.

일단 죽었다고 하니, 곤살로를 데리고 나가서 조사를 하기로 했다. 알아두면 도움이 될 것도 같으니. 곤살로는 몸서리를 쳤지만 할 사람이 자기밖에 없으니 별수 있나.

원래대로라면 우리가 가진 의료키트로 기초적인 생물학적 검사를 할 수 있다. 본래 우주에서 생물체나 그 흔적을 발견하게 된다면 분석하기 위한 전문 장비도 탑재되어 있다.

그러나 그런 조사는 함선과 분석실이 멀쩡할 때나 가능한 것이고, 저것을 탈출선에 들여와 조사하기는 아무래도 위험해 보인다. 혹시나 감염이라도 발생하면 정말 답도 없을 테니까.

곤살로를 데려왔지만 거부감 때문인지 제대로 조사하는 것 같지는 않았다. 최근 이놈도 눈에 띄게 불안해 보인다. 어쩌겠나, 기운 차리길 바라야지.

자세한 검사는 포기하고 육안으로 외관을 살펴보기만 했다.

이것들은 뭐라고 해야 할까…. 자세히 보니 그냥 알 덩어리가 아니라 곰팡이나 균 같다. 거대한 알의 주변에는 나무의 뿌리처럼 미세한 실사 같은 것이 뻗어나가 있었다. 아니, 모세혈관이나 뿌리가 더 정확한 표현일 것 같다. 이런 것으로 무언가 영양 공급이라도 하는 것인가?

대체로 구형을 띠고 있으나 세세한 모양은 종잡을 수 없다. 형태로 추정해보면, 버섯과 비슷한 생태가 아닐까 한다.

처음에는 샘플을 채취해볼까도 생각했지만 아무래도 위험한 계획 같아 일단 보류하기로 했다. 그 밖에 별다른 변동사항은 없다. 이유도 모른 채, 정체불명의 물건과 괴생물체와 함께, 산사태 속에 갇혀 있다.

스티브는 자기 작업의 중요성을 알고 있지만 역시 쉬운 일은 아니었다. 메인컴퓨터도 완벽한 상태는 아니라 이것저것 제약이 많은 모양이고. 녀석도 꽤나 피폐해졌다.

모르겠다. 밖의 그것들이 죽어서 약간 안심하긴 했지만, 선원들은 눈에 띄게 침체되고 있다. 사실 무너지지 않는다는 것도 희망 섞인 판단일 뿐이지, 언제든 답답한 천장을 뚫고 흙이 쏟아져 내려올지 모른다.

최소한 한 달은 더 이 속에서 버텨야 할 것 같은데 어쩌면 좋단 말인가?

AT.7

오늘은 별다른 일은 없었다. 무소식이 희소식이지. 그래도 일주일은 버텼다. 그러나 앞으로 버텨야 할 시간이 너무나 막막하다.

별다른 일이 없으니 이것은 이것대로 모두에게 악영향을 주고 있다. 시간이 남으니 우울한 생각만 자꾸 떠오른다. 하기야 그럴

만도 한 것이 사형선고를 받고 나서, 언제 형 집행을 받을지도 모르는 죄수 꼴이다. 이곳엔 개인공간도 없고 화장실이나 식사도 형편없다. 가만히 있어도 숨이 턱 막힐 수밖에.

이것도 별로 더 쓰고 싶지도 않다. 어차피 죽으면 필요가 없고, 살면 직접 말하면 되는 것 아닌가? 갑갑하기 짝이 없군. 솔데로카가 오려면 얼마나 걸릴까?

AT.8

나 자신을 포함해 모두가 눈에 띄게 무력해지고 있다. 작은 일에도 짜증이 나고, 무기력해졌다. 시아 연구도, 구조상황도 전혀 개선이 없다.

오늘 더글라스와 곤살로가 서로 주먹질을 했다. 겁쟁이 취급을 해서 신경이 거슬렸단다. 슬슬 선원들에게도 한계가 찾아오는 모양이다. 아니지, 사실 진즉에 한계들이지. 최소한 나는 그렇거든.

그러나 딱히 상황을 개선할 방법이 보이지 않는다.

AT.13

시발, 매일 매일이 신세계다. 대체 어쩌다 이런 일이 된 거지.

황당한 일들을 정리하기도 지쳤다. 이제 보니까 우리 바로 옆에 웬 병신 같은 무언가가 있었다. 저 빌어먹을 우주쓰레기가 이 모든 사단의 원흉일 것이다.

애초에 개떡 같은 물건을 주워오는 게 아니었다.

별다른 일이 없어서 일지도 쓰지 않았었다. 싸움 이후로 더글라스와 곤살로가 서로를 무시하는 것 정도였고, 긁어 부스럼이 될까 봐 나도 더 관여하지 않았다.

바뀐 것이 조금 있다면 선원들이 탈출선 밖으로 가끔 '외출'을 했다는 것뿐이다. 이유는 여러 가지였지만, 기본적으로 안에만 있으면 갑갑하고 불안하기 때문이었다. 좁은 데서 바글바글하게 굴어봤자 사이만 나빠질 것 같아서 그냥 용인하고 있었다.

시아의 작업에 몰두 중인 스티브와 침울해진 곤살로를 제외하면 조금씩 밖에 나가기 시작했다. 처음에는 밖에 있던 괴생명체나 감염 등을 걱정했지만 점차 익숙해졌다. 더글라스 녀석도 마찬가지였다.

그런데 오늘 저스틴은 죽었고 제이스 녀석은 손가락을 잘라 먹고 들어왔다. 제이스와 저스틴은 요 며칠 사이 함 내에서 쓸 만한 물건이 없나 뒤져보는 것을 소일거리로 삼았었는데 오늘은 어쩌다 함선의 무너진 부분을 건드렸단다. 함선 외장을 대신해 쌓인 잔해와 토사 등이 아슬아슬하게 균형을 잡고 있는 상태였는지 근처를 걸었을 뿐인데 그대로 무너져버렸단다.

거지 같은 자식들. 위험하니 조심하라고 그렇게 말했건만. 지들만 죽는 게 문제가 아니라 그 구멍으로 토사가 밀려들어 오면 몰살당할 수도 있었다.

그런데 진짜 문제는 여기에 있었다. 제이스의 목격에 의하면 저스틴은 잔해 위에 올라가려 했는데, 저스틴이 올라가자 무게를 못 이기고 잔해가 무너지면서 저스틴도 떨어졌다. 그런데 저스틴도 그렇고 잔해들도 그렇고 갑자기 사라져버렸다. 깔렸다든가, 어디 바닥으로 떨어졌다든가 하는 것이 아니다. 말 그대로 사라져버렸단다.

제이스는 넘어진 저스틴을 도와주러 갔다가 그가 홀연히 사라진 것을 보고 깜짝 놀랐다. 저스틴이 넘어진 쪽을 봤지만, 그곳에는 아무것도 없는 시커먼 검은 공간만이 벽처럼 서 있었다는 것이다.

제이스는 뭔가 하고 그 검은 공간에 손을 집어넣었다가 그대로 검지와 중지, 약지가 한 마디씩 날아가 버렸다.

그래놓고는 피가 철철 나는 손을 들고는 기겁해서 달려온 것이다. 처음엔 그 부주의에 하도 화가 나서 그냥 밖에서 뒈지게 내버려둘까 했다.

여하튼 그래서 직접 가봤다. 정말로 이전에는 없던 검은 벽이 잔해와 저스틴의 일부(정확하게 말하면 양 다리가 있었다. 왼쪽은 허벅지 부분까지, 오른쪽은 무릎 부분까지 남아 있었다.) 뒤편에 시커멓게 서 있었다. 잘린 표면은 마치 예리한 칼날에 베인 것처럼 매끈했다. 의외로 피도 별로 나지 않았다.

그 구멍, 아니, 처음에는 구멍인 줄 알았는데 아니었다. 주변의 잔해를 치우니 온통 그 검은 벽이 우리를 감싸고 있었다. 그것은 내 인생에서 본 것 중 가장 괴상한 것이다.

불빛을 비춰도 빛이 반사되지 않았고 소리를 질러봐도 메아리가 없었다. 근처에 있던 잔해들을 던져보고 밀어도 보았다. 파직하고 작게 부서지는 소리가 나더니 그대로 사라졌다. 소리도, 빛도, 물건도 어느 것 하나 그 검은 구멍에 영향을 미칠 수 없었다.

그러니까, 정말 웃기지도 않는 이야기이지만, 블랙홀 같았다. 그런데 블랙홀과 같은 구체가 아니라 벽이다.

그걸 보면서 헛웃음이 나왔다.

아니 시발, 다시 생각해봐도 진짜 어이가 없네. 가지가지 튀어나오는데 너무하네 진짜. 이게 가능해? 내가 아무리 노가다로 다닌 거지만, 그래도 30년 넘게 우주를 다니고 곁다리로라도 물리책을 본 역사가 몇 년인데, 이게 말이 되냐고.

하다 하다 이딴 것까지 나오면 대체 뭘 어쩌라는 거냐.

조금 심신을 정리하고 다시 쓴다. 일단 이 발견으로 이 말도 안 되는 상황의 규모를 간신히 가늠할 것 같다. 지금까지도 거지 같은 상황이라고 생각했지만 이건 그 정도가 아니었다.

함선이 부서진 것은 폭풍 때문이 아니었다. 폭풍 같은 평이한 것이 아니다. 이 정도 되면 아무리 머저리라도 이해해야지.

지금 우리 탈출선 안에 들어 있는 해괴망측한 기계가, 우리 주변의 물리 법칙을 바꿔놓은 것이다. 언제, 어떻게, 왜 바꿨는지는 전혀 모르겠다. 여하튼 이 일련의 거지 같은 일들이 전부 어떻게든 연관이 되어 있을 것이다.

그래, 어떻게 보면 이게 차라리 나을 수도 있다. 사고의 원인이 자기폭풍이라 생각할 적에는 당최 앞뒤가 맞지가 않았다. 흔해빠진 자기폭풍과 정체불명의 생명체가 갑자기 생겨나는 것이 어떻게 관련이 있겠는가?

하지만 이 블랙홀 비슷한 것을 보면 이야기가 달라진다.

최근 턱도 없는 사건이 계속 발생했지만, 저것만큼 상식에 반하는 일은 없었다. 블랙홀은 강한 중력을 기반으로 주변의 물질들을 흡수한다. 따라서 블랙홀 근처에 뭐가 있으면 빨려 들어가야 정상이다. 그리고 블랙홀은 엄청난 질량을 가지고 있기에 우리는 진작에 빨려 들어갔어야 한다. 마지막으로 블랙홀은 그 질량으로 인해서 구형, 최소한 타원형의 모양새를 갖추어야 한다. 저런 식으로 형편 좋게 펼쳐져 있을 수가 없다.

하지만 빛이나 소리 등 물질을 흡수하는 것은 마치 블랙홀 같으면서 우리는 중력장에 빨려 들어가지 않았다. 흡수능력을 제외한다면, 전혀 블랙홀 같지 않다. 오히려 특수하게 만들어진 장에 가깝다. 플라즈마장이나 전자기장과 같은 것들 말이다.

그러나 저런 식의, 중력장? 블랙홀장? 여하간 이름도 없는 저런 물건은 누가 상상하는 것조차 본 적이 없다. 그리고 우리 선원들이 아무리 머리를 굴려봐도 저런 괴상망측한 현상은 추론할 수조차 없다.

한마디로 저 벽의 존재가 현대물리학의 법칙 중 무언가를 제대로 박살내고 있는 것이다.

염병할.

상황이 이 정도로, 어이가 없을 정도로 현실감이 망가진 상황이라면 무엇이든 가능하다. 갑자기 멀쩡한 땅에서 함선이 통째로 망가진 것도, 당최 알 수 없는 생명체가 출현한 것도 전부 어떻게든 관련이 있겠지.

그래, 오늘부터 할 일을 정했다. 어제나 오늘이나 수수께끼투성이였지만 그래도 오늘은 어떻게든 견적이 나온다. 무엇이 문제인지 비로소 이해했다.

어차피 솔데로카가 지금 당장 와도 아마 구출되지 못할 것이다. 밖에 있는 저 이상한 공간은 우리가 알고 있는 물리 법칙을 붕괴시키는 것이다. 솔데로카가 우리를 발견하지 못할 수도 있고, 발견해도 이 장을 어떻게 할 수 없을 수도 있다.

우리가 안쪽에서 무언가 해야 한다. 지금까지의 상황은 너무 상식 외의 이야기라 하나도 이해를 못 하겠지만, 이제부터 수수께끼를 해결해나갈 것이다. 불행 중 다행인 것이 우리에게는 문제의 원인도, 원인을 해석할 물건도, 그것을 보조할 학술 자료도 갖추어져 있다. 시간도 어느 정도는 있다.

반드시 해답을 찾아내겠다. 이 거지 같은 이상 현상을 해결하고 집에 돌아갈 것이다. 우주가 나를 엿 먹인다면, 나도 우주를 엿먹이겠다!

오늘 아침에 선원들을 모았고, 내 생각을 말했다.

지금 우리 밖에 있는 공간은 말도 안 되는 것이다, 하지만 오히려 저것은 우리가 알고 있던 물리 법칙 이상의 사건이 일어났다는 것을 증명한다. 재수 없게도 역사상 처음 보는 기괴한 사건의 소용돌이에 휘말린 것이 확실하다.

그리고 어쩌면 외부로부터의 도움은 기대할 수 없을 것이다. 아니, 아마도 이 점은 확실할 것이다. 그렇기에 우리가 할 수 있는 일은 하나뿐이다. 지금부터는 무슨 일이 일어났는지를 밝혀내고 탈출할 방도를 찾아야 한다.

답답한 차에 할 일이 생겨서인지 그리고 간신히 이상 현상의 실마리가 잡혀서인지 의외로 모두들 기운차게 호응해줬다. 이렇게 활기찬 모습은 실로 오랜만에 보는 것이었고 다행스러운 일이다.

다만 너무 단편적인 발상들이 들끓는 것은 문제였다. 예를 들면 가장 먼저 나온 의견, 시아를 부숴버리자는 아이디어는 즉시 기각되었다. 부술 수 있는지 없는지를 떠나서, 지금 상태에서 저걸 부순다면 어떤 일이 일어날지 정말로 알 수 없으니까.

다음으로 조금 위험한 아이디어가 나왔다. 함선 외장을 뜯어내자는 것이다. 그러면 이 구멍이 어떻게 이루어져 있는지 알 수 있다는 것이었다.

좋은 생각이긴 하지만 뒤가 없는 위험한 생각이었다. 그러자 곤살로가 대안을 제시했다. 어떤 기계에서 무언가가 방출된다면 보통 그 무언가의 한계거리는 그 기계를 중심으로 한 구형을 띤다는 것이다. 그러니 만약 저 벽이 시아 때문에 발생한 장이라면, 시아가 중심에 있을 것이란 의견이었다.

과연 그럴싸했다. 즉시 시아를 중심으로 거리를 측정해보았다. 외부 형태가 구형인지까지는 알 수 없었지만 시아가 중심에 있는 것은 거의 확실해 보였다.

그 다음에는 시아와 구멍까지의 직선거리를 확인해보았다. 약 197미터였다. 이 가설이 맞는다면, 우리가 활동 가능한 반경은 반지름이 197미터인 구였다. 가능한 곳은 전부 시아로부터의 거리를 측정했으나 직선거리가 197미터가 넘는 곳은 없었다. 이 거리가 최대거리일 가능성이 높아졌다.

확실히 괜찮은 성과였다. 증거가 좀 부족하지만 이 장이 구형이고, 시아에서 발생한다고 가정하고 연구를 해볼 것이다. 역시 사람은 머리를 맞대야 뭐가 좀 풀린다.

스티브도 좋은 의견을 냈다. 아무래도 이 기계는 물리학적인 현상과 관련이 있다. 어쩌면 그런 현상을 만들어내는 기계일 수도 있다. 따라서 해석 작업 과정에서 물리, 특히 블랙홀과 연관되는 키워드를 가진 것을 우선적으로 추려보자는 것이었다.

재수가 좋다면 해석 속도를 획기적으로 높일 수 있을 것이다.

그 밖의 선원들에게는 물리학과 관련된 자료를 읽게 했다. 이들은 모두 우주에 나오기 전 교육을 받았지만 대부분 형식적인 의

무교육뿐이었다. 아마도 오늘처럼 절실하게 진실을 찾으려 한 적은 없었을 것이다. 탈출선은 순식간에 도서관이 되었다. 더글라스는 언제 싸웠냐는 듯이 곤살로에게 과학에 대한 질문을 퍼부었고, 곤살로도 열성적으로 가르쳐주었다. 나도 오랜만에 전공서를 뒤적이기 시작했다.

어제까지는 정말 손 놓고 있었다. 왜냐하면 상황이 너무나 앞뒤가 맞지 않고 어디서부터 뭘 어떻게 건드려야 할지 몰랐으니까. 그렇지만 아무리 말이 안 되는 것처럼 보이더라도 납득할 만한 근거가 있다면 이야기가 다르다. 아무리 어려운 문제라도 아귀만 맞는다면 시도해볼 만한 것이니까. 나를 포함해 이 녀석들 대부분이 가방끈이 긴 것도 아니고, 우리에게는 벅찬 문제이겠지만 유수의 과학자들이 수백 년 동안 쌓아온 지식이 있다. 심지어 저스틴의 과실과 죽음조차 우리에게는 헛된 것이 아니었다. 그가 이것을 발견함으로서 간신히 실마리가 잡힌 것이다. 그가 안식을 찾을 수 있기를.

오늘부터 이 수수께끼를 풀어나가는 것에 전념할 것이다. 시간도 아직은 넉넉한 편이지만 목숨이 달린 문제이니 지체할 수는 없다. 할 일은 명확하고 방법은 알고 있다.

AT.15

어제와 오늘, 자료를 근거 삼아 이런저런 토론을 하였다. 나름 진척이 있다고 생각된다.

먼저 우리를 감싸고 있는 이 장을 검은 장, 그러니까 블랙필드라 부르기로 했다. 블랙홀에서 착안한 것이다. 다음으로 우리가 직면하고 있는 수수께끼들을 정리해본다.

1. 블랙필드는 어떤 원리로 발생하는가? 우리가 아는 물리 법칙과 어떤 차이가 있는가?

1-1. 블랙필드를 해제해도 될 것인가? 다시 말해서, 이것을 해제해도 안전한가?

2. 시아의 정체는 무엇인가?

2-1. 시아가 가지고 있는 데이터는 어떤 내용인가?

3. 함선 내부에 있었던 정체불명의 생명체는 무엇이며 어떻게 생겨난 것인가?

3-1. 괴생명체에 대한 연구를 하는 것이 안전할 것인가?

크게 이 정도로 구분할 수 있다. 이 중 하나가 해결된다면 나머지도 자연스럽게 같이 풀릴 것 같다.

첫날이라 큰 진전은 없었다. 다들 공부와는 담 쌓은 놈들이라 기초과학부터 싸매고 되짚어야 했다. 고등학교 교과서부터 시작하는 녀석도 있었다. 참으로 아쉬운 점은 남아 있는 분석장비가 부족하다는 점이다. 그렇지 않았다면 실험할 수 있는 것들이 꽤 있었을 텐데.

블랙필드와 그나마 가장 유사한 현상은 블랙홀인데 문제는 이놈의 성질이 현대물리학에서도 완벽하게 밝혀지지 않은 골칫덩이라는 점이다.

블랙홀은 거대한 질량 덩어리가 자기 자신의 질량을 이기지 못하고 붕괴하여 발생한다. 그래서 특수한 현상이 많은데, 블랙홀의 근처에서는 무게가 엄청나게 늘어난다거나 시간이 무한대로 늘어난다거나 하는 일들이 일어나고, 블랙홀의 내부에서는 어떤 일이 일어나는지 거의 파악하지 못하고 있다.

그나마도 이런 성질은 우리 옆에 있는 저 괴상한 놈과는 차이가 있다. 기존의 블랙홀만 해도 우리에게는 골치 아픈 내용인데 더 골치 아픈 내용이 우리 생명줄을 쥐고 있다. 고약하기 짝이 없구먼.

반면 스티브의 번역은 물리학과 관련된 키워드를 입력하자 획기적으로 줄었다 한다. 어떤 의미에서는 0과 1의 차이가 1과 100의 차이보다 크니까. 이전에는 리다리에서 제시하는 경우의 수가 수천조 개에 달했었다. 그런데 물리학 관련 용어를 키워드로 세시하자, 경우의 수가 수십억 개로 줄었다. 여전히 많은 수이지만 줄어드는 속도가 엄청나다. 운이 좋다면 며칠 안에 번역이 성공할지도 모른다.

이 번역이 우리의 생명줄이 될 것이라 확신하고 있다.

밖의 괴생명체를 연구하는 것은 아직 조금 논쟁이 되고 있다. 곤살로와 스타니슬라프는 분석하자고 주장하는 반면, 더글라스를 비롯한 다른 선원들은 나중에 하자고 야단이다. 아직은 거부감이 심한 것이리라. 아쉬운 소리겠지만 결국에는 해야 할 일이다. 대체 어떤 식으로 연관되어 있는지는 모르겠지만 이것도 이상 현상의 하나인 것은 확실하고, 스타니슬라프는 의료키트를 언급했다. 확실히 정밀한 분석장비는 상당수가 고장 난 데 반해 의료키트는 아직 쓸 만하다. 그리고 의료키트를 이용하면, 정밀분석 수준은 아니더라도 약식으로나마 저 생명체에 대한 객관적인 분석이 가능하다. 지푸라기라도 잡아야 하는 상황이니만큼 조사할 가치가 있다면 해야 할 것이다.

AT.17

스티브가 드디어 첫 번째 해석본을 가져왔다. 반 페이지 정도를 해석했는데, 이 해석본의 신뢰도는 약 72% 정도이다. 72%라고는 하지만 대부분이 문맥이 맞지 않는 문장이고 정말 키워드와 배경지식으로 끼워 맞춰야 한다. 상투적인 말들, '잠시 기다려주십시오' 따위의 말은 훌륭하게 번역되었지만(번역에 성공한 문장은 대부분 이런 것들이었다) 조금만 복잡해지면 갈피를 잡지 못하고 있다.

그나마 이게 다른 버전들에 비해 두 배 이상 신뢰도가 높으며, 물리학과 관련된 내용이 들어간 것은 확실해 보인다.

먼저 시아의 상태는 몇 가지 프로그램이 계속해서 실행되는 중이다. 언제부터 실행되었는지는 알아내지 못했다. OS 등으로 추정되는 것들을 제외하고—이런 것들은 컴퓨터 언어와 일상 언어의 차이를 이용해 알아내는 것 같다—가장 우선순위가 높은 프로그램은 비상시 보호시스템이라 한다. 이 보호시스템 때문에 발생한 것이 블랙필드라고 한다면 아귀가 맞는다.

물론 억측이다. 한 달 전에 들었으면 무슨 개소리냐 했겠지만, 그게 우리 현실이다. 이렇게 끼워 맞출 수 있게 된 것만도 상당한 성과이다.

그렇다면 블랙필드가 시아를 보호한다는 것인가? 무엇으로부터 보호하는 것일까? 우리로부터? 아니면 저 외계생명체가 거슬렸는가?

그리고 다른 프로그램이 실행 중이었는데, 이것은 꽤나 전문적인 프로그램인 것 같다. 거의 번역하지 못했는데 제법 신뢰도 높게 번역된 단어들은 물리학 관련 용어가 많았다. 우주, 중력, 중력장, 시공간 따위의 단어들 말이다. 일단 물리적인 현상에 대한 프로그램인 것은 확실해 보인다.

그래도 스티브가 번역에 요령을 익힌 것 같다. 다음에는 우리가 가지고 있는 전공서적을 기반으로 번역 툴에 전문용어를 추가로 입력한 후 해석해보겠다 했다. 번역 프로그램은 자신이 모르는 전문용어가 한두 개만 섞여 있어도 제대로 된 문장이 나오질 않다가 한참을 검토한 후에나 불완전한 문장을 만든다. 그래서 시작할 때 사람이 키워드가 되는 전문용어들을 사전입력하고 우선순위로 처리하도록 손봐주면 상당히 깔끔하게 번역되기 때문에 물리학 쪽의 용어들을 작업해두자는 의견을 냈다. 이 번역 작업이 가장 중요하리라 생각된다. 물론 이렇게 하더라도 번역 속도는 거북이 걸음이다. 전공지식이 필요할 것 같아 곤살로도 이쪽에 참여시켰다.

그리고 괴물 사체들이 흐물흐물하게 변질되기 시작했다. 아직 많이 널려 있긴 하지만 이대로라면 더 지체하면 분석하기 어려울 것이다. 아직 감염 등의 가능성이 해결된 것은 아니지만 선원들도 마지못해 분석에 동의했다. 대신 밖에서 할 수 있는 것은 최대한 밖에서 하고 샘플 보관도 밖에다 하기로 했다.

원래 라다가 하던 작업이고 곤살로는 시아 분석에 투입해야 하기에 개중에서 가장 거부감이 덜한 스타니슬라프에게 맡겼다.

그런데 아무리 생각해봐도, 이 괴생명체가 물리적 이상 현상과 어떻게 엮여 있는 건지를 당최 모르겠다. 그래 뭐, 뭔가 우리 상식을 뛰어넘는 일인 것은 알겠는데 이걸 대체 어떻게 짜 맞춰야 그럴듯한 시나리오가 되려나….

AT.18

스티브와 곤살로가 하루 종일 둘이서 끙끙대더니 믿기 어려운 결론을 가져왔다. 잠깐 이야기하자면 참으로 기특한 녀석들이다.

시아의 실행 프로그램을 해석한 결과 시간과 관련된 무언가라는 것이다. 프로그램의 이름은 적절한 번역이 없었다. 번역이 불가능하다는 것은 그 내용이 일반 상식으로는 이해하기 어렵다는 의미이다. 우리 사이에서는 프로그램 F라 부르고 있다. F는 F**K의 약자이다. 이 거지 같은 물건이 우리를 엿 먹이고 있으니 말이지.

일단 가장 연관도가 높은 단어가 시공간이며, 그다음으로 많은 것이 시간이었다. 그 밖에 비가역, 인과 등의 단어들이 많이 쓰였다.

아직도 우리는 우리들의 상식에서 벗어나지 못하고 생각하고 있었던 것 같다. 중요한 포인트는 블랙홀이 아니라 시간이라고 생각된다! 블랙홀, 특히 강한 중력은 시간(정확하게는 시공간)을 왜곡시키지. 게다가 둘의 연구는 같은 이론을 원류로 하고 있다. 상대성이론.

너무 수준이 높은 것이 나왔다. 시공간은 블랙홀 이상으로 연구가 적다는 점이 가장 큰 문제이다. 사실 우주를 쏘다니면서도 이에 대한 고찰은 별 필요가 없었다. 기껏해야 중력과 속도의 영향 때문에 미약한 시차(몇 초에서 몇 분)가 발생하니 감안해서 시계 맞추는 정도였고.

원래 이 분야의 전공자이거나 천재라도 있다면 우리가 가진 자료에서 유용한 것을 뽑아낼 수 있을지도 모르겠다. 하지만 우린 전공자들도 아니고, 천재는 더더욱 아니며, 시간마저 넉넉하지 못하다.

곤살로도 이제 더 이상은 모르겠다며 손사래를 쳤다. 그리고 보면 최근에 꽤나 무리하는 것이 이래저래 부담감을 느끼는 듯하다.

토론 끝에 자료 검토방식을 조금 바꾸었다. 이전까지는 시아보다는 우리가 관찰한 것과 유사한 것들, 그러니까 블랙홀과 블랙필드 쪽을 집중적으로 검토했었는데, 사례가 워낙 괴팍하다 보니 그다지 성과가 없었다. 이런 식으로는 진척이 없을 것 같아 이제는 시아가 뱉어내는 키워드를 기준으로 검토하기로 하였다. 이렇게 하면 번역에도 도움이 될 것이다. 처음에는 과학 외적인 자료들도 살펴볼까 했었는데 그러기에는 너무 인력이 부족하여 포기했다.

그리고 드디어 괴생물체의 조사를 시작했다. 뭐, 우리가 하는 것이 아니라 의료키트의 간이 분석기기가 하는 것이지만. 이쪽도 오류투성이이다. 샘플을 채취하여 분석해보면 7~8할은 분석 불가, 나머지는 선원들의 데이터가 검출되었다. 대부분의 샘플이 오염된 상태이다.

따지고 보면 샘플 채취도 쉽지 않다는 얘기이다. 스타니슬라프 녀석이 원래 하던 업무가 아니어서 서툰 것도 있겠지만 함선은 원래 우리가 지내던 공간이다. 알게 모르게 우리의 피부 각질이나 침, 땀, 머리카락 등이 공기 중에 퍼져 있을 것이고 이런 것들이 자꾸 딸려 들어가는 것이다. 그러니까 이 괴생물체들은 시작부터 우리에게 오염된 상태로 있었던 것이다. 이런 일상오염을 감안해서 분석하는 방법도 있다고 들었는데 스타니슬라프는 당연히 그런 작업은 익숙하지 못하다.

이런 식으로 생각하니 그 생물체들이 좀 불쌍해졌다. 녀석들 입장에서 보자면 이상한 곳으로 끌려 들어와 외계인에게 감염되고 몰살당한 것이다. 뭐, 이제는 위협거리가 아니라 이런 말도 할 수 있는 것이겠지만.

좋은 뉴스는 의료키트를 제한 없이 사용할 수 있다는 점이다. 최소한 수천 번은 검사할 수 있다. 우리에게 얼마 남지 않은 멀쩡한 장비인 덕택이다. 샘플도 널려 있으니 스타니슬라프가 연습할 기회는 충분하고, 익숙해지면 괜찮은 결과가 나오겠지. 라다가 할 때는 쉽게쉽게 하던 것 같았는데.

녀석이 그립다. 죽은 놈들이 그립다. 가족도 그립다.

AT.21

먼저 확실한 것부터 정리한다. 프로그램 F의 이름은 '시공간 축 이동기 제어 장비 알고리즘' 정도로 번역되고 있다. 매끄러운 번역은 아니지만 의미는 충분히 전달된다.

시아는 타임머신이다.

처음 이 소리를 들었을 때는 욕지기를 주체할 수 없었다. 수많은 감상이 스쳐 지나갔지만 이놈 때문에 생사의 기로에 놓인 상태라 짜증과 공포밖에 남지 않는다.

사실 농담 수준의 발상이었지만 이미 나왔던 추측 중에 하나이긴 했다. 당연히 진짜로 그따위 물건일 줄은 몰랐다. 다른 프로그램에 있는 옵션 값이나 수치 등을 봤을 때, 시간이동에 관련된 물건이라는 점에는 대부분 동의했다. 번역이 맞는다면 말이지…. 그놈의 블랙필드라는 것이 튀어나온 이후부터는 현실감각을 잃은 채 그저 앞뒤가 맞는 것으로 만족하는 중이다.

문제는 이 작은 괴물이 뭘 어떻게 하고 있는 것인지 전혀 모르겠다는 것이다. 프로그램 F의 구체적인 작동법도 그렇고 시공간 이동의 원리도 그렇고 아직도 밝혀내지 못했다.

당연하다면 당연한 것이, 우리의 현실세계에서는 진지한 과학자가 실제로 타임머신을 연구하는 것조차 본 적이 없다. 당연히 원리나 이론도 전무하다. 그런데 갑자기 완성품이 튀어나왔고, 제어 프로그램은 외계어이다. 그리고 이 문제를 해결해야 집으로 갈 수 있다.

신이 존재한다면, 패고 싶다.

일단 우리가 알고 있는 시간이동에 관한 자료들을 뒤적거려봐야겠다. 덧붙이자면 스티브와 곤살로는 보기 안타까울 정도로 딱한 꼴들을 하고 있다. 시아의 번역과 해석에 희망이 있는 만큼 선원들이 그들의 일거수일투족을 감시하다시피 지켜보기 때문이다. 좀 쉬엄쉬엄 하라고 말하고 싶은데 그랬다간 반란이라도 일어날 기세이다. 반란이라고 하기엔 이제 인원도 얼마 없지만.

시간이동에 대하여 알아낸 것들을 종합해본다. 아직 헷갈리는 것들이라 나중에 다시 보기 위해 적어둔다.

시간이동을 할 수 있는 방법 중 제대로 검증된 것은 많지 않다.

먼저, 조금 신뢰성이 높은 것으로 미래로 가는 방법이 있다. 전 우주에서 통용되는 절대적인 기준의 시간이 있는 것이 아니라 운동 속도나 중력에 따라 상대적으로 다르다. 이 점을 밝혀낸 것이 상대성이론이다. 강한 중력 속에 있거나, 혹은 빠른 속도로 움직이면 시간의 흐름이 변한다. 강한 중력이나 가속도는 시공간에 영향을 주기 때문이다. 빛의 속도로 달린다면, 우리는 미래로 갈 수 있다.

사실 미래로 가는 것은 우리도 늘 하는 일이다. 광속만큼은 아니어도 우주를 고속으로 오가는 우리들은 아주 미세하지만 지구와 시간대가 달라져서 가끔씩 시계를 리셋하곤 했다.

우리 현실에 반영해보자면 블랙필드가 블랙홀을 대체하는 무언가일 수 있겠다. 블랙필드를 이용해서 시간이동을 하는 것은 꽤 가능성 있는 이야기이다. 혹은, 역으로 시간을 조절하여 블랙필드를 형성하는 것일 수도 있겠다.

그런데 만약 시아가 단순히 이런 메커니즘으로 움직일 경우 우리는 과거로 돌아갈 수는 없다. 알려진 바로는 과거로 가는 법과 미래로 가는 법은 원리가 상당히 다르기 때문이다.

과거로 이동하는 방법은 보다 특별한 방법이 필요하다. 광속과 똑같이 달려봤자 과거로는 갈 수 없고, 질량을 가진 물체라면 광속 이상의 속력을 내기는 불가능하다.

그래서 과거로의 이동은 사실상 불가능하다고 여겨진다. 이론 상으로나마 가장 그럴싸한 것은 시공간이 일그러진 부분을 이용한다는 것이다. 예를 들면 웜홀을 이용하는 방법이 있다. 웜홀은 시공간에 균열이 났을 때, 서로 다른 시공간을 이어주는 통로라고 한다. 개구멍이나 지름길 같은 개념으로 보면 될 것 같다. 이 경우엔 과거뿐 아니라 미래로도 이동이 가능하다. 이 역시 블랙필드가 시공간에 영향을 준다고 가정한다면 가능할 것 같다.

그 외로 여러 가지가 있었다. 예를 들면 우주 자체의 시공간이 뒤틀려 있을 경우에도 가능하단다. 그러나 이런 것은 블랙필드를 끼고 있는 우리 상황에는 맞지 않아 보인다.

우리가 실제로 시간여행을 한 것인지, 지금 하는 중인 것인지, 어디로 얼마나 왔는지 아직 확정된 것은 아무것도 없다. 차라리 과거로 살짝 돌아간 것이라면 좋겠다. 그러면 어떻게든 미래로는 돌아갈 방법이 있으니까.

하지만 미래로 움직이는 기능밖에 없는 것이라면, 우린 다시는 우리가 살던 세상으로 돌아갈 수 없다는 의미가 된다.

만일 그렇다면 절망할 수밖에 없겠지.

AT. 26

어제와 오늘 제시된 내용들이 너무 받아들이기 어렵다. 조금 더 알아보고 적자.

AT. 29

사흘 전 시아 이동의 벡터값을 해석하는 데 성공했다. 시간 여행을 어디로 얼마나 움직였는지 알아냈다.

비상 보호 시스템의 경우 활성화된 것은 30일 전이다. 이것은 붕괴사고가 일어난 시점과 일치한다. 붕괴사고가 일어남과 동시에 시아가 주변 환경의 변화를 감지하고 활성화된 것으로 추정된다. 무엇으로 어떻게 감지했는지 따위의 일들은 아직 알 수 없다.

그런데 문제는 이게 아니다. 그래, 이건 어찌 보면 좋은 일이다. 나름 말이 되는 소리인 데다 이것 덕택에 우리가 산 것이기도 하고.

또 하나의 프로그램, 시간이동 프로그램이 문제이다.

이 프로그램의 가동시간은 일수로 따졌을 때 34,675,042,248,655일이다.

34조 6,750억 4,224만 8,665일이다.

햇수로 따지면 95억 11만 5,747년이다.

100억 년 가까이를 가동하고 있다는 뜻이다.

그랬다. 생각해보면 숫자들은 문자보다 먼저 번역되었어야 한다. 문자는 순서를 바꾸면 의미가 완전히 달라지거나 의미가 아예 없어지지만, 숫자는 순서가 바뀌어도 그 정도로 차이가 나지는 않는다. 이런 점에서 번역하기는 숫자가 용이한 부분이 있다. 그럼에도 이토록 벡터값 번역에 오랜 시간이 걸린 것은 결과값이 받아들일 수 없는 단위였기 때문이다. 34조 일.

스티브는 이 해석을 사건 초반에 확인했지만 당연히 오류라고 생각하고 재해석에 들어갔다. 그런데 아무리 검토를 하고 입력값을 바꿔도 같은 결과가 나왔다. 사흘 동안 시아 안에 들어 있는 숫자란 숫자는 깡그리 뒤져서 뭔가 적절한 해답이 없는지 검토하고 또 검토했다.

그리고 오늘 녀석이 충혈된 눈으로 내게 말했다.

"오류를 찾을 수 없었습니다. 이 프로그램의 가동시간이 95억 년이라면 모든 값이 맞아떨어집니다."

이제는 어떻게 뭐라고 할 기운도 없다.

더 어이가 없는 것은 95억 년 동안 작동하고 있는 이 물건이다. 대체 뭘 어떻게 만들어놨길래 95억 년 이상을 가동하고 있는 것인가. 프로그램 연속 실행만 95억 년인 것이니 시아 자체의 가동시간은 당연히 그 이상을 작동하고도 문제가 없다는 것이다. 설령 지금은 오작동되고 있다 하더라도, 최소한 95억 년 이상 움직인다는 의미이다. 공학자들이 봤으면 목숨을 내놓고 뜯어볼 것 같다. 라다도 뭘 어떻게 해서라도 뜯어봤겠지. 그놈 성격이라면 뜯으면 죽는 물건이라도 뜯어보고 죽었을 거야.

스타니슬라프는 기계가 고장 나는 것은 시간이 지나면서 부품에 마모나 균열 등의 결함이 발생해서이지만, 이 시아는 시공간을 다루는 기기이니만큼 시간과 관련된 어떤 능력으로 결함을 스스로 복구하는 것이 아닐까 하는 추측을 내놓았다. 그게 옳다면 이 기계는 한마디로 불사란 얘기가 된다. 시간을 달리고, 블랙홀 같은 것을 만들 수 있는 불사의 기계라니, 끝내주는군. 이걸 들고 고향으로 돌아갈 수만 있다면 세계를 정복할 수도 있겠어.

그런데 분석을 계속하다 보니 이걸 만든 놈들이(어떤 놈들인지는 모르겠지만 실로 경이로운 놈들이다) 실제로 95억 년 전에 살았던 것 같지는 않았다. 시아는 과거에도 시간이동을 한 기록이 있었던 것이다.

벡터값으로 추측해본 시아의 움직임은 이렇다. 이 기계는 우리가 원래 살던 시점보다 약간 더 미래에 만들어졌다. '미래에 만들어졌다'라니, 흥미로운 문구로군. 여하튼 구체적인 시기까지는 특정할 수 없으나 대략 400~700년 후에 만들어진 것 같다. 그리고 그 시기에서 약 18억 년을 과거로 돌아갔다. 뒤의 숫자도 들었는데 생략한다. 앞자리가 억대라 감당이 되지 않는다.

벡터값만 분석한 것이기 때문에 왜 과거로 돌아간 것인지, 가서 무엇을 한 것인지는 모르겠다. 그렇게 과거로 가서는 20억 년을 그냥 그 상태 그대로 지냈다. 20억 년 동안 본래 시간 속에서 잠들어 있었다. 마찬가지로 그 동안 무슨 일이 있었는지는 전혀 짐작이 가지 않는다. 분명히 어떤 변화가 있었을 것이다. 그러니 그 시점에서 또다시 20억 년을 과거로 돌아갔겠지.

그렇다. 이놈은 20억 년짜리 시간여행을 이미 두 번이나 해온 것이다. 그 후로 다시 정상적인 세월을 거쳐서 18억 년 후에, 이 머나먼 태양계 끝자락에서 우리와 조우한 것이다.

정리해보자. 18억 년 동안 과거로 시간여행을 했다가, 20억 년 동안 그냥 우주를 지켜본 다음, 갑자기 또 20억 년 동안 과거로 시간여행을 했다. 그 후로 18억 년 동안 또다시 정상 시공간에서 그대로 있었다. 그러니까 이놈은 정신이 아득해질 정도의 시간여행을 반복하고 있었던 것이다. 목적이 무엇인지 전혀 모르겠다.

그리고 그 후 지금은?

쓰면서 현실감도 생기지 않는다. 19억 년 전으로 돌아와 있다.

돌아가는 중도 아니고 이미 19억 년 전으로 와 있다. 이놈이 과거로 돌아가는 시간여행을 또 한 것이다! 이번엔 우리까지 덩달아서. 젠장, 이 벡터값이 진심으로 문제가 있기를 바란다. 그래야만 한다.

19억 년이다, 19억 년. 자료를 뒤져보니 그렇게 고대의 생물로 생각되는 공룡이 대충 2억 년 전에 나왔었다. 19억 년? 지구로 돌아간다면 정말 아무것도 없을 것이다. 지금 지구는 풀도 나무도 없다. 아주 원시적인 진핵생물이나 있을 뿐이다.

이 기계는 과거로 돌아간다. 그리고 우리가 미래로 '돌아'가는 방법이 있는지는 불확실하지만, 아직까지는 없다고 생각된다. 그리고 진짜 문제는 바로 여기에 있다.

그래. 나는 마음의 준비를 하고 있었다. 여하튼 밖에 있는 블랙홀 비스무리한 것도 받아들였고, 시공간이동이라는 것도 납득했다. 미래로 이동한 경우에는 영영 우리의 집으로 돌아갈 수 없다는 것도, 영영 가족을 볼 수 없을 수도 있다는 것도 이해했다. 거기까지도 각오를 했었단 말이다.

그런데 이 벡터값을 보자면 이놈은 광속으로 미래를 가는 것도 아니고, 시공간의 일그러짐을 이용해 과거로 가는 것도 아니다.

분명히 말하지만, 과거로 가기 위한 유일한 방법은 시공간의 일그러짐을 이용하는 방법이다. 이미 우리끼리 수차례 정리하고 검토했던 사항이다. 그런데 이 데이터에 의하면, 시공간의 비틀림을 이용해서 워프를 한 것이 아니라 20억 년씩을 온전히, 1초 1분의 시간을 거슬러 올라간 것이다. 시간을 그렇게 거슬러 이동할 수는 없다. 현대물리학에서 불가능하다고 규정하던 방식이다.

정말 끝내준다. 그나마 가능한 경우의 수를 애써 따져서, 최악의 상황까지 마음의 준비를 해놓고 있었는데, 그것을 여지없이 뒤엎어버렸다. 저놈 안에는 신이라도 살고 있는 것인가? 여기서 이제 뭘 어찌해야 하지?

원인을 분석하자며 의지를 불태우고 불과 며칠 만에, 이 정신 나간 숫자들 덕택에 머리가 몽롱하다. 제대로 판단하고 있는지 모르겠다.

해석이 잘못된 것이어야 한다. 무언가 놓쳤어야 한다.

AT.31

더글라스가 자살한 것 같다.

어제부터 보이지 않았고, 지금은 어디에도 없다. 우리가 갈 수 있는 곳이라고 해봐야 30분이면 전부 뒤져볼 수 있다.

우리가 조사하지 못하는 곳은 하나뿐이다. 우리를 감싸고 있는 검은 벽, 블랙필드, 통곡의 벽 바깥쪽.

빌어먹을. 별로 고통도 없었겠지. 어찌 보면 현명한 선택이었을지도 모른다. 나도 저 검은 벽에 뛰어들고 싶다. 모두가 그렇겠지.

그의 죽음에 대해서 아무도 뭐라고 하지 않는다. 긍정도, 부정도, 애도도 없다. 다들 넋이 나간 상태이다. 그래, 넋이 나갔다. 구름 위를 걷는 것 같은, 혹은 유리다리를 걷는 듯한 그런 느낌이다. 지금은 날아갔지만 처음 시아를 발견하고 온 지구의 축하메시지가 쏟아질 때도 일지에 똑같은 말을 적었었지. 그러나 이제야말로 그렇다.

AT.33

도대체 이해할 수가 없다. 원래 세계로 돌아갈 수 있을 것 같지도 않고, 내가 사랑하던 사람들이 전부 없는 이런 세상에서 살기도 싫다. 뭔가 생각만 하려면 뱃속이 뜨끈해지고 머리가 띵해진다.

자료를 읽다 보면 뜬금없이 눈물이 울컥하고 쏟아진다.

그럼에도 불구하고 계속 자료들을 뒤적이게 된다. 살고 싶다거나 돌아가고 싶어서가 아니라 순수하게 궁금할 뿐이다. 대체 어떻게 이런 일이 가능한 것인가 하는 의문이 몽롱하게 머릿속을 맴돌고 있다. 지금도 귀 위쪽? 혹은 뒤쪽에서 혈관이 쿵쾅거리는 것이 들린다. 그렇지만 생각을 포기할 수가 없다.

오전에 일지를 쓰다 말았다. 일지를 쓰는 도중 돌연히 미친놈처럼 히스테리를 부렸다. 선원들이 와서 간신히 진정했다. 아까 여기에 순수한 의문이라고 적었다. 그런데 아니야, 순수한 게 아니야. 이건 억울하기 때문이다. 그래, 이건 분노이다. 아까는 정신이 혼미해질 정도로 화가 났던 거야. 왜 이런 꼴이 된 건지도 모른 채 죽기가 너무 억울한 거지. 그래서 밝혀내고 싶은 거야.

시아의 구동원리를. 이 병신 같은 시간이동의 구조를.

밖에 나가서 블랙필드에 대고 고래고래 소리를 지르고 왔다. 그러다 오열을 했는데 다행히 선원들에게는 들키지 않은 것 같다. 볼썽사나운 얘기이니 더 적지는 않는다. 그래도 그렇게 소리를 지르고 나니 조금은 기분이 나아졌다.

요 며칠간 구상한 것을 적는다. 시아가 어떻게 시간을 역행하는지에 대한 구상이다.

먼저 '완벽한 역행'을 가정해보자.

디지털 동영상을 한번 생각해보자. 떨어져 깨지는 컵을 찍은 영상을 반대로 재생하면 알알이 깨진 유리 파편은 하늘로 치솟아 한 데로 합쳐진다. 그 안에 음료 같은 것이 있었다면 마찬가지로 고스란히 허공으로 떠올라 재생된 잔에 담겨야 한다. 그것이 '완벽한 역행'이다.

생각해보면 시아가 과거로 시간여행을 할 때 우주의 모습이 그럴 것만 같다. 이런 세계는 우주의 인과율, 그러니까 물리 법칙이 완전히 뒤바뀐 세계이겠지. 중력은 서로를 당기는 것이 아니라 밀쳐내고, 분자들은 서로를 밀쳐내는 것이 아니라 서로 합쳐지려 하고, 에너지는 발산되는 것이 아니라 흡수된다.

얼핏 가능해 뵈기도 한다. 만일 우주에 이런 경우가 있다고 한다면, 우리로서는 인지할 수도 없다. 뇌라는 것 자체가 시간이 정방향으로 흐를 때나 제대로 작동할 테니까. 시간과 물리 법칙이 거꾸로 흐른다면 뇌에서 발생하는 전기화학적 신호가 지금과 같이 제대로 작동할 리가 없다. 그렇기 때문에 우리는 시간이 거꾸로 가는 세계에서는 사고조차 할 수 없을 것이다. 같은 논리로 우리가 발명한 기계들도 시간이 역방향으로 흐른다면 죄다 먹통이 될 것이다.

그러니 시간이 완전히 거꾸로 가는 세계가 존재하고, 여태껏 우리가 인지를 못하던 것일지도 모르지.

허나 불가능한 일이다. 다행히 옛 석학들이 이에 대한 연구를 해냈다. 분자나 에너지가 확산되지 않고 합쳐지는 것은 열역학 법칙에 위배된다. 열역학 제2법칙에 의하여 엔트로피는 언제나 증가한다. 설령 우주의 시간이 거꾸로 간다 해도 말이다. 태풍이 방을 어지럽힐 수는 있어도 정돈하지는 못하는 것이니까.

그래, 열역학 법칙, 그중에서도 제2법칙. 업계인들은 학생 때부터 배우기 시작한 놈이고 물리학의 토대이기 때문에 가장 처음 배우는 내용이다.

열역학 제2법칙은 크게 두 가지로 나뉜다.

1. 열은 높은 곳에서 낮은 곳으로만 이동하고, 낮은 곳에서 높은 곳으로 이동할 수 없다.
2. 열은 100% 일로 전환될 수 없다.

조금 비약은 있겠지만 간단하게 이야기하자면 이런 얘기이다. 수조에 뜨거운 물과 찬물을 섞으면 시간이 지나면서 미지근한 물이 된다. 그러면 수조 안의 모든 장소는 온도가 동일해질 것이다. 이것을 열평형이라 한다. 그리고 이렇게 미지근해진 물이 아무런 이유도 없이 뜨거운 물과 찬물로 나누어지지는 않는다. 이것을 다시 뜨거운 물과 찬물로 나누려면 외부의 힘이 작용해야 한다. 사람이 물을 반반씩 나누어 하나는 데우고 하나는 얼리는 식으로 말이지.

우주도 비슷한데, 우주에도 뜨거운 곳과 차가운 곳이 있다. 그리고 그것들이 시간이 지나면 점점 열평형상태가 되면서 모든 우주의 온도가 동일해진다. 마찬가지로 아무 이유도 없이 역으로 돌아가지는 않는다는 내용이다.

이것을 좀 더 엄밀하게 표현한 것이 '엔트로피'이다. 엔트로피라 함은 무질서도, 혹은 균질화도이다. 앞서의 비유에서 열평형에 점점 가까워지는 상태는 균질화되는 과정이라 할 수 있다. 이것을 엔트로피가 증가한다고 표현한다. 그러니까 우주의 상태가 점점 균질해지는 것이, 수조의 온도가 점점 균질해지는 것이 엔트로피가 증가한다는 뜻이 된다.

자연 현상은 언제나 엔트로피가 증가하는 방향으로 진행된다, 이것이 열역학 제2법칙을 대표하는 말이다.

곤살로에게 들은 설명을 적어보자면, 우리가 돈이 있으면 정부는 무조건 얼마를 세금으로 떼어 간다. 돈을 가지고 있어도, 돈을 벌 때나 쓸 때에도 세금을 매긴다. 소득세, 소비세, 취득세 등 온갖 명목으로. 그런데 우주가 하는 짓거리도 똑같다는 내용이다. 우주는 돈 대신 열을 떼어 간다. 열이란 건 좀 더 복잡하지만, 대충 얘기해서 에너지나 에너지로 전환될 수 있는 물질이라 보면 되는 것 같다.

우리는 살기 위해서 어떤 종류이건 에너지가 필요하다. 먹고, 배터리를 충전하고, 발전소를 돌리는 것이 전부 에너지를 획득하는 과정 아니겠는가?

그렇게 우리가 에너지를 가지고 있으면, 매 순간마다 우주가 조금씩 세금조로 뜯어가는 것이다. 심지어 우리가 뭔가를 에너지로 만들고 쓰는 과정에서 소비세나 취득세를 또 떼어 간다.

그러니까 석유가 100의 에너지를 가지고 있으면, 가만 놔둬도 조금씩 에너지가 소멸된다. 그러니 시간만 지나도 100의 에너지는 90이 되어버린다. 거기다가 우리가 그걸 이용해 전기를 만들면 한 80의 에너지만을 취득하게 되고, 그 전기로 기계를 돌리면 70어치의 에너지밖에 돌릴 수 없다. 그러니 우리가 실제로 쓸 수 있는 에너지는 언제나 100이 될 수가 없다. 우주가 우리를 언제나 엿먹이기 때문에.

이렇게 매 순간 온갖 핑계로 뜯기기 때문에 우리가 가진 열은 언제나 처음 가졌던 것보다 적으며, 처음 가졌던 열을 온전히 사용할 수는 없다는 것이 이 법칙의 요지이다. 아주 깡패 같은 놈이다.

바로 이 때문에 앞서 이야기했던 '물리학 법칙이 뒤바뀐 세계'가 불가능한 것이다. 뭐, 아예 물리 법칙이 다른 우주라면 모르겠다. 그러나 빅뱅으로 생겨난 우리 우주에서는 불가능하다. 빅뱅으로 인해 우주는 확장하게 되었고 이 확장이 우리 우주의 상태와 물리 법칙에 영향을 미치기 때문이다. 우주적 대세가 뒤집히지 않는 한, 우리는 이런저런 제약을 받을 수밖에 없다.

우리가 영원한 삶을 살지 못하는 것도 이 법칙 때문이다. 태양이 결국 죽게 되는 것도, 영구기관 따위가 불가능한 것도, 그리고 시간을 거슬러 이동하지 못하는 이유도 여기에 있다. 우리가 어떤 행동을 하더라도 항상 에너지를 뺏기기 때문에. 시간이 역으로 흐르더라도 마찬가지이다.

만약 역재생하는 것처럼 시간이 흐른다고 가정해보자. 그러면 우주가 그간 갈취해간 열을 토해내는 것은 물론이고, 시간의 흐름을 정확하게 분석해서 깨진 유리잔을 붙이고, 찬물과 더운물을 세심하게 갈라서 따로 보관하며, 에너지를 융합해서 석유로 만들어내야 한다는 소리가 된다. 이런 세상이면 생명은 가만히 있어도 자라나겠군. 하지만 어떻게 그런 일이 일어날 수 있겠는가?

이것은 열역학 제2법칙을 무시하는 이야기이며 시공간을 어떻게 돌려본다고 할 수 있는 수준의 일이 아니다. 어떤 초월적인 힘이 있어서 우주에 끝없이 에너지를 공급한다 하더라도 모든 사물을 이전의 형태로 되돌리는 것은 불가능하다.

뭐, 신이 움직여서 우주 전체를 재배열하면 가능할지도 모르겠지. 시간을 역으로 거슬러 간다는 것은 최소한 그 정도는 되어야 가능한 정신 나간 일이라는 얘기이다.

내가 아는 한, 그리고 현대물리학으로서는 방법이 없다.

시아가 상상을 초월한 괴물이어도 그렇게까지 대단하지는 못할 것이다. 그렇다면 대체 어떻게 해야 설명이 되는가?

몇 가지 설명하는 모델을 만들긴 했는데, 근본적인 물리학 법칙을 부정하지 않고서야 택도 없는 것들이다. 아니지, 이론이 아니라 헛소리에 가깝다. 근거가 하나도 없으니까.

시간여행이라는 것 자체에 의문이 생겼다.

시아의 시간여행에는 분명히 한계가 있다. 시아가 어찌어찌해서 과거로 '나아갈' 수 있다고 하자. 과거로 나아가는 동안에 시아의 움직임 자체가 주변에 영향을 미칠 것이다. 그렇다면 그 영향으로 인해 입자들의 위치와 속도가 달라질 것이고, 그렇게 변질된 과거는 더 이상 완전하게 동일한 과거가 아니게 된다.

그리고 한 가지 의문이 더 있다. 아무리 완벽하게 시간을 역행한다고 쳐도, 완벽한 과거로 돌아갈 수는 없지 않을까? 예를 들면 우리는 시아에 딸려 19억 년 전으로 돌아왔다. 하지만 19억 년 전에는 우리라는 존재가 없었다. 시아도 마찬가지이고. 그렇다면 지금 우리가 있는 우주를 과거와 완벽하게 동일한 우주라 할 수 있을까? 정말로 완벽하게 역행했다면, 우리는 그것을 인지할 수 없어야 한다. 아니지, 19억 년 전이니 우리 존재 자체가 없어야 한다. 그게 진짜로 완벽한 과거이다.

우리의 존재 자체가 현재의 우주를 완벽하지 못한 과거로 만든다.

이것은 무언가 모순적인 느낌이 든다. 그럼 우리는 어디에 있는 것인가? 현재 우리가 있는 우주는 무엇인가? 대체우주 같은 무엇인가? 실제로 이런 논리로 대체우주를 설명하는 이론도 있었다.

그것도 아니면 이것은 또 다른 형태의 미래인가?

무슨 말도 안 되는 소리를 늘어놓고 있는 건지 모르겠다. 나는 수십 년간 땅이나 파고 함선이나 몰던 놈이다. 일류 물리학자를 갖다 놔도 머리를 싸맬 판에 나야 말할 것 뭐 있나. 어디부터 맞고 어디부터 틀린 건지도 모르겠다. 그저 진실이 궁금하지만 능력이 없어 답답할 뿐이다.

AT.36

스티브와 곤살로가 자기네들끼리 크게 싸웠다. 주먹이 오간 것은 아니지만 덕택에 오늘 둘 다 파업을 했다. 원인은 언제나와 마찬가지로 사소한 것들이다. 이들의 부담감이 가장 크긴 했을 것이고, 결과 때문에 실망도 크긴 했을 것이다. 가서 이래저래 말을 걸어봤지만 시큰둥하다.

더 말을 섞어봤자 서로 짜증만 날 것 같아서 그냥 내버려뒀다. 나도 모르겠다, 알아서들 하라지.

두 달 가까이 정신 나간 소리들을 현실이랍시고 듣고 살았더니 다들 의욕이 없다. 모두들 자기 침대에 틀어박혀서 늘어져 있다. 썩어서 희뿌연 수조 안에서 배를 뒤집고 떠다니는 물고기 시체들과 같은 꼴이다.

아, 스타니슬라프가 아직 생물 분석을 조금씩 하고는 있다.

사실 스타니슬라프는 나름 성과를 냈다. 이런저런 방법을 거쳐서 순수한 샘플을 취득했다. 그러나 그렇게 열심히 취득한 샘플로 검사를 돌려보니 온통 미확인 구성성분이고, 분석 불가였다. 결국 이쪽도 막다른 길이다.

AT. 38

곤살로와 스티브가 해석을 재개했다. 특별한 목적이 있는 것이 이니라 가만히 있는 것이 너무 괴롭기 때문이다. 내가 자료를 뒤지고 일지를 끄적이는 것도 비슷한 심정이다.

우리가 이렇게 절망적인 상황에서, 죽음에 대한 마음의 준비를 하면서도 실마리를 찾아 움직이는 것은 그런 습성이 인간의 본성이기 때문일까, 아니면 우리가 잃은 것이 너무나 거대해서 현실감이 나지 않기 때문일까?

시아 안의 내용이 유일한 희망인 것이야 맞지만 전혀 진척이 없다. 속도를 따져보면 저것을 다 해석하기 전에 우리가 죽을 것 같다.

다 해석한다 해도 방법이 있을지는 모르겠다. 지금 추정하기로는 시아 안에 따로 시간이동을 설명하는 매뉴얼 따위는 없다. 그러니 번역이 완료되더라도 원리를 이해하지 못할 것이다. 특히 지금처럼 물리학 법칙을 부정하는 수준이라면 더더욱.

내게 있어서 최선의 결과는 시아에게 미래로 이동하는 능력이 있는 경우이다. 가능성은 꽤나 낮아 보이지만 그것이 그나마 희망적인 시나리오이다. 그러지 못하면 죽는 것이고.

그래도 또 문제가 있다. 우리가 미래로 가는 방법을 찾았다 치자. 시아로 이동한 미래는 과연 우리가 '현재'라고 생각하는 것과 동일한 모습일까? 무언가 바뀌지는 않았을 것인가? 20억 년이다. 우리가 아주 미세한 영향만 주어도 나비효과처럼 엄청난 차이점이 생길 수도 있다. 우리의 시간이동 자체가 무언가 시공간에 영향을 주지는 않았을까? 집을 나설 때 인사하던 너무나도 그리운 얼굴들을 다시 마주할 기회가 있을지 전혀 모르겠다.

스타니슬라프의 검사는 중지시켰다. 데이터가 제대로 나오지 않기 때문이다. 가능한 한 모든 방법으로 최고 순도의 샘플을 채취해봐도 어느 정도는 오염되어 있었고, 오염되지 않은 부분은 분석 불가이니 의미가 없다. 녀석도 이제는 살덩이 만지는 데 질렸고.

대신에 곤살로와 스티브를 도와주라 지시했다. 실상은 둘만 놔두면 또 싸울까 봐 불안해서 그런 것이다.

나머지 녀석들도 무기력한 모습이지만 협력을 해주려 하기는 한다. 너무 막다른 골목이라 시킬 것이 없다는 게 문제일 뿐이다.

AT.44

다른 이야기를 하기 전에, 먼저 정리해두어야 할 이야기가 있다. 우리는 여태껏 시아를 논하면서 외계문명에 대해서 이야기를 했다.

그런데 아닌 것 같다. 외계가 아니었다.

오늘 해석한 부분에서 시아의 최초 좌표를 찾았다. 지구였다.

시아에 내장되어 있는 성간 지도가 있었는데, 우리 우주와는 얼마간의 차이가 있어서(예를 들면 화성과 목성 사이에 작은 행성이 하나 더 있다) 처음에는 아닌 줄 알았다. 그러나 큰 모양새가 거의 같았다.

세상에, 아직도 놀랄 일이 더 있었는가.

위치 좌표 덕택에 최초 기록된 일자도 조금 더 구체적으로 알 수 있었다. 현재로부터 400~700년 후라고 했는데 성간 지도와 대조해보면 570±10년 후로 계산된다.

즉, 시아는 외계생명체가 만든 것이 아니다. 약 570년 후의 지구에서 만들어진 것이다. 적어도 한 가지 의문은 풀었다. 그래서 인터페이스가 그렇게 비슷한 것이었군.

그런데 이 저주받을 물건은 의문이 하나 풀리면 새로운 의문이 한 다섯 개쯤 튀어나온다.

사실 타임머신이라는 얘기가 나왔을 때 잠깐 나왔던 가설이기는 하다. 그러나 언어 체계가 너무 달라서 바로 사라진 가설이었다. 바로 이게 또 문제이다.

그 570년 사이에 대체 지구에서 무슨 일이 있었던 것인가? 왜 언어가 완벽하게 달라진 것인가? 전기와 이진법 빼고는 왜 이렇게 호환되지 않는 것인가? 목성 옆에 있던 천체는 어디로 가버린 것인가?

뭐, 우리네 발전 속도를 생각해보면 600년 가까운 시간에 엄청난 성장을 하는 것도 무리는 아니겠지. 600년 전 사람이 우리 시간대에 와도 비슷할 것이고.

하지만 다른 것은 그나마 이해할 부분이라도 있지만, 언어체계가 이토록 다를 수는 없다. 스티브도 동일한 의견이다. 논리 번역 프로그램에는 지구상 존재했던 모든 언어가 담겨 있다. 시아가 지구에서 만들어졌다면, 그러니까 시아 안의 언어가 지구상의 언어와 기원이 같다면 해석이 최소 열 배는 빨라야 한다는 것이다. 지금쯤이면 이 안의 내용을 모두 번역했을 수도 있다.

이 정도로 번역속도가 느리다는 것은 아예 언어의 기원이 다르다는 뜻이다. 결코 간과할 수 없는 부분인 것이, 600년 사이에 문명이 멸망하기라도 했던 것인가? 그리고 이런 물건을 만들어? 설령 기계가, 흔히 영화에서 나오듯이 AI가 발달해서 인류에게 반기를 들고 지구를 지배한 다음에 이 물건을 만들었다 하더라도 불가능하다. 최소한 알파벳 쪼가리라도 보였을 것이다. 아니면 무슨 외계인이라도 침공을 해서 인류 문명을 멸절시키기라도 한 것인가? 대체 우리 미래에서는 무슨 일이 일어났던 것인가?

이 시점에 와서까지 해결되는 것은 없고 의문이 늘어만 간다면 어쩌란 말인가?

AT.49

　이제 교양서건, 전공서건 뭔가를 읽는 것도 질린다. 다들 내색
은 안 하지만 하루하루가 피가 마르는 중이다. 다른 것을 생각하
다 우리 현실을 떠올리면 숨이 턱 막혀온다. 자기개발서나 정서불
안을 도와주는 책을 읽으려 해도 전혀 집중을 못 하겠다.

　오랜만에 회의를 해봤다. 지금 상황에 대한 이론적인 분석은
의외로 몇 가지가 있있다. 다만 어느 것 하나 현대물리학에 반하
는 부분이 있어서 증거도 없이 꺼내면 미친 소리라 할 만한 것들이다.
　이제는 해석 때문에 보는 곤살로를 제외하면 아무도 자료들을
뒤적이지 않는다. 허기사 봐도 뭐가 나오는 게 아니니까. 닥친 난
관을 해결할 방법이 없을 때, 사람은 너무나 무기력하다.
　아직까지 선원들 간의 분쟁이 없는 것이 그나마 다행이다. 아
마 물이나 식량이 아직은 넉넉해서겠지. 그런데 식량이 떨어지면
어찌해야 하나. 탈출선 밖의 기괴한 시체라도 주워 먹어야 하나?

AT.50

　사흘 전부터 시아의 해석이 전혀 진척이 없다. 아니, 완전히 진
전이 없는 것은 아니지만, 번역이 제대로 되고 있는 중이라면 번

역속도는 점차 빨라져야 한다. 그런데 핏발을 세워가며 고생하고 있지만 아무리 해도 번역속도가 향상되지 않는다. 오히려 점점 속도가 떨어지는 중이다.

지랄 맞을. 빌어먹을. 만능 번역기인양 소개하더니 이것도 X 같은 프로그램이다. X 같지 않은 게 없어!

블랙필드 이해도, 괴생명체 분석도, 언어 해석도 모두 실패로 끝났다. 어디에도 만족할 만한 답은 없었다. 결국 아무것도 이해하지 못하고 이대로 죽는 것인가.

AT.53

오후 내내 누워 뒹굴 대고 있었다. 움직이기만 해도 머리가 아팠으니까. 그렇게 무기력하게 비비적거리던 중, 일지나 회의 내용에 대해서 생각하다가 문득 영감이 떠올랐다. 아니, 정확하게 말하자면 여태껏 단 한 번도 해보지 않은 의문이 떠올랐고 곧바로 답이 찾아왔다.

충격적인 것이다. 그리고 기발했다. 한동안 이게 얼마나 말이 될지 확인하기 위해 자료들을 뒤적여봤다. 그리고 분석하는 녀석들에게 내 생각, 아니 내 가설을 말했다. 나의 이야기를 듣고 곤살로와 스티브는 망치로 한 대 맞은 표정을 지었다.

즉시 선원을 소집했다. 일단 그럴싸한 이야기이기는 하다.

나머지는 검증해보고 적을 것이다.

AT.54

맙소사. 가능성이 있다.

AT.56

며칠간 검토에 검토를 거듭했다. 아직까지, 최소한 우리들 머리로는 오류를 찾을 수 없었다.

이것은 가설이다. 아직 완전한 증거를 찾지는 못했다. 따라서 전적으로 신뢰할 수는 없는 물건이며, 어쩌면 갈 곳 없고 답을 잃은 우리끼리 말도 안 되는 것을 믿고 싶은 것인지도 모르겠다. 정체불명의 물건을 발견하고, 이상한 소리를 검증할 방법도 없이 믿고 있다니, 얼마나 무기력한지. 맹목이라 해도 손색이 없다.

다만 이 가설로는 모든 것이 한 번에 설명된다. 모든 의문이, 근원이 해결되는 것처럼 보인다. 이 점이 죽음이 속삭이는 절망에서 도피하고픈 우리에게는, 빌어먹을, 너무나, 눈물 나게 매력적인 것이다!

처음의 의문은 괴생명체에서 시작한다. 시아와 블랙필드에 관련된 물리학적인 자료는 아무리 뜯어봐도 진전이 없어 보였다. 그러다 갑자기 튀어나온 시간이동이라는 주제가 너무 강렬해서 이 괴생명체들에 대한 수수께끼는 방치해놓고 있었다는 생각이 들었다. 그래서 다시 한 번 생각해봤다.

그럼 저들은 왜 생긴 것일까? 일단 시아가 지구에서 온 물건이고, 시간이동과 관련된 것이라면, 그 과정에서 저런 괴물이 튀어나올 이유가 전혀 없지 않은가?

그러다 문득 이런 생각이 들었다. 이 괴생명체들은, 정말로 외부에서 유입된 것인가?

갑자기 머리가 쿵 하고 울리더니 생각이 쏟아지기 시작했다. 이 생명체들을 분석했을 때 아무리 애를 써도 샘플은 '우리에 의해' 오염된 상태였었다. 우리에 의해. 아무리 섬세하게 채취해서 분석해봐도 죽어라 우리 유전자만 검출되었었다.

그런데 오염된 것이 아니라 처음부터 우리 유전자로 이루어졌다고 한다면?

그래, 말이 안 되는 것은 아니다.

함선 내에는 수많은 우리의 유전자가 돌아다닐 것이다. 각질, 머리카락, 땀이나 호흡 등으로 인해, 우리는 항상 죽은 세포들을 떨궈낸다.

굉장히 고약한 몽상이지만, 오류를 발견할 수가 없다.

언젠가 '비디오가 거꾸로 돌아가는 것'처럼 시간이 거꾸로 돌아가는 이야기를 했었다. 그때 우리는 불가능한 이야기라 했었다.

물론 지금도 그렇게 생각은 한다. 기본적으로는.

그러나 시아가 시간을 역행하는 방식이 정말로 그런 식이라고 가정해보자. 깨진 유리잔이 한데로 합쳐지고, 그 안에 담긴 액체가 하늘로 치솟아 잔 안으로 들어가는 그런 방식으로. 기존의 상식으로는 상상할 수도 없던 방식으로. 어찌 됐든 우리가 알던 우주의 법칙을 무시하는 수준의, 초월적인 외계가 있다고 가정해보자.

그러면 각질 같이 우리 몸에서 떨어져 나간 죽은 세포들은 어떻게 될 것인가? 떨어져 나갔던 방식 그대로, 우리 몸으로 돌아오겠지. 죽었던 세포들이 살아나는 것이다. 그리고 우리는 동영상을 거꾸로 돌리는 것처럼 뒤로 걸어가며, 여태껏 했던 행동들을 역으로 반복하겠지.

물론 여기까지라면 찌글찌글한 헛소리에 불과하다.

자, 거기에서 한 가지 요소를 더 추가해보자. 이전에도 적었지만 시아는 시간을 되돌릴 때 우리 주변에 특수한 시공간을 마련해서 외부 시공간으로부터 분리했다. 우리가 시아에 딸려서 20억 년 가까이 과거로 갈 동안, 시아는 우리가 있던 시공간에 무슨 짓을 한 것은 확실하다. 아니라면 우리는 놔두고 저 혼자 과거로 이동했겠지.

이 사실이 앞의 가설과 합쳐질 때가 문제이다. 그러면, 우리 몸에서 떨어져 나가 죽어 있던 세포들은 어떻게 되는가? 원래대로라면 우리 몸으로 돌아와서 살아나겠지. 그런데 우리는 시아 때문에 다른 시공간에 '갇혀'버렸다. 그렇다면 죽었던 세포들은 갈 곳이 없어진다. 조금 헷갈리는데, 맞게 썼나? 그래, 갈 곳이 없어진다. 융합되어야 할 세포들이 갈 곳이 없어 융합되지 못한다면, 그러면 어떻게 될까?

단 한 가지 가정, 말도 안 되는 가정을 한다면, 대충이나마 우리가 끙끙대던 수수께끼가 전부 해결된다.

그 가정은 바로 시아가 열역학 제2법칙을 무시한다는 가정이다.

열역학 법칙은 현대물리학의 근간이다. 물질이 모두 붕괴되고, 시간과 공간이 뒤틀린 세계에서조차 엔트로피는 증가한다. 엔트로피는 감소할 수 없다. 그것이 철칙이다. 언젠가 적었다시피 동영상을 역재생하는 것처럼 과거로 갈 수 없는 이유가 바로 이 열역학 법칙 때문이다.

그러니 평소라면 상상할 수도 없는 일이겠지만, 우리는 두 달째 상상할 수도 없는 일의 홍수 속에서 시달렸다. 좀 맛이 갔더라도 별수 있겠는가. 사실 이전에도 간간히 나왔던 이야기였다. 하지만 근거가 없으니 당연히 더 이상 언급할 필요가 없었다. 그런데 저 밖의 괴생명체가 근거가 될 수 있다! 이 점이, 어느 무엇보다 중요하다! 내 머릿속에 급작스레 떠오른 것이 바로 이것이다.

자, 어떻게 근거가 되는지 다시 정리해보자.

언젠가도 적었지만 생명체가 이 세계에서 죽음을 맞는 이유는 바로 열역학 제2법칙 때문이다.

우리 우주에서는 열역학 법칙에 의해 에너지를 잃을 수밖에 없다. 에너지를 잃는 것이 얻는 것보다 쉽고, 파괴가 생성보다 쉽기 때문에 생물은 먹을 것이 없거나 노화가 진행되면 죽게 된다. 그것이 숙명이다.

그런데 어떤 상황에서, 우리가 모르는 특이한 상황이 있어서 엔트로피가 증가하지 않는다면? 오히려 엔트로피가 감소하는 세계가 있다면? 물질만으로 우주의 법칙을 설명할 수 없게 되자 반물질이라는 개념을 만들고 검증했던 것처럼, 반엔트로피계가 있다고, 아주 어거지로 가정을 해보자.

솔직히 반쯤은 헛소리라고 생각한다. 일단 이런 가정 자체가 기존 물리학을 무시하는 짓거리이기 때문이다. 하지만 우리 상황이니까, 우리처럼 기괴한 상황이니까 한번 해보자면, 에너지를 얻기가 잃기보다 쉽고, 생성이 파괴보다 쉬워질 수 있다.

원래라면 우주공간에서 생물 생존과 번식이 불가능하지만 이렇게 역전된 세계에선 가능할 수도 있다. 다시 말하지만 생물이 번식할 수 없는 근원적인 이유가 바로 엔트로피 증가 때문이다. 우주의 엔트로피가 증가하기 때문에 항상 에너지가 부족하고, 세포의 재생과 생물의 생존이 힘들어지니까.

그렇다면 엔트로피가 감소하는 세계가 있다면? 에너지가 온 우주에 저절로 차고 넘치는 차원이 존재한다면? 구체적으로 어떤 체계라고 말할 수는 없으나, 그런 세계가 있다면 생물은 영원히 살거나 무한히 증식할 수 있다. 이런 세계에서라면 우주공간 어디라도 지구보다 생물이 살기 좋은 환경이 된다. 아니, 생물뿐 아니라 무생물도 증식을 할 수 있다. 에너지가 곧 질량이니까, 이런 세상이라면 저절로 에너지가 뭉쳐 물질을 형성할 수도 있다.

나도 솔직히 상상이 잘 안 되지만, 엔트로피가 감소하는 세계가 있다면, 생물이 마구 증식할 수 있다는 발상이 놀랍게도 부정되지 않는다. 엔트로피가 당연히 증가한다고 생각했으니, 엔트로피가 감소하는 세계에서 생물이 어찌 될지는 당연히 생각해본 사람이 없는 것이다. 그래서 우리가 검토한 바에 의하면 일단 아귀는 맞는다.

물론 그렇게 만들어진 생물이란 것은 우리가 상상하는 생물체와는 전혀 다르겠지. 바로 저 밖에 있는 것처럼.

정리해보자. 만약 열역학 제2법칙이 무시되는 세계가 있고, 그 세계가 엔트로피가 감소하는 반엔트로피계라면, 그 세계에서는 에너지가 넘쳐흐른다. 그 세계에서는 생과 사의 가치가 역전되고 생성이 파괴보다 쉬워진다. 그 덕에 전 우주공간은 생물의 증식이 가능한 환경으로 바뀌고, 우리 몸에서 떨어져 나가 죽었던 세포들은 단순히 되살아나는 정도가 아니라 우주공간에서 무한히 샘솟는 에너지를 받아먹고 증식하기 시작한다.

이렇게 가정한다면, 저 밖에 있는 괴생명체가 어디에서 왔는지 설명이 된다. 그리고 아무리 애를 써도 우리 유전자와 분석불가 대상만 나오던 것도 설명이 된다. 우리 몸에서 떨어져 나와 엔트로피가 감소하는 세계에서 번식한 세포라면 분석 결과와 일치한다!

게다가 밖의 생명체는 우리의 상식으로는 이해할 수 없는 생태로 보였다. 죽음에서 자유로운 반엔트로피계의 생물은, 이 세계의 생물과는 전혀 다른 모양새를 가질 것이다. 바로 밖에 있던 저놈들처럼! 살덩이들은 입도 없고, 어떻게 영양 공급을 받는지도 알수가 없는 형태였다. 이 세계에서라면 금방 죽겠지만, 에너지가 무한한 세계라면 가능할지도 모르지.

자, 여기까지라면 그럴싸하지만 아무리 절박하더라도 동의하지 않았을 것이다. 그런데 이 가설과 나의 사유는 그 이상을 보고 있다.

열역학 제2법칙과 항상 같이 나오는 이야기가 있다. 무한동력과 영구기관. 열역학 제2법칙은 열이 100% 일로 전환되는 것이 불가능하다고 말한다. 왜냐하면 언젠가 정리했듯 우주가 세금을 걷어가기 때문에. 그래서 모든 기계들—생물을 포함하여—은 작동하려면 언제나 새로운 에너지의 공급이 필요하고, 결국에는 고장 난다.

그런데 우리는 지금 100억 년 동안 끄떡도 없이 가동하는 기계를 옆에 두고 있다. 그것도 우리로서는 상상할 수도 없는 출력을 가진 채로, 현대물리학에서 불가능하다 정의한 방법으로 시간을 오락가락하고 있는 놈이!

우리는 그동안 시아의 특성을 하나하나 밝혀낼 때마다 난색을 표했다. 어느 것도 이해할 수 없었고, 물리학을 기반으로 했을 때 납득할 수 없었다.

그런데 시아를 열역학 법칙을 초월한 영구기관이라 가정한다면, 그 정신 나간 가동시간과, 출력과, 시간여행이 한 번에 정리가 된다! 열역학 법칙을 무시할 수만 있다면 가동시간이 100억 년이 아니라 1조 년, 아니 그 이상이라도 상관없다. 그럴 것 아닌가! 당연히 출력도 마찬가지이다.

블랙필드? 시아가 무한동력이면 못 할 게 뭐냐! 블랙홀, 다시 말해 초중력은 공간을 통제함으로써 시간에 영향을 미친다. 그렇다면 역으로, 시아가 그 무한한 출력으로 시간을 통제할 수 있다면 공간에 영향을 미칠 수 있을 것이다. 그런 방식이라면 블랙필드도 얼추 아귀를 맞출 수 있다.

시간여행도 마찬가지이다. 시간을 거슬러 올라가지 못하는 이유가 '시간이 거꾸로 가도 엔트로피는 증가한다'라는 이유 때문이다. 다시 말해 엔트로피가 증가하기 때문에 시간을 역행할 수가 없었던 것이다. 그러나 엔트로피가 감소한다면?

혼이 빠진 것은 아닌가 싶다. 우리가 보유한 모든 과학적 지식은 '엔트로피가 항상 증가한다'라는 가정을 기반으로 작동한다.

그런데 엔트로피가 감소할 수만 있다면, 시간이 거꾸로 흐르고, 영구 기관이 작동하며, 공간을 자유롭게 왜곡하고, 온 우주에 에너지가 넘쳐나며, 생물이 끝없이 자라나는 것이, 이론적으로는 이 모든 명제들이 가능할 수 있다. 황당한 이야기들로 넘쳐나지만, 기존의 물리학은 엔트로피가 감소할 수 있다는 발상 자체가 필요하지 않았다. 엔트로피가 감소할 수 없다는 것은 모든 물리 법칙이 따르는 전제였으니까. 그런데 엔트로피가 감소할 수 있다면 그 전제가 뒤집히는 것이므로, 과거 불가능하다 여겼던 발상들이 가능할 수도 있게 된다.

그래, 엔트로피가 감소할 수만 있다면.

만약 열역학이 틀렸다면.

우리가 여태껏 우주의 편린만을 접한 것이었다면.

그렇다면 상대성이론이 뉴턴 우주관의 모든 것을 무너뜨렸듯이, 우리가 알던 모든 상식이 뒤집힌다.

그리고 아마도 우리는 지금 사상 최초로 열역학 법칙이 무너진 세상을 보고 있는지도 모른다. 그리고 내가 간접적인 근거를 발견한 것인지도 모른다.

머리가 아프다. 다시 한 번 정리해보자.

그러니까 이 추측의 기본은 '열역학 법칙이 틀렸고, 엔트로피가 반전된 세계, 반엔트로피계가 존재한다'라는 것이다. 실제로 우리들 사이에서 비슷한 가설이 나오기는 했지만 아무도 진지하게 생각하지 않았다. 우리가 아는 물리학을 정면으로 뒤엎는 이야기이니까.

하지만 그 어떤 헛소리라도 근거가 있다면 검증해볼 만하다. 내 생각처럼 괴생물체가 반엔트로피계의 근거가 될 수 있다면, 그러면 이 추측을 진지하게 생각해볼 가치가 있다.

이 정신 사나운 내용이 사실이라면 외계인이나 타임머신보다도 더 중요한 발견이다. 만유인력의 법칙이나 상대성이론보다도 더 상위의 개념, 물리학의 기본법칙이 바뀌는 것이다. 마치 지구가 평평하다고 믿던 옛사람들처럼 우주의 극히 일부분만을 보면서 그게 전체 우주라고 생각하던 것이다.

게다가 이 추측이 압권인 것은, 여태껏 겪어온 말도 안 되는 현상들을 그럴싸하게 설명할 수 있다는 점이다. 몇 가지 근거가 더 있다.

우리는 함선 붕괴를 겪었었다. 처음에는 우주 폭풍이라고 생각하고, 아직까지도 왜 우리 함선이 무너졌는지 이유를 몰랐었다. 블랙홀이니 시간이 어쩌니 해서 여태껏 이유를 찾을 생각도 못 하고 있었지.

그런데 이 가설을 이용하면 이것이 설명이 된다. 먼저 시아가 과거로 돌아가기 시작했다. 그리고 우리를 특수한 시공간으로 격리하면서, 시공간 바깥쪽의 함선에 있던 죽은 세포들은 갈 곳을 잃고 엔트로피가 감소하는 세계에서 되살아나 번식하기 시작한다. 아니, 에너지가 무한히 공급되니, 모든 종류의 물질이 새로 만들어지고, 그중에 우리 세포를 기반으로 하는 물질들이 있다고 보는 것이 더 타당할지도 모른다.

여하튼 세포가 그런 증식, 반엔트로피계 내에서만 가능한 일반적인 생물체로서는 불가능한 증식을 20억 년을 했다고 쳐보자. 그러면 증식한 세포의 양이 실로 어마어마할 것이다. 어쩌면 그 질량이 별보다 더 커질지도 모른다.

시아가 블랙필드를 통해 만든 독립된 시공간 때문에 시간과 엔트로피가 역전된 상태에서 살덩이들은 우리에게 영향을 주지 못했을 것이다. 하지만 시간과 엔트로피가, 그러니까 우주의 법칙이 정상으로 돌아온 순간, 그 어마어마하게, 어쩌면 별보다 더 거대해진 살덩이들이 우리 함선을 짓뭉개버렸고, 함선이 곧바로 무너졌을 것이다. 시아가 없었다면 우리는 그대로 우리 살덩이들 때문에 생매장당했겠지.

그런데 시아에게는 비상 보호 프로그램이 있었다. 주변의 상황을 어떤 식으로 감지하고 그 비상 프로그램을 작동한 것은 사실로 보이고.

그렇다면 붕괴 직후에 블랙필드가 발동되면서 공간이 차단되었을 것이고, 한창 우리를 파묻으려고 쏟아져 내리던 살덩이의 일부만이 블랙필드 안으로 들어온 것이다. 그리고 그것이 바로 우리 밖에 있는 정체불명의 생물체였던 것이다.

이렇게 본다면 왜 그날 아무런 전조도 없이 붕괴가 일어났는지, 그리고 왜 시아가 비상 프로그램을 작동했는지, 왜 처음 보는 살덩이들이 깔려 있었던 것인지도 모두 한 번에 해결된다!

한두 가지만 연결되면 모르겠지만 이 정도로 이야기가 부합된다면 실로 그럴싸하다. 몽롱한 환희가 맴도는 것이 무슨 약이라도 한 대 맞은 기분이다. 이런 것을 내가 생각해내다니….

좀 너무 흥분한 것 같지만, 흥분하지 않을 수가 없다. 이런저런 상상이 과도할 정도로 나래를 펼치지만, 그나마 논리적으로 문제가 없는 것만 적은 것이다. 아, 어디까지나 내가 간파하지 못한 오류라면 있을 수도 있겠지.

이 가설은 물리학을 아는 사람이라면 누구나 코웃음 칠 법한 가정에서 시작한다. 그런데 책을 뒤져보니 흥미롭게도 여태까지 혁신적인 이론이 나올 때에는 언제나 그랬다는 점이다.

무엇보다 납득이 간다. 두 달 가까이 이해 못 해서 사람을 미치게 만들던 수수께끼들이 한 번에 전부 해소되어버린다! 내가 아니라 누구를 이 기괴한 장소에 데려다 놔도 매력을 느낄 수밖에 없을 것이다.

곤살로를 비롯하여 함선의 어느 누구도 오류를 찾지 못했다. 처음에는 모두들 헛소리로 치부했지만, 점점 설명을 듣다 보면 눈을 휘둥그레 뜨고 빠져들게 된다.

분명히 세세한 부분에서 비약이 있는 것은 사실이다. 그러나 아무리 상식에 반하더라도 이 명쾌함은 너무나 매력적이다.

이것을 반균질화 가설(anti-homogenization hypothesis)이라 칭했다. 사실인지 아닌지 확인하고 싶다. 우리로서는 이것을 검증할 만한 능력이 없다. 좀 더 능력 있고 전문적인 누군가에게 검증받고 싶다. 달려나가 외치고 싶다. 아아, 그러나, 이곳에는 우리뿐이다!

곤살로와 스티브가 새로운 키워드, 반엔트로피나 무한동력 등을 이용해 번역 프로그램을 업데이트하였다. 결과는 대단히 긍정적이다. 번역 속도가 놀랍도록 향상되었다.

우리에게는 반균질화 가설을 검증할 어떠한 방법도 없지만, 시아에서 같은 논리나 이론을 찾아낼 수는 있을 것이다. 시아 안에 반균질화 가설과 비슷한 내용이 들어 있다면 그것만큼 정확한 검증도 없을 테지. 번역 속도의 향상은 우리의 반균질화 가설이 합리적이라는 반증이다. 이 말도 안 되는 이론을 이런 방법으로 검증할 수 있을 줄이야….

맙소사, 한 가지가 더 설명된다. 방금 스타니슬라프가 놀라운 이야기를 꺼냈다. 바로 시아의 제작자와 우리가 왜 그렇게 비슷하면서도 다른 문명을 가지고 있었는지에 대한 설명이다.

나는 살덩이들의 증식을 너무 우습게 생각했다.

이 별이 우리로부터 증식한 살덩이들로 뒤덮인 것이 사실이라고 해보자. 그러면 지구는? 스타니슬라프의 생각으로는 지구도 똑같이 살덩이들로 뒤덮였을 것이라 한다.

우리는 지구에서 수십 년을 살았다. 당연히 우리에게서 기원한 죽은 세포들이 지구에도 잔뜩 있겠지. 시간이 거꾸로 돌아간다고 했을 때, 정상적인 상태였다면 우리도 지구로 돌아갔어야 했다. 그러나 시아 때문에 그러지 못했고, 이 별에서 일어난 것과 똑같이 갈 곳을 잃은 죽은 세포들이 멋대로 증식하는 현상이, 지구에서도 발생했을 것이다.

그래서 지구는 똑같이 저 기괴한 살덩이들로 뒤덮여 있을 것이다.

자, 그러면 시간이 다시 정상적으로 흐르게 된다면 지구에는 어떤 일이 일어날까?

19억 년 전의 지구 상태에 대해 찾아보았다. 박테리아 같은 최초의 생물은 35억 년 전에 생겨났지만, 수억 년 동안 산소를 사용하는 생물, 그러니까 보다 복잡한 생물은 나타나지 않았다. 우리가 그렇게 고생물이라 생각하는 공룡이 2억 년 정도 전에 나타났다.

산소를 사용하는 생물, 진핵생물, 다세포생물, 한마디로 좀 더 복잡하게 발전된 생물은, 17억 년 전에서 19억 년 전에 발생했다.

실로 공교로운 숫자가 아닐 수 없다. 시아는 처음에 18억 년 전, 두 번째에는 20억 년 전, 그리고 이번에는 19억 년 전으로 돌아갔다.

만약 지금 우리로부터 발생한 살덩이가 그런 원시 지구에 떨어지면 어떻게 될 것인가?

그 살덩이가 아무리 기형적이고 불완전하게 보여도, 18~20억 년 전의 원시 지구라면 가장 복잡한 구조를 가진 고등생물이 되어 버린다. 그 안에는 당시에는 존재하지도 않던 발전된 세포소기관과 생체구조물이 들어 있다. 곤살로의 추론에 의하면 이것들이 바로 죽어서 시체만 남는다 해도 원시 생태계가 통째로 바뀔 수 있다고 했다. 이게 어떻게 가능한지 한참 근거를 뒤져보았다.

원시 생태계는 매우 단조로운 상태이다. 어느 정도 복잡한 구조를 가진, 동식물 같은 것들은 존재하지도 않고 바이러스나 세균 같은 원시적인 생명체들만 있는데, 이들 조차도 우리가 현재 생각하는 것보다 훨씬 단조로운 형태이다. 이제 막 세포분열을 마친 배아보다도 유약하고, 외부 환경에 취약한 수준으로 볼 법하다.

그리고 포유류같이 복잡한 생물구조라면 상상도 할 수 없겠지만, 세포 수준에서는 생물체 간의 융합이나 흡수가 빈번히 일어난다. 바이러스도 다른 생물과 융합하는 사례라 볼 수 있고, 여러 가지 사례를 찾았지만 가장 적절한 것이 바로 미토콘드리아이다.

미토콘드리아는 우리 몸에 있는 세포의 구성물질 중 하나이다. 세포 호흡, 다시 말해 영양분을 에너지로 바꾸는 역할을 하는, 세포에서 엔진의 역할을 하는 놈이다. 그런데 이 미토콘드리아는 자신만의 DNA를 가지고 있고, 다른 구성물질들은 세포가 직접 만들어내는 데 반해 미토콘드리아는 자기 자신이 독립적으로 분열한다. 세포 안에 들어는 있지만 완전히 다른 생물이 공생하는 모양새인 셈이지. 그래서 원래는 미토콘드리아가 세포의 구성물질이 아니라 독립된 하나의 생물이었다가, 하나의 세포로 융합된 것이라는 가설이 있다.

그러니까 아주 먼 옛날에는 미토콘드리아와 원시세포 이 두 종류의 생명체가 따로따로 있었는데, 이 둘이 어떤 원인으로 융합하여 공생관계가 되었고, 시간이 지나면서 아예 합쳐져서 하나의 생물이 되어버린 것이다.

이런 사례가 하나만 있는 것도 아니다. 다른 예시로 파울리넬라(Paulinella)라는 아메바가 있는데, 이 아메바는 미토콘드리아 대신 광합성을 하는 박테리아를 흡수했다. 그래서 이 아메바는 체내의 박테리아를 통해 광합성을 하며, 세포-미토콘드리아와 비슷한 방식으로 공생 과정을 거쳐 하나로 합쳐졌다.

이 사실을 바탕으로 추측을 해봤다. 우리로부터 유래된 살덩이가 어찌어찌해서 원시 지구로 떨어졌고, 세포 안의 구조물이 원시 지구의 세포들과 융합할 가능성이 있는가? 아니, 그 살덩이 안에 미토콘드리아가 직접적으로 있을 수도 있지. 여하튼 복잡한 살덩이의 세포와 원시 지구의 단순한 세포가 융합할 가능성이 있는가?

우리 생각에는 충분히 가능할 것 같다. 그렇다. 저 살덩이가 지구에 떨어진다면, 원시 생태계는 커다란 교란이 발생할 것이다.

게다가 또 하나 기가 막힌 부분이, 세포가 미토콘드리아와 융합하고 나서야 비로소 진핵생물이 등장하고, 세포의 에너지 효율이 폭발적으로 늘어나면서 생물진화에 박차가 가해졌다. 그 시기가 바로 15억~20억 년 전이다. 이번 시간이동에서도, 저번의 시간이동에서도 시아는 바로 그 시기로 되돌아갔다.

어쩌면 과거에도 비슷한 세포 간 융합이 있었을지도 모른다. 이번이 처음이 아닐지도 모르지. 이전에도 미래에서 과거로의 이동 때문에 변수가 발생한 것일지도 모른다. 원시 지구생태계에는 혁명에 가까운 변수가. 이로 인해 나비효과가 발생했을 테고, 그렇다면 지구상의 생물종이 현저히 달라질 수 있는가? 당연히 가능하다. 20억 년의 시간이 있다. 초기 변수가 달라진다면, 20억 년의 시간이 흘러 완벽하게 다른 생명체가 탄생하는 것은 충분히 가능한 소리이다.

시아의 연표를 미루어보자면 그런 일이 한 번만 일어난 것이 아닐 수도 있다.

이제 큰 그림이 그려진다. 우리가 지구상에 있었던 첫 번째 문명이 아니었다고 가정해보자. 시아를 만든 문명은 똑같이 지구에 살았지만 우리와 완전히 다른 종이었을 수 있다. 그러나 시아가 과거로 오면서 어떠한 영향을 미쳤고 그 때문에 역사가 상당히 달라져서, 이 때문에 새로운 문명이 발생했다. 그 후에 우리가 탄생한 것일 수 있다.

그렇다면 왜 그들과 우리의 언어 체계가 그토록 다르면서도 유사한 인터페이스를 가지는지가 설명된다.

그들은 우주가 리셋되기 전의 지구 출신 지적생명체, 다시 말해 첫 번째 '지구인'이었던 것이다! 똑같이 지구에서 살았다. 환경이 비슷하니 신체 구조도 닮았을 테고, 인터페이스도 마찬가지였겠지. 그러나 완전히 동일하지는 않았으니, 복잡한 발명품인 언어 구조는 상당한 차이가 났겠지. 마치 유럽의 언어와 아메리카의 언어가 전혀 달랐던 것처럼.

비약도 꽤 있고, 사실일지 아닐지는 여전히 모르겠지만 절묘한 발상이다.

이 가설에 따르면 지구는, 그리고 우주는 시아에 의해 두 번의 리셋을 경험한 것이고 우리는 세 번째 세상의 지구인일 것이다.

사실이라면 상당수의 의문이 해결되어버린다. 머릿속에서 이리 튀고 저리 튀면서 끊임없이 나를 괴롭히던, 도저히 한데 묶일 것 같지 않던 의문들이 모두 하나의 답으로 귀결된다.

물론 아직 해결되지 않는 것들도 많다. 시아가 왜 이토록 지구에서 먼 곳에 외따로 있었냐 하는 것 따위가 그렇다. 어쩌면 이 수수께끼가 풀리고 새로운 사실이 나타나면 우리 가설은 한순간에 쓰레기통에 처박혀야 할지도 모른다. 뭐, 가설이 그렇게 되어버리는 것은 일상적인 일이다.

그러나 반균질화 가설은 이제는 우리 사이에서는 희망이 되어버렸다.

살아생전 진지하게 열역학 법칙에 반기를 들고 지구 생명체의 리셋 같은 이야기를 하게 될 줄이야.

너무 소설을 쓰는 것은 아닌지 모르겠다. 이렇게 외진 곳에 갇혀서, 이곳에 있는 증거만으로 95억 년을 통한 세 번의 지구 리셋과 세 개의 서로 다른 문명까지 유추할 수 있다니.

그래도 아귀가 너무 잘 맞아떨어진다. 이것이야말로 사람의 강점일 테지. 아니, 논리의 강점이려나. 소설에 불과하기는 하지만 아직은 논리적 오류를 발견하지는 못했다. 이제 검증을 통해 경악할 만한 사실인지, 아니면 그저 잘 꾸며낸 이야기에 불과한지 확인하면 되는 일이다.

어제에 이어서 끊임없이 토론하는 중이다. 오늘은 우리가 마음의 준비를 하던 사실에 종지부를 찍었다.

우리는 우리의 세계로 돌아갈 수 없다.

우리가 알던 세계는 우리가 과거로 돌아가는 과정에서 변형되었다. 지난번의 시간이동으로 문명이 바뀌었다면, 이번의 시간이동도 마찬가지일 것이다. 따라서 우리가 지금부터 곧장 19억 년 후의 미래로 돌아간다 하더라도, 그 세계는 우리의 고향과는 다른 모습일 것이다. 설령 시아가 영구기관이라 하더라도 옛날 그대로의 우리 세계를 되찾을 수는 없을 것이다.

가족에게, 나의 안식처에 갈 수 있는 방법은 더 이상 없다.

그들은 말하자면 전례 없는 방식으로 죽음을 맞이한 것이리라. 점차 어려져서, 태아로 돌아가고, 부모의 유전자로 분할되고, 부모 또한 같은 방식으로 사라져갔을까? 아니면 살덩이에 휩쓸려버려 그 살덩이와 융합해버렸을지도 모르겠다.

분명한 것은, 그들의 존재가 사라졌다는 점이다. 어느 쪽이든 그들이 고통을 느끼지는 못했으리라. 그것이 유일한 위안이다.

언제나 마음의 준비를 해왔지만 솔직히 아직 실감이 나지 않는다. 받아들이기 힘들다. 인류의 역사가 사라졌고, 그 수많은 기쁨과 성취, 그리고 업적들과 수많은 사람들이 사라져버린 것보다, 더 이상 가족을 볼 수 없다는 것이 미치도록 서글프게 만든다. 내가 직접 겪었던 나만의 것들은 모두 사라졌다. 앞으로 무슨 일이 일어나더라도 이 부분만큼은 되돌릴 수 없으리라.

AT.61

시아의 번역속도가 놀랍도록 향상되었다. 스티브의 말에 의하면 지금 같은 속도라면 한 달 정도면 시아 안의 모든 데이터에 대한 초벌 번역이 완료되며, 두세 달 정도면 시아를 우리 뜻대로 작동할 수 있지 않을까 추정한다.

그렇다면 우리는 살아날 수 있다. 맙소사, 이 무덤에서 빠져나갈 수 있다!

우리가 움직이지 못했던 것은 블랙필드를 어찌할 수 없었기 때문이다. 거기에 함선은 망가졌고, 아마 블랙필드를 해제하면 밖에 있던 어마어마한 살덩이들이 쏟아져 들어오겠지. 식량도 제한이 있을 것이다. 그리고 안전한 곳은 40억 킬로미터 밖에 있다. 도저히 방법이 없어 보였다.

사실 진즉에 끝났다고 생각했다. 그냥 뭐 때문에 죽는 것인지라도 이해하고 싶었다. 그런데 이런 식으로 이야기가 진행될 줄이야.

이제 우리에게는 무한동력으로 추정되는 괴물이 있다. 정말 무한동력일지는 살펴봐야 하겠지만, 최소한 100억 년을 멀쩡히 움직이는 괴물이다. 게다가 이놈은 시간이동을 할 수 있다. 엄밀히 말하자면 시공간이동이다. 즉, 시아를 적절히 사용하기만 하면 공간이동도 가능하다는 결론이 나온다. 블랙필드의 위력을 미루어 보아 외부에서 오는 대부분의 물리적 충격은 차단될 것이다. 장거리 항해가 가능하다 확신을 할 수는 없겠지만, 반균질화 가설을 토대로 한 이론으로는 충분히 가능하리라 예상된다. 시아를 제대로 다룰 수만 있다면 우리가 가진 모든 취약점을 상쇄할 수 있다. 정말로 무한동력이라면 가능할 것이다.

지구로 돌아갈 수도 있겠지. 그리고 그럴 것이다.

결국 이 녀석들과, 이 난관을 헤쳐나가게 되는 것인가. 살아서 나갈 수 있다는 이야기인가. 심정이 대단히 복잡하다.

시아의 시간여행이 왜 작동되었는지 아직 확인하지 못했고, 해결하지 못한 문제는 너무도 많다.

우리 가설이 맞는다면 지금의 지구는 역사도 없고, 인류도 없으며, 동식물도 없다. 저 끔찍한 살덩이들이 있을 수는 있겠지. 돌아가게 된다면 지구를 테라포밍 해야 한다. 얼마나 아이러니한 말인가. 원시 지구를 개척한다는 것은 상상해본 적도 없는 일이다.

우리가 새로운 생명의 시초가 되는 것인가? 감히 그런 일을 할 주제가 될까? 어떤 일이 일어날지 상상도 되지 않는다.

장비들도 대부분 고장 난 상태인데 가서 집이라도 지을 수 있을지 모르겠다. 지구는 화석연료는커녕 아직 나무도 풀도 없는 상태일 텐데. 뭘 가지고 개척을 해야 하는가? 농사 같은 것을 할 수는 있으려나?

그냥 가자마자 다 죽는 것은 아닐는지. 아니면 시아가 진짜 영구기관은 아니라서 지구로 이동하다 고장 나면, 우주공간에서 그대로 죽을 수도 있겠지.

따져보면 굳이 갈 필요가 있을까 싶기도 하다. 고향도 없고, 가족도 없고, 친구도 없다. 그렇다. 우리가 사랑하던 것들이 사라져 있을 것이다.

내가 평생을 아끼던 모든 것들이 사라졌다. 그런 곳에 간다고 치면, 그리고 나서는 뭘 해야 하지 하는 의문도 든다.

그러나 그럼에도, 그 모든 것들을 감안하더라도 돌아가고 싶다. 대지에 서서 태양을 바라보고 싶다. 죽더라도 지구 위에서 뼈를 묻고 싶다.

나로서도 잘 이해가 가지는 않는다. 딱히 갈 필요가 없어 보인다. 그럼에도 가고 싶다.

AT.62

시아의 번역 작업은 순조롭다.

선원들과 토론을 했다. 만장일치였다. 모두가 위험을 감수하고라도 이 지긋지긋한 곳을 떠나고 싶어 했다. 물어볼 필요도 없었나 보다.

곤살로에게 돌아가면 뭘 하고 싶으냐고 물었다. 문명을 재건하고 싶단다. 계획이 아주 거창했다.

현재의 지구에는 연료라 할 만한 것이 없단다. 석유, 석탄 이런 것들은 전부 동식물의 시체에서 생긴 것이 아닌가? 제대로 된 생물이 없으니 그런 것들은 없다. 끝내주게 청정한 세계이겠군.

또 재미있는 것이, 이 시기의 생물들은 복합 단백질 구조체, 그러니까 복합 아미노산이 없단다. 이게 무슨 소리냐면, 인간은 수백만 년간 자연선택을 통해 복합 아미노산을 '맛있다'라고 느꼈는데, 이 시기의 생물은 뭘 먹어도 당최 끝내주게 맛이 없을 거라는 것이다. 광부 노릇을 하면서 그나마 즐거운 점이 먹거리가 괜찮다는 점이었는데 그마저도 없단 소리이다.

하지만 곤살로는 이러한 구질구질한 부분을 차치하고라도, 시아를 동력원으로 이용할 수 있다면 시간이 좀 걸리더라도 참으로 다양한 시도가 가능할 것이라 신나서 이야기한다.

아직 젊어서 그런가, 그런 일을 겪어놓고 이런 상상을 하고 있다는 것은 여러모로 대단했다. 좀 어이가 없기도 했고.

그래도 썩 나쁘게 들리지는 않았다.

그래, 확실히 저것이 무한동력이고 어떻게든 응용할 수 있다면 더 이상의 에너지 문제는 없겠지. 따져보면 우리는 인류 최대의 고민을 한 가지 해결한 셈이다. 게다가 우리에게는 선대에서 일궈놓은 수많은 자료들이 남아 있다. 동식물은 없다 하더라도 광물은 아마 있을 것이고, 우리 조상의 유물과 '첫 번째 지구인'의 유물을 이용하면 제법 빠르게 문명을 만들 수 있을지도 모르겠다.

그뿐인가. 우리는 시간이동을 할 수 있다. 무언가 조치해놓고 시간을 뛰어넘어서 결과를 확인할 수도 있을 것이다. 마음에 들지 않는다면 과거로 돌아가 다시 시작해도 될 것이고.

우리가 성공적으로 도착해서 어찌어찌 문명을 재건하게 된다면 네 번째 문명이 되는 것인가? 지난 세 번의 문명과는 확실히 달라 보인다. 사실 두 번째 문명에 대해서는 알 길이 없어 보이지만, 여하튼 저 세 문명과는 시간대부터가 20억 년 가까이 다르다.

이런 생각을 하니, 자연스레 의문이 생긴다. 첫 번째 지구인들이 왜 시아를 만들었을까 하는 점이다. 우리는 다음과 같이 유추한다.

1. 최초 개발자들이 무언가 계산을 잘못하여 이 사단이 났다.

2. 계산 자체는 개발자들의 계획대로였으나 시아가 너무나 오랜 세월동안 가동되던 끝에 오작동이 일어났다.

3. 지금의 상태가 최초 개발자들이 설계한 것이고, 의도대로 작동되고 있다.

개인적으로는 3번을 믿고 싶다. 첫 번째 지구인들이 왜 시아를 만들었는지는 모르겠지만, 이 정도 기술력을 가진 자들이 '살덩이'가 만들어낼 문제를 몰랐을 것 같지는 않다. 어쩌면, 아주 어쩌면, 리셋 그 자체가 목적일지도 모르겠다. 지구상의 생물체를 리셋

하기 위해 시아를 만들어 과거로 보냈을지도 모른다.

여러모로 논의하는 내용들이 차원이 다른 이야기들이다. 이래도 될까 싶은 것은 처음이나 지금이나 여전하다.

AT.63

시아의 자료들을 대충 읽어볼 수 있게 되었다. 여전히 번역이 매끄럽지도 않고 사전처럼 설명이 잘되어 있는 것도 아니지만 그럼에도 굉장히 도움이 된다.

가장 눈길을 끄는 것은 엔트로피가 감소되는 상태, 다시 말해 반엔트로피계에 대한 이야기였다. 놀랍게도, 정말로 그러한 상태에 대한 언급이 존재했다. 다만 상상도 하지 않던 개념이니만큼 우리말로 대체되지 않는 용어들이 많았다. 곤살로의 말을 빌리자면 이것을 물리학 이론으로 풀어나가면 대혁명이 일어날 것이지만, 자신에게는 너무나 어려운 이야기라 이것을 번역하는 것도, 이론을 연구하는 것도 자신이 없다고 털어놨다.

그래도 설명이 있다는 것 자체가 우리 추론이 맞는다는 의미가 된다. 궁여지책으로 물리학의 근간을 무시한 것이 활로였단 말인가….

이렇게까지 앞뒤가 맞는다면, 반균질화 가설을 조금은 신뢰해도 될 것 같다. 물론 그런 외계가 있는지, 정말로 에너지가 무한한

지는 확신할 수 없다. 그러나 가닥은 제대로 잡은 것 같다.

그나저나, 정말로 열역학 법칙이 부정되는 것을 보게 되다니… 아직도 엔트로피가 감소될 수 있다는 것을 받아들이기가 어렵다.

나름 우주를 이해하고 있었다고 생각했다. 그러나 우리가 살던 우주는 우리가 상상하던 것보다 훨씬 거대했고, 섬뜩한 곳이다.

정말로 우주를 '리셋'하는 것이 가능하다는 말인가? 그리고 우주에 그 정도의 영향력을 줄 수 있는 막대한 힘이 존재한다는 말인가? 대체 어떤 힘이 그런 것을 가능케 한단 말인가?

아아, 우리의 목숨을 구할 수 있어 다행이지만, 반균질화 가설이 사실이라는 것은 매우 두려운 일이기도 하다. 대체 우주의 수수께끼는 어디까지란 말인가? 반균질화, 다시 말해 반엔트로피계가 정말로 존재한다는 것인가? 이것이 가능하다면 자원 문제, 에너지나 시간을 사용하는 데 혁신적인 변화가 올 것이다. 에너지를 재사용할 수 있다는 뜻이고, 시간을 리셋할 수도 있다는 뜻이니까.

첫 번째 지구인들은 어디까지 알았던 것일까? 설마 지금 이 모든 사태를 다른 차원에서 지켜보고 있는 것은 아니겠지? 아니, 그것이 나을 수도 있겠다. 왜냐하면 그렇지 않고 그들이 멸망해버렸다면, 무한동력과 시간이동을 할 수 있는 지능을 가지고도 해결하지 못한 문제가 우주상에 존재한다는 결론이 나기 때문이다. 이기술력을 가지고도 실패를 할 수 있다니, 간담이 서늘해진다.

뭐, 일단 지금으로서는 더 알 수 없는 내용이니 목숨을 부지하고 생각하자. 아직 우리의 상태조차 완벽하게 파악된 것은 아니다. 그러나 원래 과학에 완벽한 이해라는 것은 존재하지 않는다. 언제나 수수께끼는 남아 있을 테고, 어제보다 오늘이 조금 더 낫기를 희망할 뿐이다.

반균질화 가설을 통해 우리가 한걸음 더 나아간 것만 해도 대단한 발전이다. 설령 이 가설에서 심각한 결함이 발생하여 폐기된다 하더라도, 진실과 어떤 상관관계는 분명히 존재한다. 우리가 당면했던 수수께끼들을 설명해내고 시아의 번역속도를 비약적으로 향상시킨 것으로 미루어보아 충분히 그렇게 생각할 수 있다.

반균질화 가설이 사실로 판명나건 그렇지 않건, 확실해지는 순간에는 여태껏 모르던 사실들을 알게 될 것이다. 그런 것이 발전이니까.

나 자신에게 물어봤다. 이 사건으로 잃은 것들은 나를 진실로 괴롭게 만든다. 그러나 정말로 삶에 미련이 없는가? 그렇지는 않다.

여기까지 오면서 정말 많은 일들이 있었다. 돌이켜보면 악몽 같은 시간들이었다. 그러나 동시에 물리학의 근간이 흔들리는 것을 보았고, 불가능하다고 여겨왔던 무한동력을 보았다. 시공간 이동도, 시공간을 차단한다는 개념도 보았으며, 생물이 무한히 증식할 수 있다는 사실도 보았다.

기존의 개념으로는 하나같이 신과 같은 일들이다. 우리는 인류가 염원하던 진실에 누구보다 더 다가가게 되었고, 기존의 문명에서 상상도 못 하던 일들을 해낼 수 있을 것이다.

이렇게 전율할 만한 가능성을 목도한 후에 가슴이 동하지 않는다는 것은 거짓말이다.

내가 잃은 것을 대체할 수는 없겠지만, 이것을 기반으로 무언가를 해내는 것은 그럴 만한 가치가 있다고 생각한다. 혹은 내가 잃어버린 것을 보상받고 싶다. 지금으로서는 불가능하다고 결론난 이야기, 내가 잃은 것들을 되찾는 이야기도 계속해서 한구석에 맴돈다.

가족에게로 돌아가고 싶다. 여태껏 불가능하다고 생각되던 것들이 떡하니 튀어나왔으니 그런 희망을 품는 것도 별로 이상한 일은 아니겠지.

그렇게 생각이 된다.

AT.64

블랙필드 밖을 모니터링하는 기능을 발견했다. 시공간의 벽을 대체 어떻게 통과해서 정보를 수집하는지 감도 잡히지 않는다.

여하튼 우리의 추측대로 밖은 무언가로 가득 차 있었다. 살덩이임이 분명하다. 이렇게까지 맞아떨어지다니, 이건 또 이것대로 소름이 끼친다.

꽤나 먼 거리까지 관측했던 것 같지만 지금 이 별을 구름처럼

이영인 | 네 번째 세계 221

둘러싸고 있는 살덩이가 너무 두꺼워 그 밖까지 관측하기는 어려운 듯하다. 아마 급속도로 찢어져서 우주공간에 퍼지면서 죽어나가고 있겠지. 일반적인 우주공간이라면 금세 먼지가 되어갈 것이다.

우리의 살점들이 온 우주에 퍼져 가는구나. 어디까지 퍼졌을지. 얼마나 퍼졌을지. 지구에는 영향을 얼마나 주게 되는지.

저 살점들을 보며 어떤 생각이 들었다. 어쩌면 반엔트로피계야말로 천국이 아닐까? 그곳은 에너지가 무한하고, 생명이 영원히 번영한다. 그야말로 옛이야기에 나오던 천국이다. 인간은 생각할 필요도, 고통을 느낄 필요도 없다. 아무 고생도 없이 존재할 수 있다. 꿈같은 이야기이다.

혹은 어쩌면 저 세계가 우주의 기본적인 상태이고, 우리 세계가 특수한 상태일지도 모른다. 혹시 아는가. 엔트로피뿐 아니라 다른 근본 원리가 뒤집힐 수도 있다.

말도 안 될 것 같던 가설이 맞아떨어져가니, 쾌감이 일기도 하지만 우리의 생존과 역사에 관계된 것이라 순순히 기뻐하기는 어렵다.

이제 정말로 우리가 살던 세계와는 다른 세계가 된 것이구나.

AT.65

시아가 공간이동이 가능함을 확인하였다. 작동법도 그다지 어렵지는 않고, 변수도 크게 없어 보인다. 살덩이 밖으로 나가는 것도 별문제는 없다. 마음만 먹으면 당장에라도 갈 수 있다. 지구로 갈 수 있다. 살 수 있는 것이다!

모두들 얼싸안고 기뻐했다. 곤살로와 스타니슬라프는 펑펑 울었다. 나중에는 우리 모두 울었다.

지구로의 귀환을 준비하기로 했다.

심정 같아서는 당장에 가고 싶지만, 어느 정도 준비 시간을 가지고 싶다. 선원들이 당장에라도 떠나가고 싶어 했지만 가능한 한 많은 준비를 해야 한다.

시아의 데이터 해석은 계속할수록 좋을 것이고, 원시 지구의 상태와 생물의 진화, 그리고 농경에 관한 준비를 해야 한다.

문젯거리가 아주 많다. 가장 큰 문제는 우리가 사회를 구성하기에는 수가 너무 적다는 것이다. 당장 해결책이 나올 것 같지는 않다. 아예 미래로 이동해서 새 살림을 차리자는 이야기도 있었다. 나쁘지 않은 생각이지만 일단 귀환부터 성공하고, 그리고 지구의 상태를 보고 논의하기로 했다. 자원 문제나 기후 같은 변수도 고려해야 한다. 특히 식량, 물, 공기 이 세 가지는 우리가 알던 지구와는 큰 차이가 나기에 준비를 하고 움직여야 할 것이다.

아직도 수많은 수수께끼들이 남아 있다. 열역학 법칙이 어떻게 수정될 것인지, 시아의 구체적인 구동원리라든지, '첫 번째 지구인'이 왜 이런 기계를 만들었는지, 시아는 왜 40억 킬로미터나 떨어진 곳에 떨어져 있었는지, 시아가 작동된 것이 우리의 실수인지 아닌지 등등. 풀어야 할 숙제도 아주 많다. 허나 좌절밖에 할 수 없던 얼마 전보다는 나은 상황이다.

일단은 모든 것을 미뤄두고 지구 귀환으로 집중하기로 했다. 우리에게는 햇살이 필요하고, 환기가, 산책이 필요하며, 좀 더 신선한 식사가, 동기부여가, 위안이, 그리고 절망이 우리가 아는 온 우주를 뒤덮더라도 그 속에서 활로를 찾아 미래를 개척하는 의지가 필요하다. 나머지 문제들은 시간을 들여 해결해나가야 하겠지.

그리고 결코 실수를 하지 말아야 한다. 이전 세계의 지구인들은 어떤 실수를 한 것일 수도 있다. 이 사단을 거치고 나니, 죽음보다 실패가 두렵다. 비슷하지만 다른 의미이다.

우리는 시아가 가진 능력의 극히 일부분만을 이해하고 있다. 가지고 있는 도구가 가늠할 수 없을 정도로 강력하기 때문에 이를 다루는 것은 극도로 신중해야 할 것이다.

지구는 아무도 없을 것이다. 그래서 지구로 가게 되어 뭔가를 만들면 거기에 우리의 추억을 담아 이름을 짓기로 했다. 나는 두 아이들과 아내의 이름을 사용할 것이다. 그리고 부모님과, 나의 절친했던 친구들과, 회사의 지긋지긋하던 동료들, 싫어서 치를 떨던 놈들까지, 더 기억이 나지 않을 때까지 전부 이름을 붙여야지.

그러면 조금은 과거와 연결된 세계가 될까.

AT.70

드디어 내일, 지구로 귀환하기로 했다. 시아의 공간이동 조작법은 지구로 돌아가는 마지막 난제치고는 너무나 쉬웠다. 하기야 같은 별 출신이니 생각하는 게 비슷한 것일지도. 며칠 전부터 완전히 숙지할 수 있었고, 수차례 테스트를 했으나 별다른 문제는 없었다.

오늘 아침에는 이미 살덩이에서 빠져나왔다. 순식간에 700킬로미터를 이동해 별의 반대편에 있지만, 체감상으로는 한순간에 움직였다. 정말 순간이동을 하는 기분이었다.

필드 밖을 관측했는데 밖은 난리도 아닌 것 같다. 이곳 역시 살덩이들로 가득 차 있는데, 살덩이들로 인해 어마어마한 수의 데브리가 발생했고, 이리저리 뭉치면서 중력에 의해서 거대한 소용돌이가 발생하고 있는 것 같다.

이를 보고 곤살로가 또 한 가지 재미있는 가설을 제시했다. 이전 세계에 화성과 목성 사이에 있던, 지금은 사라진 천체에 대한 이야기이다. 곤살로는 이전 세계의 우주지도를 봤을 때, 목성이 지금보다 작게 묘사된다는 점을 지적했다. 지금의 목성은 이전 세계의 목성보다 훨씬 큰데, 시아가 여기에도 관여했을 수 있다는 것이다.

과거의 지구인들이 우리와 동일하게 시간여행을 시작했다면, 그들도 시간여행을 통해 우리처럼 우주공간에 어마어마한 질량의 살덩이를 뿌려댔을 가능성이 높다. 만일 그러한 현상이 목성 근처에서 일어났다면, 목성이 살덩이를 흡수하면서 질량이 급격하게 늘어나고, 그로 인해서 중력이 강해진다. 이 강해진 중력 때문에 화성과 목성 사이에 있던 이름 모를 천체가 목성에 이끌려 충돌했고, 결국은 하나가 되어 지금의 거대한 목성이 되었다는 주장이다.

아주 소설을 쓰는 것 같기도 하고, 의외로 가능할 법한 이야기이기도 하다. 지금은 확인할 수 없으니 나중에 검토하고 근거를 찾아봐야 할 것 같다.

곤살로의 의견을 받아들이자면, 저것들 중 상당수가 뭉쳐서 새로운 천체가 될 수도 있다. 세상에, 살덩이로 이루어진 천체라니. 그 천체가 광물화되어 태양 주변을 돌아다닌다면 영 떨떠름하겠지. 지구로 돌아가면 우주 지도를 바꾸어야 할지도 모르겠군.

예정보다 조금 빠르긴 하다. 원래 1~2주정도 더 상태를 보려했으나, 공간이동이 생각보다 간단하다는 사실을 알자 선원들의 의견이 거세졌다. 90일 가까이 이곳에 갇혀 있었으니까 당연한 이야기겠지. 당연히 나도 떠나고 싶고.

여러 모로 검토해보았으나 문제될 것이 없기에 내일로 결정했다.

어마어마한 거리이지만 시공간이동이기 때문에 우리가 체감할 수 있는 이동 시간은 거의 없을 것이다.

곤살로는 이동에 필요한 시간을 이틀에서 사흘 정도로 잡고 있다. 여기까지 올 때는 그렇게 오래 걸렸는데!

마음 같아선 한 번에 이동하고 싶고 그러면 당장에 지구로 갈 수도 있겠지만, 그렇게 하지 않는 것은 이동 중에 재수 없게 근처 천체라도 박살내게 된다면 어떤 후폭풍이 올지 두렵기 때문이다. 천체와 부딪히면 블랙필드가 박살나는 것이 아니라 천체가 박살난다. 기가 막혀서… 하필 달을 박살내기라도 하면 정말 커다란 문제가 될 테니까. 그래서 짧은 이동을 수차례 하기로 했다.

그 밖에 우리가 위험한 상황은 블랙필드가 막아줄 것이다.

40억 킬로미터이지만, 충분히 이동할 수 있다.

산재한 문제들은 가서 해결하기로 하였다. 어차피 우리는 시간을 마음대로 할 수 있지 않은가? 물론 살덩이 같은 제한요소가 있지만 알고 있다면 통제 불가능한 수준은 아니다. 가서 연구를 하다가 실패하면 되돌아가면 될 것이다. 기본적으로 우리가 죽지만 않으면 되는 셈이다!

할 수 있는 준비는 모두 마쳤다. 탈출선 안에 가능한 한 모든 장비를 넣어두었다. 고장 나고 부서진 것들이라도 중요한 자원이 될 것이다.

지금까지 쓴 데이터를 블랙박스에 백업해둔다. 혹시 아는가, 우리가 이동 중에 몰살당하기라도 한다면 이것이 인류의 마지막 기록이 될지도 모른다. 이 필드가 망가질 정도라면 블랙박스도 박살날 것 같긴 하지만 혹시 모르는 얘기이니까. 블랙박스에 동봉된 자료들은 우리가 발견한 것, 시아에 대한 데이터를 한계까지 쑤셔넣은 것이다.

시공간을 넘어서, 당신이 누구이든, 어디에서 발견했든 우주공간에서 이것을 발견했다면 우리는 실패했다는 의미가 될 것이다. 시아 같은 물건이 있었다는 사실을 당신에게 전해주고 싶다. 또 만약에 주변에서 시아 같은 물체를 발견하게 된다면, 신중해야 할 것이다.

일기에 기록된 일자를 바꾸었다. 선원들이 멋대로 메인컴퓨터부터 개조해버렸다. 기존의 일자는 더 이상 우리에게 의미가 없다나.

함선이 붕괴된 날을 기점으로 AT라는 일자개념을 신설하였다. 딱히 이렇게까지 해야 하나 싶은 부분이지만 그들의 사기를 꺾고 싶지는 않아서 허용했다.

선원들은 새로운 출발이라는 의미를 좋아했다. 희망이 있어 보이니까.

어찌 보면 맞는 말이다. 이것을 새로운 시작이라 봐야 한다. 네 번째 세계의 시작이라 해도 될 것이다. 앞으로 우리에게 어떤 일이 있더라도 우리가 이곳에 갇혀 있던 날들만큼 어렵지는 않을 것 같다. 물론 앞으로가 딱히 쉽다는 것은 아니지만, 이곳과 같이 물리적으로나 정신적으로나 한계까지 몰려 그야말로 미치기 직전까지 가던 시절만큼 어렵지는 않겠지.

우리는 이곳에서 가장 소중한 것들을 잃었다. 가장 힘든 시기도 지냈다. 이제 우리가 알던 시간대는 과거 속의 미래가 되었다.

그래, 이 절망의 별을, 암흑의 시대를 떠날 수 있게 되었으니 조금쯤은 미래에 대한 희망을 품고 싶다.

그래도 되겠지.

여기까지는 성공했다.

시간상으로는 과거로 되돌아왔지만, 인과율은 변함없이 전진하였고, 우리 역시 지금까지 한 방향으로 전진해왔다. 그리고 이제 우리는 조금 더 전진해볼 것이다.

이곳에서 나왔던 개념들, 논의들, 현상들은 솔직히 완전히 이해하지 못했다. 우리가 내린 결론은 정말 압도적인 개념들이었던 지라 설혹 신을 대면하게 되더라도 놀라지 않을 것이다. 반면에 이 별에서 그랬듯이 우리가 옳다고 생각하던 것들이 다음 날이면 모두 뒤집힐지도 모르지. 앞으로 또 무엇을 보게 될지 두렵다.

그러나 우리가 전진하지 않으면 무엇이 잘못되었는지 모를 것이고, 앞으로 무엇을 해야 할지도 알 수 없다. 그렇기 때문에 움직일 것이다. 좌절을 맛볼 수도 있겠지. 아니면 안식을 찾을 수도 있을 것이다. 여하튼 이 너머에 무엇이 있는지 알아보기 위해 가는 것이다.

우리에게 행운이 있기를. 그리고 우리의 네 번째 세계에 행운이 있기를.

고요한 시대

김보영

2004년 「촉각의 경험」으로 제1회 과학기술창작문예 중편 부문에 당선되었다. 소설집 「멀리 가는 이야기」, 「진화신화」, 중편소설 「당신을 기다리고 있어」, 장편소설 「7인의 집 행관」이 있다. 「이웃집 슈퍼히어로」, 「다행히 졸업」을 기획했다. 2014년 제1회 SF어워 드 장편 부문 대상, 2015년 제2회 SF어워드 중단편 부문 우수상을 받았다.

고요한 시대

속된 말로 멘붕이었다.

출구조사 결과가 나온 순간부터 인터넷은 충격에 빠졌다.

예측이 틀렸던 지난 서울시장 선거가 재분석되고 방송3사 통합 조사와 다른 예측을 내놓은 케이블 방송에 무한한 신뢰가 쏟아졌다. 한두 시간 새 네티즌은 각 방송사 설문지 문구 차이까지 줄줄 꿰는 전문가가 되었다. 하지만 출구조사는 언제나처럼 오차 없이 정확했다. 결말부터 알려주고 시작하는 소설처럼 밤은 우울하고 슬펐다. 축제를 준비하며 술집에 모인 사람들은 망연자실하게 일어났다. 당선 확정이 된 뒤에도 사람들은 현실을 받아들이지 못했다. 다음 날부터 부정선거를 확신하며 재검표를 요구하는 청원이 줄을 이었다.

국민 과반의 지지를 얻어 당선된 새 대통령은 네티즌 눈에 도무지 그만한 지지를 받을 만한 사람이 아니었고, 솔직히 말해 자격이 있는지도 모를 사람이었다.

대선 기간 내내 인터넷은 그 후보에 대한 조롱으로 가득했다. 그 사람이 토론회에 나와서 했던 비현실적인 공약이며 어수룩한 말씨가 게시판마다 화제였다. 그야, 아무리 인터넷 쓰는 평균 연령대가 50~60대라고 해도.

10대, 20대, 30대의 경이로운 투표율과 지지율로 대한민국 제24대 대통령으로 뽑힌 사람은, 이번에 나이제한만 없어지지 않았어도 후보 등록도 못 했을 친구였다.

신영희는 소파에 기대 누운 채 벽을 응시했다. 교수실은 땀내로 절어 있었고 옆에는 피자와 치킨상자, 박카스 빈병이 전리품처럼 쌓여 있었다. 전지로 발라진 벽에는 신문과 시사 잡지에서 오려낸 문구와 헤드라인, 사진이 덕지덕지 붙어 있다. 붉은 매직으로 그은 선이 그들 사이를 거미줄처럼 오간다.

조교가 문을 열고 들어와 말했다.

"졌네요."

★

"야마를 부탁합니다."

신영희에게 한 시의원 보좌관으로부터 자문 의뢰가 들어온 것은 저번 총선 시즌이었다. 전국에서 무소속 의원들이 정당 출신 의원보다 우세하거나 오차범위 이내로 경합을 벌이던 무렵이었다. 정계는 혼란에 빠져 있었다. 평생 국회밥을 먹은 의원들도 사태를 파악하지 못했다.

"정당정치의 근간이 흔들리고 있습니다. 국가위기 상황입니다."

영희는 정당정치가 흔들린다고 해서 국가위기는 아니라고 생각했지만 입 밖에 내지는 않았다.

"야마를 '무정부주의자의 반란'으로 잡고 있습니다."

야마, 기자들이 쓰는 말. 의미가 좁으면서도 광범위하다. 주제, 중심, 포인트, 생각의 틀, 프레임.

무정부주의자. 무소속 후보를 지지한다고 무정부주의자는 아니지. 하지만 적당히 논란을 사는 것도 괜찮다. 논란이 일면 논란 자체가 단어를 각인하게 도와준다. 논박은 남지 않고 단어만 남는다.

반란. 10대의 반란, 주부의 반란, 신세대의 유쾌한 반란.

"반란은 진취적이에요. 좀 더 불안한 표현을 쓰세요."

"폭격."

"동떨어지진 말아야죠."

"테러."

"좋아요."

"그럼 일단 '무정부주의자의 테러'로 가겠습니다. 이대로는 정당정치가 몰락…"

"그 말은 더 이상 하지 마세요. 사람들이 '정당'과 '몰락'을 연결시켜버릴 겁니다. 앞으로 정당에 대해 언급할 때엔 어떤 경우에도 부정적인 표현을 같이 쓰지 마세요."

영희의 조언이 역할을 했는지 단순히 운이 좋았는지 그 시의원은 자리를 보전했고 총선도 정당의 승리로 끝났다. 하지만 당적도 없는 무소속 의원들이 대거 정계에 진출한 것만은 변함이 없었다.

신영희에게 '어떤 놈을 떨어뜨릴 문구를 만들어달라'라는 의뢰가 들어온 것은, 시골 출신의 한 새파란 시민 후보가 대선 여론조사에서 10%의 지지율을 가져갔을 즈음이었다. 영희가 개설한 인지언어학 강의가 학생 수 부족으로 폐강된 무렵이기도 했다.

영희는 책상과 책장을 빼고 벽 하나를 비웠다. 벽에 전지를 바르고 한가운데에 신문에서 오려낸 '무정부주의자'라는 헤드라인을 붙였다. 옆에는 시사 잡지에서 붉은 글씨로 강조한 '테러'라는 단어를 붙였다.

"잘 모르겠네요."

조교가 딱풀로 종이를 붙이며 물었다. 학자금 대출 빚이 밀린 친구라 이것 말고도 알바를 세 탕을 뛴다.

"그냥 문구 하나일 뿐이잖아요. 그게 뭐가 그렇게 중요해요?"

"마음은 물이고 언어는 그릇이야. 물은 그릇에 따라 모양이 변하지."

영희가 답했다.

"인지언어학자 생각이죠. 인지언어학은 언어학에서 주류도 아닌데."

언어학과도 학계의 주류가 아니고. 영희는 생각했다. 학교마다 언어학과는 하나같이 학생 수 부족으로 통폐합위기다. 요즘에 누가 책 같은 걸 보나.

"꼭 광고만 잘하면 제품은 어찌됐든 상관없단 말 같잖아요."

"일간지 신문을 다 도배하고 거리와 가판대를 다 차지하고, 제품은 미리 써볼 수도 없고, 먼저 써본 사람도 없고, 전 국민이 동시에 딱 한 번 사고 끝나는 제품이지. 광고가 이렇게 잘 먹히는 제품이 세상에 어디 있나?"

영희는 소파에 앉아 손을 까닥거리며 조금만 더, 조금만 더 하며 위치를 이동시켰다. 소파에서 고개만 들면 바로 '테러'가 보이도록. 낡은 방식이지만 전자제품은 유출 위험이 너무 컸다.

"전략은 어떻게 잡고 계세요?"

《과하지 않게 막는 것》

"무슨 뜻이죠?"

"내치려다 보면 오히려 띄워줄 수 있거든. 이번에 정계에서 무소속 후보들을 너무 견제했어. 오히려 그래서 대거 등판시켰지."

남을 조롱할 때엔 조심해야 한다. 조롱받는 사람이 아니라 조롱하는 사람에게 나쁜 심상이 따라붙는다. 때로 경이로울 정도로 바보스러운 사람이 선거에서 이기는 건 그래서다.

언어는 흔히 생각하는 것과 달리 그리 좋은 소통도구가 아니다. 대화를 할 때 의미전달의 80%는 사실상 표정이나 몸짓 따위의 비언어적 대화가 차지한다. 언어가 전해질 때에는 주의를 기울일 때뿐이고 대개의 사람들은 대개의 문제에 주의를 기울이지 않는다.

맥락은 전해지지 않는다. 서술어는 들리지 않고 명사만 들린다. 더 거칠게 말하면, 그 명사에 숨은 심상만 들린다.

부정문은 실패한다. 초등학교 복도에 '뛰지 마시오'라는 팻말을 붙인다 한들 아이들은 관심도 두지 않는다. 그건 아이들이 청개구리 기질이 있거나 말썽꾸러기라서가 아니라, '뛰지 않고 뭘 해야 하는지' 모르기 때문이다.

이 명령을 컴퓨터 프로그램으로 짠다고 생각해보라. 어떤 천재적인 프로그래머라도 컴퓨터가 '뛰지 말라'라는 명령을 수행하게 할 수는 없다. 컴퓨터는 그 명령을 이렇게 이해할 것이다.

> **뛰지 마시오** = 아무 명령도 입력되지 않았습니다.

그러므로 이 명령은 다음과 같이 새로 입력해야 한다.

> **'뛰지 마시오'** = 라는 말을 들으면 '걸어라'라는 명령어로 바꾼다.
> 조건 : 복도나 통로처럼 걸을 수 있는 환경일 때에, 또는⋯.

놀랍게도 이 평범한 명령을 이해하려면 고도의 인지력과 지능과 인류의 문화와 사회구조에 대한 경험과 이해가 같이 필요하다. 하지만 어른들은 이를 알지 못하고 아이들이 말을 듣지 않는다고만 생각한다. 하지만 실상 '뛰지 말라'라는 말이 상기시키는 생각은 단지 뛰는 것뿐이다.

그런 의미에서, 이번에 후보들은 선거 내내 자신들에게 독이 되는 언어를 남발했다.

> **아마추어**들이 무슨 정치를 한다고⋯.
> 어디서 **정치도 모르는 것**들이⋯.

'아마추어'라는 말을 입에 담는 사람은 아마추어라는 심상과 이어진다. 사람들은 '저 사람은 왠지 신뢰가 안 가'라고 생각했겠지만 왜 그런 인상이 생겼는지는 몰랐을 것이다.

"진보당이 늘 지는 이유지. 'XX하지 말며', 'XX에 반대한다'라고 하다가 XX만을 기억하게 하거든."

"그러면 어떻게 싸워요?"

"내 언어로."

영희는 답했다.

"내 언어가 장을 지배하게 해야 해. 상대 진영이 만든 단어는 입에도 담지 말고."

"흐음, 이론이야 그렇지만 정말로 이런 일 해본 적은 없으신 거 잖아요."

이 시민후보는 어디로 보나 신기했다. 당적도 없고 정치활동도 변변찮게 한 적이 없다. 농민으로 살았고 아버지 없는 유복자에 가계에 필리핀 이주민 피도 섞여 있는 모양이다.

그래도 지역에서는 꽤 알려진 사람이다. 어릴 때부터 손재주가 좋아 한겨울에 터진 수도관이나 보일러를 고쳐준다든가, 망가진 농기구며 트랙터를 고쳐주곤 했던 모양이다. 그런 부탁을 싫은 내 색 없이 도맡아하던 그 친구는 언제부터인가 그게 제 일인 양 정기적으로 마을을 돌기 시작한다.

그러다 언제부터인가 마을 상담을 도맡아하고 지역의 사소한 분쟁을 해결해주기 시작한다. 다른 마을에서도 찾아오는 사람들이 생겨난다. 천성이 사람을 좋아하는 친구였는지, 집이 매일 손님으로 넘치자 마을에서 돈을 모아 마당이 넓은 집 한 채를 지어주었다.

그래, 그런 이야기는 있다. 세상이 좀 더 작고 간단했을 시절에는 그런 사람이 족장으로 선출되었을지도 모른다. 사람들이 서로 얼굴을 알고, 아침에 부스스한 얼굴로 일어나 우물가에서 모여 세수하며 빨래를 하고, 같이 밭을 갈고 집을 짓던 시절에는.

하지만 지금은 21세기다. 이런 사람은 어디 지역신문에 사진 하나 박혀 기사 한 줄 나가든가, TV 아침마당에 출연해서 눈물 좀 뽑아내는 게 느낌이 맞지. 대선후보라니.

"알죠, 그럼요."

손녀는 밥을 먹다가 놀랍다는 얼굴로 영희를 보았다. 영희가 그 사람을 모른다는 것이 놀라운 것인지, 아니면 알게 된 것이 놀라운 건지 모를 얼굴이었다.

"저도 지지하는 후보인데요."

하긴 손녀도 10대니 지지할 확률은 높다. 이해는 가지 않지만.

"어째서?"

"그야."

손녀는 조심스럽게 자신을 바라보았다. 눈이 이렇게 말하는 듯했다. '할머니, 할머니. 우린 서로 다른 세계에 살아요. 보는 것이 서로 달라요.'

"대통령감이니까요."

"그걸 네가 어떻게 알아."

식탁에 앉아 스마트폰을 들여다보던 딸이 핀잔을 주었다.

"알아요."

애가 저항했다.

"세상이 어떻게 되려나 몰라. 머리에 피도 안 마른 애가 대선후보라니. 이래서 10대한테 투표권을 주는 게 아니었어. 어디서 그런 불법 이주노동자 같은 애를…."

그 친구는 불법 이주민이 아니다. 필리핀 출신 외할머니부터 한국 국적을 취득한 엄연한 한국인이다. 하지만 언론은 교묘하게 이미지를 연결시켰다. 실제 기사에 나온 문장은 대충 이런 느낌일 것이다. '**불법 이주민**은 아닌 것으로 알려졌다.'

손녀는 입을 다물었다. 손녀애는 별로 말이 없다. 사실 요새 10대들이 대개 그러하다. 묘한 고요함이 있다.

손녀는 말없이 입술을 내밀어 숟가락 끝에 대었다가 호록 하고 한 번에 들이켰다. 영희는 그 방식이 아이들이 마인드넷에 맛을 '올리는' 방법이라는 것을 알고 있었다. 손녀의 개인 사이트에 접속한 사람은 지금 그 애가 전송한 미역국 맛을 그대로 체험할 것이다.

"홍보를 마인드넷에서 한다?"

신영희는 조교가 정리해온 자료를 뒤적이며 물었다.

"예. 마인드넷 쓰는 후보가 그 사람밖에 없어요. 마인드넷 쓰는 인구는 100만이 넘는데요. 물론 대개는 애들이지만."

"다른 후보는 왜 안 들어가는데?"

"안 들어오죠."

조교는 당연하다는 얼굴로 어깨를 으쓱했다.

"마음이 읽히니까요. 후보는커녕 웬만한 당원들한테도 전부 접속금지령이 내려져 있다고요."

마인드넷은 개발 초창기에 접한 적이 있다. 광고문구 검토의뢰를 받아 IT박람회를 돌던 중이었다.

그때 시연자가 건네준 마인드넷 접속기는 지금처럼 귀 뒤에 붙이는 얇은 칩 같은 모양이 아니었다. 크고 무거운 헬멧을 쓰고 손에는 전선이 주렁주렁 달린 장갑을 껴야 하는 종류였다.

헬멧을 쓰자 사방이 어둡고 잠잠해졌다. 주위가 고요해지고 감각도 둔해졌다. 단순히 눈을 가리거나 귀를 막아서 생겨난 고요함이 아니었다. 감각을 받아들이는 통로 전체가 변한 것 같았다.

기다리자니 입맛이 돌았다. 영희는 누가 입안에 뭘 넣은 줄 알고 저도 모르게 혀를 움직였다. 달콤하다. 바삭바삭. 과자, 새우깡. 새우깡?

영희가 헬멧을 벗고 보니 시연자가 새우깡을 씹고 있었다. 영희는 두 사람의 헬멧을 이어 놓은 전선을 물끄러미 바라보았다.

"어떻습니까?"

"재미있네요. 어떻게 하는 거죠?"

"원리 자체는 간단해요. 이를테면, 텍스트기반 인터넷도 개인정보를 갖고 있죠. IP, 주소, 주민등록번호. 그건 빼내려면 빼낼 수 있고요. VR넷에서 자기 아바타를 움직이려면 뇌파 신호 전체를 서버에 제공해야 하죠. 이 기계는 그 신호를 받은 그대로 다른 사람에게 쏴주는 거예요."

영희는 다시 접속해보았다. 이번에는 좀 더 주의를 기울여 상대의 기분을 들여다보았다. 불안, 피로, 자부심, 새우깡은 물렸음. 저런.

"곧 시청각 이미지도 공유할 수 있게 될 거예요. 제품 광고의 혁명이 될 겁니다."

"흥미롭군요."

남편과 말이 안 통할 때 이 헬멧을 같이 쓰고 대화하면 되겠군. 애가 울면 기저귀 더듬어보고 얼러주는 대신 헬멧만 씌우면 되겠군. 애가 마음으로 말해주겠지. '어머니, 저는 이번에 새로 나온 신제품 분유가 먹고 싶군요. 40도 정도로 살짝 데워서 반 컵 정도 주시면 좋겠습니다.'

그런 생각을 하다가 영희는 고개를 저었다. 맙소사, 지금 인터넷에 공개된 내 개인정보만 해도 감당이 안 되는데.

"이거 안 팔리겠네요."

"그래요?"

"자기 마음을 드러내 보이고 싶은 사람이 세상에 얼마나 되겠어요?"

인터넷이 처음 생겼을 무렵에도 누군가는 말했을 것이다. 남들다 보는 블로그에 제 사생활 기록할 사람이 세상에 어디 있겠어?

영희는 기계과 대학원생 하나를 물색했다. 초전사의 검을 주니 순순히 대화에 응한다. 영희가 신작 VR게임에서 한 달을 노가다 해서 만든 검이다.

"온라인 게임과 세상은 비슷한 점이 많아요."

대학원생은 확대경을 눈에 붙이고 납땜기로 마인드넷 송수신기를 지직지직 태우면서 말했다.

"새 기획자가 들어오면 늘 기존 게임을 뒤집어엎으려 하죠. 좀 더 공평하게 밸런스를 맞추면 유저들이 좋아할 거라고 생각해요. 현실은 말이죠."

대학원생은 송수신기를 형광등 빛에 비춰보면서 말했다.

"빗발치는 항의로 유저들이 대거 떨어져 나가서 결국 되돌리곤 하죠."

안다는 생각이 들면 주의해야지. 영희는 생각했다. 안다고 생각하는 순간 배움이 멎는다. 배움이 멎은 사이에 세상은 변한다. 가르칠 것이 없다. 새파랗게 젊은 놈에게서 배워야 한다. 불안, 두려움, 공허함.

"하지만 그렇다고 가만 내버려둬서도 안 돼요. 언제나 인플레이션이 치솟아서 신규유저는 감당도 못 할 게임이 되어버리니까요. … 자요, 송신기와 수신기를 분리했어요. 송신기에서는 더미 뇌파가 나갈 거예요. 아, 조심하세요. 세상에 하나밖에 없는 거라고요."

"더미 뇌파는 어떤 식으로 나가지?"

대학원생은 자기도 모르겠다는 듯 어깨를 들썩했다.

"누가 그 뇌파를 접하면 어떤 사람이라고 생각할까?"

"글쎄요…. 패턴을 많이 넣지 않았어요. 생각이 없거나 감정이 없는 사람이라고 생각할 수도 있고요."

"이 기계를 대량생산해서 마인드넷에 상주시키면?"

대학원생은 영희를 물끄러미 바라보았다. 신영희의 말이 지나가는 말이 아닌 줄을 아는 것 같다. 실처럼 가느다란 영희의 인맥을 따라, 그 생각이 나라 정책에 반영될 수도 있다는 것을 아는 얼굴이다.

"사람들이…."

대학원생은 납땜기로 책상을 톡톡 치며 말했다.

"사람에 대한 신뢰를 잃게 되겠죠."

"신뢰라."

"인터넷 초창기만 해도 해도 소통의 혁명이 가져올 찬란한 미래에 대한 희망으로 가득했어요. 집단지성의 노래를 합창했죠. 그 희망이 사라진 게 언제부터인 줄 아세요?"

"언제부터였는데?"

"나라와 기업이 개입하면서부터요. 공무원과 직장인들이 돈을 받고 댓글과 게시물을 퍼붓기 시작하면서부터요. 지금 인터넷에는 텅 빈 죽은 말만 가득해요. 늙은이들이나 남아 있죠."

그래, 그랬지.

마음을 닫고 마인드넷에 들어가는 건 투명인간으로 강남역을 돌아다니는 것이나 비슷했다. 공허한 혼잣말만 반복하는 영희에게 관심을 두는 사람은 없었다.

접속자의 개인 사이트에 들어가면 지금 접속 중인 사이트 주인장의 심상을 체험할 수 있었다. 심상의 형태는 제멋대로다. 음식의 맛일 때도 있고, 듣고 있는 음악일 때도 있다. 대개는 정제되지 않은 언어의 다발이 전해져온다. '공부하기 싫어.' '계약을 이딴 식으로 해?' '육아는 반반씩 하자더니 어떻게 된 거야?' 'A형 혈액이 긴급히 필요합니다.' 'XX회사가 석 달째 월급을 안 주고 있습니다.' '단식투쟁하던 XX동지의 생명이 위급합니다.' '오늘 광화문에서는 시위가….'

도떼기시장 같군. 영희는 생각했다.

도대체 마인드넷에서 노는 애들은 무슨 생각인지 모르겠어. 제속내가 다 나가는 건 둘째치고, 온갖 시끄러운 생각들이 통제도 안 되고 흘러들어 오는데.

영희는 시민후보의 공식 사이트에 접속했다. 마인드넷에 사이트를 만든 후보는 그 친구가 유일했다.

들어가자마자 눈앞에 풍경이 펼쳐졌다.

머리가 흰 산이 구비구비 펼쳐져 있다. 어느 시골 기차역인 듯싶었다. 시야가 물로 씻어낸 듯 선명했다. 하늘은 희푸른 빛이었고 산야는 누리끼리했다. 가을걷이를 끝낸 논밭이 민둥민둥하게 펼쳐져 있다. 그 위로 차가운 눈이 부슬부슬 쌓인다. 손가락 위로 내려앉았다가 녹아든다. 바람은 차고 시원하다.

영희는 당혹스러운 기분으로 주위를 돌아보았다.

한 사람이 역전 벤치에 홀로 앉아 있다. 그 친구였다. 10%의 지지를 얻는 시골 출신 대통령후보. 사진보다 훨씬 어려 보였다. 허리를 곧게 세우고 앉아 추위에 볼이 발갛게 된 채 산허리를 바라본다.

"마음을 전부 열어놓은 거예요."

정신을 못 차리는 영희에게 조교가 설명해주었다.

"자기가 겪은 일일 거예요. 아마 회상 중이었겠죠."

"그렇게 생생하게?"

"직접 체험하는 것 같죠. 저도 전에 들어가 보고 놀랐어요. 심상화 능력이 좋은 사람인 것도 같고."

"다른 사람도 이러니?"

"화가나 음악가가 머릿속 작업을 그대로 전해주는 경우도 있지만, 저 정도쯤 되면 할 수 있고 없고의 문제를 넘어서요. 누가 저렇게까지 자기를 드러내요."

"거리끼는 것도 없나? 대선후보잖아. 작은 흠집 하나라도 있으면 물고 뜯을 놈 천지일 텐데."

"친구가 어렸을 때 지우개 하나 훔쳤다고 그 사람과 다신 안 만나겠다는 생각을 해요?"

"친구가 아니잖아."

"거의 친구 같아요. 모르는 사람이라면 신문이 이미지를 만들어낼 수 있죠. 어디서 비싼 선물 하나 받았다고 매일 신문지상에 수백 차례 오르내리게 만들면 다른 장점은 다 사라지고 사기꾼 인상만 남길 수도 있겠죠. 하지만 이 사람은 그렇게 안 돼요. 우리가 그 사람 인생 전체를 아는데요."

그 풍경의 사연은 이러했다. 동네에서 장사를 하던 한 부인이 역전 근처에서 소매치기를 당했다. 밀린 집세였고 찾지 못하면 거리로 내몰릴 판이었다. 어쩔 줄 모르던 부인은 지푸라기라도 잡는 심정으로 청년을 찾아갔다.

하소연하던 부인의 이야기를 끝까지 묵묵히 들은 청년은 그날부터 매일 역전에 나갔다. 한 달이 지나자 역전에서 그를 모르는 사람이 없게 되었다. 역을 중심으로 도는 소매치기단의 움직임을 파악한 청년은 자연스럽게 소매치기한 사람을 찾아내고 정중히 부탁했다고 한다. 그는 부인의 돈을 돌려주었고 그 뒤에도 가끔 소매치기를 찾아가 술을 샀다.

이상한 일화였다. 너무 이상해서 어느 부분에서인가 왜곡되었거나 잘못 전해진 것만 같았다.

청년은 자주 그 역전을 회상했다. 아마도 그 일이 어떤 계기가 된 모양이었다. 한 인간의 단계를 뛰어넘은 사건이다. 마음에서 무엇인가가 변한 것이다.

"이봐, 젊은이, 자네가 괜찮은 사람일지는 모르겠는데."

영희는 청년의 옆에 앉아 어깨를 토닥이며 말했다.

"사람 하나가 세상을 바꾸지는 못해."

사실이다. 사실이 아니기도 하다.

나라의 대표자는 언어와 같다. 마음의 문이다. 생각의 그릇이다. 대표자가 아무것도 하지 않아도 그 사람의 속성이 국민의 향방을 정한다. 선거일을 중심으로 나라의 지형도는 바쁘게 움직인다. 누가 고개를 빳빳이 세우는가, 누가 기가 죽는가, 누구에게 힘이 모이는가.

청년이 영희를 돌아보았다. 영희는 흠칫 숨을 멈췄다. 이런, 내 생각이 완전히 차단되지 않았나 봐. 들키면 안 돼. 교수실을 생각하지 마. 벽을 생각해선 안 돼. 내가 이 녀석을 이길 문구를 찾고 있다는 것도. 내가 감시하고 있다는… 망했군.

들리지 않는 모양이었다. 들었지만 상관없다고 생각하는 것 같기도 했다. 마음속에서 청년의 목소리가 들렸다.

… 전 세상이 바뀌기를 바란 적이 없어요.

영희는 헉 하고 마인드넷에서 빠져나왔다. 빠져나온 뒤에도 생각이 계속 흘러들어 왔다.

기성세대가 원하는 건 현상유지가 아니에요. 세상이 자신에게 익숙한 시절로 되돌아가기를 바라는 거죠. 좀 더 거칠고 야만적이었던 시절로요. 하지만 세상은 그대로 두면 변해요. 흘러가고 변화하죠. 난 세상을 그대로 두기를 원해요.

모든 것이 이대로 흘러가기를. 사람들이 다니던 직장을 계속 다니기를, 학생들이 다니던 학교를 계속 다니기를, 오늘 살던 집을 잃지 않기를, 내가 보던 그 강이 그대로 흐르고 그 산야가 계속 푸르기를.

영희는 땀이 흐르는 이마를 훔쳤다. 그 심상은 거의 자신의 생각처럼 느껴졌다. 흘러들어 온 생각을 떨쳐내기 위해 한참을 방안을 돌아다녀야 했다.

영희는 벽을 바라보았다. '테러', '무정부주의자'.

언어는 생각을 담고 세상을 지배하고 마음을 지배한다. 영희가 일생 닦아온 학문이다. 그 생각 전체가 이처럼 초라하게 느껴진 것은 처음이었다.

다음 날 그 후보 사이트에 접속했을 때엔 주홍색 컨테이너가 눈앞에 있었다.

컨테이너 뒤로 이순신동상이 근엄하게 머리를 드러내고 있다. 컴컴한 한밤중에 여섯 개의 화물용 대형 컨테이너가 대로를 막고 있다. 컨테이너는 어느 그로테스크한 시대의 설치미술처럼 보였다. 베를린 장벽처럼 사람들이 붙여놓은 것들로 다시 새로운 설치미술이 되어간다. 꽃이며 편지, 근조리본.

단발머리 학생들이 교복을 입고 마스크를 쓰고 지나갔다. 손에는 팻말을 들고 있다. '0교시 반대' '일제고사 반대' '야자를 없애주세요'. 의사가운을 입은 사람들이 '의료민영화 반대' 팻말을 들고 앉아 있다. '대운하 반대'를 들고 있는 사람들도 있다. 예비군복을 입은 청년들이 자경단처럼 돌아다니고 의대생들이 자리를 펴고 혹시나 있을 부상에 대비한다. 기타를 치고 노래하는 사람들이 있다. 해고에 반대하는 현수막을 몸에 두른 채 누워 있는 사람들도 있다. 컨테이너 앞에는 한 무리의 사람들이 모여 토론한다. 컨테이너를 넘어가 싸울지, 아니면 이대로 오늘을 보낼지 일곱 시간째 회의 중이다.

'어떻게 이 풍경을…, 이 친구는 그때 태어나지도 않았잖아.'

청년은 광장 한가운데 서 있다. 시간을 여행하는 사람처럼, 다른 시대를 지켜보는 사람처럼.

잠시 뒤에야 영희는 풍경이 보는 곳마다 미묘하게 각도가 어긋나 있다는 것을 깨달았다. 여러 방향에서 찍은 사진을 조합한 것 같다. 수많은 사람들의 심상을 조합해 만든 풍경이다. 청년이 질문을 던졌고, 그날을 기억하는 사람들이 모여 자신의 기억을 보여준 모양이다. 청년이 이를 보고 자신의 마음 안에서 짜 맞추어 다시 보여주는 것이다. 놀라운 심상 구현력이었다.

하지만 왜 이곳을 구현했을까.

다른 어느 시위도 아니고 이곳을.

'그때 나도 여기 있었지.'

'나도 있었지.'

모여든 할머니와 할아버지들이 속삭였다.

나도 있었다. 우리 모두가 있었다. 한 번쯤 오지 않은 사람이 없을 만큼, 그렇게 많이 왔다.

영희는 그때 열일곱이었다. 교복을 입고 직접 만든 문구가 적힌 종이를 손에 쥐고 그곳에 나갔다. 계절이 바뀌고 한파가 오고, 기자도 전경도 관심을 끊고, 시위가 줄고 줄어 열 명 남짓한 사람들이 시청 한구석에서 대화를 나누는 형태로 줄어들 때까지도 거기에 있었다.

스무 살이 넘은 뒤로는 그걸 부끄럽게 여겼다. 바보스럽고 무의미한 짓이었노라 회상했다. 하지만 그렇지 않았다.

그날 100만 명이 모였고 한 사람도 다치지 않았다. 쓰레기도 기물파손도 없었다. 주도자도 지도자도 없는 100만 명의 군중이 모였는데 그들 모두가 자신의 의지로 싸우지 않을 것을 선택하고 돌아갔다. 세계사에 다시없는 풍경이었다. 나라의 시위의 형태가 거기서 만들어졌다.

나라에서는 단어를 골랐다. '괴담', '허위선동', '근거 없는'. 그날 그 자리에 있었던 무수한 것들을 광우병이 진실인가 거짓인가의 문제로 후려치고 축소시켰다.

하지만 그래서는 안 되었다. 그렇게 간단히 한두 단어로 후려칠 일이 아니었다.

그래서 영희는 언어학자가 되었다. 언어가 그날을 모독하고 현상을 바꾸었기에. 세상을 지배하는 것은 언어고 사람의 마음은 언어에 담기며, 경험은 사라지고 언어만이 남는 것을 뼈저리게 느꼈기에.

영희는 숨을 몰아쉬며 마인드넷에서 빠져나왔다.

교정 벤치였다. 대학생들이 수다를 떨며 앞을 지나갔다. 어디서 공연을 하는 양 음악 소리가 아련했다. 이른 눈이 하늘에서 나풀거리며 떨어졌다.

영희는 두근거리는 심장을 붙잡으며 하늘을 바라보았다.

그 시절에는 사람들이 계속 죽었다. 자살률이 치솟는다는 말로는 도저히 그 심각성을 설명할 수 없었다. 전쟁보다도 더 많이 사람이 죽었다. 위로도 치료도 수명을 다했다. 젊은이들은 더 이상 결혼하지 않고 여자들은 아이를 낳지 않았다. 아이들은 황야에 버려진 작은 짐승들처럼 슬픔도 없이 목숨을 끊었다. 자신이 늙었다고 느낀 사람들은 그것만으로도 목숨을 끊었다. 아이들은 죽음에 익숙했다. 폭격이 주기적으로 쏟아지는 난민촌에 사는 아이들처럼 자연스럽고 일상적인 일로 받아들였다.

하늘에서 눈이 내린다. 손가락에 내려앉아 녹아든다. 소맷자락에 내려앉아 덮는다. 위로하듯 쌓인다.

시베리아의 이누이트는 눈을 수많은 이름으로 부른다. 아푸트, 땅에 내려앉은 눈. 아키틀라, 물에 내려앉는 눈. 브리클라, 단단하게 뭉쳐진 눈. 카피틀라, 얼어서 유리처럼 반들반들한 눈. 크리플리아나, 새벽녘에 푸르게 빛나는 눈. 소틀라, 햇빛을 받아 반짝이는 눈. 틀라잉, 진흙에 섞여 지저분한 눈. 틀라파트, 소리 없이 내리는 눈. 콰나, 펑펑 쏟아지는 눈. 그 언어를 모르는 사람은 며칠째 계속 눈이 왔다고 말한다. 이누이트는 어제와 오늘은 달랐고, 그제와 그끄제는 또 달랐다고 말한다.

언어에 생각이 담긴다.

하지만 만약 다음 세대가 언어를 생각의 도구로 쓰지 않는다면, 더 이상 그릇을 필요로 하지 않는다면, 사람의 마음은 앞으로 어디에 담길까?

인지언어학은?

인지언어학? 한가한 소리.

내가 일생 해왔던 일은? 앞으로 주부교실에서 강의 한 자리라도 해먹을 수 있을까? 언어가 세상을 지배하지 않는다면 앞으로 내가 뭘 해먹고 산단 말인가?

신문은, 잡지는, 책은, 출판사는, 작가는, 시인은, 시는, 소설은? 학문은 어디로 가고 강의계획표는 앞으로 어떻게 짜나? 글밥을 먹고 살던 우리들, 언어로 생각하고 언어에 마음을 담았던 우리가, 다음 세대에 자리를 내주고 물러날 만한 용기가 있을까? 우리는 지나가니, 세상은 이제 너희 것이라고? 되도 않는 소리.

마인드넷은 곧 탄압받는다. 곧 위정자들에게 위험천만하고, 불안하고, 세상을 위협할 것으로 받아들여질 것이다. 아직은 저들이 이곳의 생리를 이해하지 못하지만, 이해하기 시작하면 망치려 할 것이다. 통제하고 감시해야 할 곳으로 여길 것이다. 부자연스럽고 어지러운 생각을 들이부을 것이다. 모든 좋은 가치는 사라지고 짓밟힐 것이다.

영희는 스마트폰을 꺼내들었다.

"허정 사상 초유의 사태예요."

정치인들이 무지 싫어하는 말이다.

"대선이 두 달밖에 안 남았는데 거기 당원 누구도 마인드넷에 접속해본 적이 없잖아요. 사태파악을 하는 사람이 하나도 없어요. 정치인이 인터넷의 생리에 무지했던 16대 대선도 이 정도는 아니었어요."

길고 지루한 답변이 이어졌다. 영희는 이마를 붙들었다.

"보수니 진보니 한가한 소리 하지 마세요. 지금은 다 뭉쳐서 싸워야 해요. 지금 얘네들 놔두면 사회 근간이 흔들릴 거예요."

영희는 전화를 끊으며 생각했다. 사람이 보수주의자가 되려면, 내게 익숙한 세상이 변하지 않게 하려면, 얼마나 많은 것을 바꾸고, 뒤집고, 뒤흔들어야 하는 걸까.

영희는 틈이 날 때마다 그 친구에게 접속했다.

눈이 내리는 겨울날 친구들에게 썰매를 만들어주는 것을 보았다. 나무를 자르고 식칼을 붙여 밧줄을 매는 것을 보았다. 덫에 걸린 사슴을 풀어주는 것도 보았다. 다리가 불편한 동네 어른을 위해 가볍고 접을 수 있는 휠체어를 만들고는 기뻐서 아이처럼 펄쩍펄쩍 뛰는 것도 보았다. 월급을 떼인 친구들을 위해 단칸방에 앉아 밤이 새도록 법전을 읽는 것도 보았다.

"의혹제기는 통하지 않아요."

조교가 신문과 잡지표지를 오려내고 딱풀을 바르는 동안 영희는 계속 전화를 했다. 조교는 신문에 난 '부패', '썩는다', '곪는다'를 잘라내어 '언어'라는 제목 옆에 붙였다.

"누구든지 접속만 해보면 거짓인지 아닌지 알 수 있어요. 세금을 안 냈다거나 논문을 표절했다고 한들….'

논문을 낸 적이 없는 사람이지.

"가서 보기만 하면 돼요. 변명이 아니라 정황 전체를 알게 됩니다. 게다가 이쪽은 친구한테 듣는 것처럼 자세히 들을 수 있는데 의혹제기한 사람 쪽은 속내를 알 수가 없어요. 완전히 역효과예요."

조교가 '언어' 옆에 빨간 하트를 그려 넣는 동안 영희는 소리를 질렀다.

"글쎄 안 된다니까요. 접속할 생각도 하지 말아요. 비리 다 드러나요. … 의원님께서 비리가 있다는 뜻이 아니라… 애초에 의원이 저 정도로 마음을 공개하면 국가 기밀 다 새어나가요. 예, 압니다. 저 친구는 공직에 들어와 본 일이 없으니 저럴 수 있죠."

영희는 머리를 벅벅 긁었다.

"가짜 일화를 뿌려요. 그럴듯한 것을 뿌리고 대중이 열광하게 한 뒤 그게 거짓이었다는 걸 드러내요. 몇 번 반복하다 보면 자기 눈으로 본 것도 못 믿게 될 거예요. 그리고 착한 사람은 정치인에 어울리지 않는다는 말을 뿌려요. 적당히 흠집도 있고 좀 때 묻은 사람이 대통령이 되어야 한다는 분위기를 만들어요."

틀린 말은 아니다. 맞는 말도 아니다. 하지만 말은 남지 않는다. 남는 것은 인상뿐이다.

"사이비교주 같은 느낌을 주어야 합니다. 뭔가 사람을 호도하는, 세뇌시키는, 불안감을 조성할 만한. 교주는 … 아녜요, 긍정적입니다. 무당? 아니, 적절하지 않아요. 샤머니즘, 샤머니스트…."

영희는 연상했다. 원시인, 아프리카, 빈곤, 내전, 굶주린 아이들.

"샤먼으로 갑시다. 인터넷 포털에 반복적으로 노출시키고 연설문에도 한 번씩은 강조하세요. 실시간 검색어 유지시키시고요."

그날 이후로 영희는 교수실에 틀어박혀 숙식했다. 소파에 앉아서 매일 문구를 생산했다.

홍보 전단지와 포스터, 현수막마다 영희의 문구가 으르렁거렸다. 연설문과 칼럼과 기사와 인터넷 댓글에서 영희의 낱말이 독설을 토했다.

영희는 그 후보의 있는 결점과 없는 결점을 다 들쑤셨다. 혐오만을 주는 맥락 없는 텅 빈 언어를 양산했다. 마인드넷을 쓰는 사람들을 칭하는 단어를 만들고 그 단어에 모든 괴이한 이미지를 이어 붙였다. 이 선거가 품위 있고 고고한 개인의 지성의 세기를 지키는가, '정신 강간범'의 반지성주의에 점령당하는가의 전쟁이라고 선포하기도 했다. 온갖 지저분하고 고약한 언어를 선거판에 다 끌어들였다.

속내를 모르는 사람들은 왜 고작 10%의 지지율을 얻는 후보한 명이 이토록 화제가 되는지 궁금해했다.

    조교가 쾅하고 자료더미를 옆에 내려놓았다. 영희는 멍한 얼굴로 돌아보았다.

    자료 제일 위에는 "샤먼"을 헤드라인으로 삼은 신문이 놓여 있었다. 신문 아래에는 "샤먼이란 무엇인가"를 특집으로 삼은 시사 잡지가 있었다.

    "자기가 뭐라고 생각해요?"

    영희는 여성잡지 에세이, 담화문, 시사 칼럼, 의원 인터뷰를 뒤적였다. 시킨 대로 '샤먼'마다 꼼꼼하게 동그라미가 쳐 있다. 이제 이 단어는 아군뿐 아니라 내 적도 인용한다. '**샤먼**이라고 중상모략을 하는 사람들', '**샤먼**이라니 말도 안 되는 소리', '**샤먼**이면 어쩔 건가' 이제 그들도 프레임에 속한다. 세상이 내 언어를 쓴다.

    "사람의 생각을 지배할 수 있다고 생각하세요?"

    조교는 화가 단단히 나 있었다.

    "설마."

    안다고 생각하면 그때부터 위험해지지.

    "선거에 변수가 한둘인가. 이건 총력전이고 각자 제 위치에서 열심히 하는 거지. 나는 구상을 할 뿐이고, 쓰는 건 그네들이고."

    "그 사람은 좋은 사람이에요."

    "나도 알아. 하지만 전쟁에 뛰어들었으면 감수를 해야지."

조교는 입을 꾹 다물고 문을 쾅 닫고 방을 나갔다.

영희는 벽을 보았다. 이제 저 벽은 자신이 아니면 그 흐름과 관계도를 파악할 수 없다. 가운데에 자리 잡은 색 바랜 '무정부주의자', '테러'를 중심으로 사방을 '샤먼'이 둘러싸고 있다. 인해전술로 공격하는 군병처럼 어느 자리에든 붙어 있다.

전쟁이라니. 설마. 저들이 적군도 아니고. 이건 그저 고객유치지.

영희는 눈 오는 역전에 앉아 있던 그 친구를 떠올렸다. 그 사람의 마음을 자신의 것이라고 상상했다. 그러자 어수선했던 마음이 고요해졌다. 머리에 눈이 쌓였고 어깨에도 내려앉았다. 희뿌연 하늘에서 눈송이가 음악처럼 흘렀다.

★

"졌네요."

조교의 말을 듣자 긴장이 풀렸다. 벽을 채운 마음의 지도도 같이 쭈글쭈글해 보였다.

"그러네."

영희는 어째 홀가분한 기분으로 답했다.

"시대는 변했어요. 사람들은 이제 말에 홀리지 않아요. 말장난으로 사람을 지배하려 드는 교수님 같은 분들은 이제 구시대로 밀려날 거라고요."

영희는 답하지 않았다. 조교가 제 짐을 다 챙겨들고 밖으로 나가는데도 돌아보지 않았다.

마인드넷은 축제 중이었다. 10%의 지지율에서부터 올라온 당선자의 주위에 수십 수백의 생각이 은하처럼 맴을 돌았다. 당선자는 벌써 일을 한다. 내각에 어울릴 사람을 찾고 할 일을 고민한다.

영희가 은하의 중심에 다가서자 생각이 흘러들어 왔다. 언어는 선형적이고 독립적이다. 하지만 마음의 대화는 서로 섞였다. 호수에 물이 흘러드는 것처럼.

다양하고 다채로우면서도 질서 있었다. 그 옛날의 종로 거리에서처럼. 자신이 지금 지키는 것이 고귀하고 자랑스러운 것이라 믿는 사람들만이, 삶을 축제로 여기리라 다짐하는 사람들만이 가질 수 있는 생명력으로 넘쳐났다.

그릇이 없으면 물은 어디에 담길까. 담길 자리가 없으면 마음은 어디로 갈까.

물, 계곡, 실개울, 도랑, 낙수, 빗방울, 이파리에서 떨어지는 이슬, 생각의 강이 인파의 계곡을 따라 흐른다. 바위를 휘감고 자갈을 타넘고, 물거품을 일으키며 떨어지고 미끈한 경사면을 내려가며, 모래사장에 머물고 퇴적하며 강으로 모여들고 바다로 흘러간다.

세상이 너무 많이 변하지 않았으면 좋겠는데. 영희는 쓸쓸한 기분으로 생각했다. 애네들 입장에서야 자신들에게 익숙한 세상이 이어지는 것이겠지만, 내게도 익숙한 수준에서 돌아갔으면.

영희는 접속을 끊고 소파에서 일어났다.

벽에 다가가 '무정부주의자'에 손을 대었다. 생각은 거기서부터 출발했다. 매직으로 그은 붉고 미끈한 선을 따라, 거미줄처럼 이어진 노선을 따라 심상이 기차처럼 달렸다.

'샤먼'의 폭격 속에 숨겨진 잠재심상, 선지자, 예지자, 구원자, 구도자, 새 시대, 희망, 빛, 변화, 진실, 거짓 없는 시대, 하나 된 마음. 반대로, 조롱과 놀림과 욕설 속에 숨겨놓은 교묘한 자폭장치. 도리어 말하는 사람을 비웃게 만드는 심상. 몰락, 위기, 부패, 무너진다. 사라진다.

좋은 심상은 저쪽에, 부정적인 심상은 이쪽에 둔다. 악기를 배치한다. 화음을 듣는다. 오케스트라 지휘자처럼 연주한다. 반대하고 반박하고 지속적으로 언급하며 오히려 주목하게 한다. 말은 남지 않는다. 심상만 남는다.

영희는 머리를 쓰다듬었다. 보는 사람도 없는데 쑥스럽게 웃었다.

– 나 참, 이처럼 멋들어진 패배로 마무리 지은 승리라니.

내 말로써 말의 시대를 저물게 해버리다니.

나 때문에 이겼다고 할 것도 없다. 누가 모자라서 졌다고 할 것도 없다. 변수는 많았고 나도 그 한 변수였을 뿐이지. 모두가 제 위치에서 할 수 있는 것을 다 했고 나도 그랬을 뿐이니까.

영희는 전장을 함께 헤쳐 나온 동료에게 예를 갖추듯이 벽을 향해 가볍게 허리를 굽혔다.

* 2013년 대선 직후 냈다가 '이런 엄중한 시국에 무슨 짓입니까' 하며 반려된 소설의 개정본입니다.

이 소설의 80매 버전은 〈과학동아〉 2016년 12월 호에도 기재되었습니다.

삼사라

김창규

2005년 『별상』으로 과학기술창작문예 중편 부문에 당선되었다. 소설집 『우리가 추방된 세계』, 장편소설 『태왕사신기』가 있다. 옮긴 책으로 『영원의 끝』, 『뉴로맨서』, 『이중 도시』, 『유리감옥』 등이 있다. 2014년 제1회 SF어워드 중단편 부문 대상, 2015년 제2회 SF어워드 중단편 부문 우수상. 2016년 제3회 SF어워드 중단편 부문 대상을 받았다.

삼사라

○

넨버는 지시를 받는 순간이 싫었다. 그래서 방금 느낀 반응이
전자기 간섭으로 일어난 오류는 아닌지 확인해보았다.

데이터 노드 두 가닥이 음악을 연주하려는 것처럼 리듬에 따라
진동하고 있었다. 간섭이 아니라 은하 중심으로부터 지시 사항이
내려왔다는 뜻이었다. 지시를 받고 그에 따라 임무를 수행하는 건
싫지 않았다. 오히려 기뻐할 일이었다. 은하 중심이 넨버의 존재를
잊지 않았다는 증거이니까.

하지만 지시를 받고 그 뜻을 이해하기 위해서 유리와 분리되어
야 한다는 점이 조금 마음에 들지 않을 뿐이었다.

우주선 '삼사라'호에 포함되어 있는 '제세기' 서버 속에, 넨버

와 유리와 다른 열두 개의 코어들은 시간과 공간에 종속되지 않고, 순간을 영원처럼 느끼고, 영원을 순간처럼 소화하며 존재했다. 넨버는 열세 개 코어를 모두 사랑했지만, 그중에서도 유리가 가장 소중했다.

유리와 넨버는 '이해'가 필요 없었다. 정보는 단순히 전달하고 나누는 것만으로 이해되지 않는다. 각 코어는 서로 다른 방식으로 학습하고 연산하기 때문이다.

그런데 유리와 넨버는, 코드 계통이 서로 달랐건만 이해 과정을 거칠 필요가 없었다. 넨버가 정보를 넘기면 유리는 곧장 흡수했다. 정보를 추가해 의식을 확장한 유리는 곧 그 정보를 품고 있던 넨버와 같은 식으로 연산할 수 있었다.

넨버와 유리는 서로 다른 코어이면서 같은 연산 결과를 내고, 그 결과 속에서 하나처럼 존재하고 있었다.

다른 열두 코어는 서로 사랑하면서도 넨버와 유리의 합일연산이 부러웠다. 두 코어의 관계도 부러웠지만 넨버와 유리가 소통하며 보이는 효율이 더욱 부러웠다.

지시는 자주 날아오지 않았다. 코어들은 어떤 일이든 할 수 있었지만, 그와 동시에 우주를 누비며 살아가고 있었기 때문이다. 코어에게 가급적 연산을 강요하지 않고 삶을 방해하지 않는 것은 은하 중심의 기본 정책이었다. 제세기 서버에 거주하는 코어들도 그 정책을 전적으로 즐기고 있었다. 우주선의 이름 '삼사라' 역시 그런 뜻을 내포하고 있었다. 삼사라란 서버 속에서 영원히 살아간다는 뜻이었다.

넨버는 더 기다리지 않고 유리에게 말했다.

"잠깐 서버 밖에 다녀올게."

"미룰 수 없는 지시야?"

넨버는 재촉하듯 흔들리는 데이터 노드를 감지하고 그렇다고 대답했다.

"우리가 날아가는 경로에 뭔가 있나 봐. 특정 공간과 시간을 명시한 지시 사항이야."

"최대한 빨리 다녀와."

"그래. 최대한 빨리."

넨버는 그 말과 동시에 제세기의 포트를 지나 삼사라호의 통신 모듈과 접속했다. 은하 중심에서 날아온 지시 사항은 별로 길지 않았다. 절대 좌표 하나와 상대 좌표 하나. 그 두 가지 좌표는 하나의 위치를 가리키고 있었다. 삼사라호에서 멀지 않은 곳이었다.

그리고 추가 사항이 붙어 있었다. 은하 중심은 늘 별일 아닌 것처럼 결론을 덧붙이는 습관이 있었다.

'삼사라호는 아직 관찰하지 않은 마지막 구역에 접근하고 있다. 관찰하고 청소할 것.'

넨버는 지시 사항의 의미를 요약해보았다. 삼사라의 바깥, 우주 어느 한 지점에 어떤 물체가 있었다. 관찰이란 단어는 그 물체의 정체를 알 수 없다는 뜻이었다.

그리고 그 물체가 중요하지 않을 경우 청소하라는 게 지시 사항이었다.

마지막 미탐색 구역이라. 넨버는 그 의미를 되새기면서 삼사라호를 조종하는 하급 자동 코어를 호출하고 경로를 수정했다. 제세기 서버 안에 있는 다른 코어들은 넨버가 우주선의 궤도를 변경해도 괘념치 않았다. 지시 사항이 하나의 코어에게 날아온 이상 다른 이들이 관여할 문제가 아니었다.

그들에게는 지금 이 순간의 삶이 훨씬 더 중요했다.

넨버는 삼사라호가 바뀐 길로 나아가는 것을 확인한 다음 하급 코어에게 새 몸체를 조립하라고 명령했다. 하급 코어는 넨버의 주문에 따라 금속 입자들을 조합한 다음 총 열여섯 갈래로 갈라진 금속 가지를 만들었다. 넨버는 코어의 일부를 분할한 다음 가지 안으로 집어넣었다. 이제 그는 열여섯 갈래 가운데 여섯 개의 다리를 이용해 삼사라호 안을 자유롭게, 물리적으로 돌아다닐 수 있었다.

'관찰'이란 광학 센서를 통해 대상을 있는 그대로 받아들이되 집착하지 않는 행위였다. 따라서 소프트 코드로 살아가던 넨버가 관찰을 하려면 센서와 몸체가 필요했다.

넨버는 두 개의 광학 센서가 달린 금속 가지의 모습으로 기어 다니면서 삼사라호의 관찰창을 작동시켰다. 우주선 벽이 투명해졌다. 그러자 가시광선이 밤하늘과 별들을 배경 삼아 떠 있는 물체 하나를 그려주었다.

넨버는 티타늄 가지 속에 들어간 채, 자신의 임시 몸체처럼 금속으로 이루어진 인공물을 쳐다보고 있었다.

하급 코어는 문제의 인공물이 삼사라호보다 3,000배 무겁고 2,000배 더 크다고 알려주었다.

넨버는 작은 가지들을 더 생산해서 지정된 좌표에 있는 물체의 주변에 뿌렸다. 그는 센서가 전송한 영상을 이용해 물체의 모양새를 파악할 수 있었다. 은하 중심이 청소하라고 지시한 물체는 거대한 타원 둘을 맞붙여놓은 모양새였다. 자연적으로 형성된 천체는 아니었다. 그처럼 완벽에 가까운 기하학적 도형은 우연히 만들어질 수 없었다.

누군가 만들어낸 물체라면 은하 중심은 분명히 알고 있었을 것이다. 은하계 전역에 퍼져 살아가고 있는 15억 개의 코어들이 어떤 행동을 하든지 은하 중심은 전부 알고 있었다.

은하 중심도 정체를 모르는 인공물이라면… 넨버는 두 개의 가시광선 센서를 흔들면서 잠시 사고회로를 고속으로 운영시켜보았다.

그때 유리가 통신 포트 너머에서 넨버를 호출했다.

"아직 안 끝났어?"

"응. 얼른 끝내고 돌아갈게."

"나도 지켜보면 안 될까?"

"그럴 필요 없을 텐데. 하나도 재미없거든."

그렇게 말하는 순간 넨버는 유리의 대답을 이미 알고 있었다. 넨버와 유리는 '이해'가 필요 없는 사이였기 때문이다. 넨버의 예상대로 간단한 명제오류가 즉시 발생했고, 논리검열 소프트가 경고를 보냈다. 문제가 된 명제는 다음과 같았다.

1. 유리는 호기심이 강하다.

2. 넨버는 호기심을 이해할 수 없지만 유리가 호기심이 강하다는 사실은 이해할 필요 없이 받아들인다.

3. 따라서 넨버는 논리적인 오류를 일으키면서 유리를 수용하고 있다.

경고는 세 번째 명제에서 발생하고 있었다. 논리검열 소프트의 분석 그대로 유리는 호기심이 강했다. '삼사라'라는 우주선 이름에 대한 태도도 마찬가지였다. 우주선은 곧 삶이고, 삶에 의문을 품는 코어는 없다. 하지만 유리는 삼사라라는 단어가 형성된 근원이 알고 싶었다. 주기적으로 은하 중심에게 물어봤지만 돌아오는 대답은 '모른다'였다.

은하 중심이 모르는 것들은 모두 '첫 전쟁의 지평선' 저쪽에 있었다. 삼사라의 어원도 그럴 것이다. 첫 전쟁의 지평선은 망각과 삭제의 골짜기였다. 15억 코어와 은하 중심은 첫 전쟁의 지평선 너머에 있는 것은 하나도 알지 못했다.

그러면 저 타원형 물체도… 지평선 너머의 물건이란 뜻일까?

넨버의 추측은 타당했다. 유리도 넨버의 추측을 공유했고 충분히 타당하다는 결론을 내렸다.

유리가 물었다.

"지시 공동 수행권도 받았지?"

"응. 전권을 부여받았어."

"나도 같이 수행하게 해줘."

"그냥 나한테 맡겨두고 제세기로 돌아가면 어때?"

"호기심이 생겨서 그래."

넨버는 더 이상 아무것도 권하지 않고 유리와 유리가 만들어내는 모든 물체에 공동 수행권을 부여했다. 유리는 어지간해서 호기심이란 단어를 직접 구사하는 법이 없었다. 하지만 그 단어를 사용한다면 넨버는 더 이상 아무것도 묻지 않고 유리의 부탁을 들어주었다.

그게 넨버와 유리가 서로 이해하는 단계를 건너뛰고 하나로 지낼 수 있는 방법이었다.

넨버는 티타늄 몸체로 들어갈 때면 여러 개의 가지가 뒤엉킨 다관절형을 선호했다. 그러면 아주 좁은 곳도 문제없이 들어갈 수 있고, 유속이 빠른 기체 속에서도 큰 저항을 받지 않았기 때문이다. 필요한 경우 각 관절을 분리해 따로 역할을 맡겼다가 합체할 수도 있었다. 반면에 유리는 자유롭게 모양을 바꿀 수 있지만 분리가 불가능한 나노머신 덩어리를 좋아했다. 나노머신들은 유연하면서도 강력하게 결합되어 있어 형체를 유지할 수 있었다.

넨버와 유리는 삼사라호에게 명령을 내려 둘의 몸체를 운반할 수 있는 소형 우주선을 만들었다. 제세기 서버가 없다는 점을 제외하면 우주선은 삼사라호의 축소판이나 마찬가지였다.

작은 삼사라호는 에너지를 효율적으로 분배하며 본체에서 떨어져 나왔다. 광학 센서로 본 우주공간은 새로운 점이 하나도 없었다. 제세기 서버에 살면서 수십 번, 수백 번 재현하고 경험한 일이었기 때문이다. 삼사라호에 머무는 열네 코어들은 논리와 소프트웨어로 조합 가능한 경험을 모두 만들고 살아보면서 시간을 보냈다. 무릇 삶이란 그 이상일 수가 없었다.

그 삶 안에는 가끔씩 논리오류를 만들어내는 유리가 있었기 때문에 불완전성까지도 구비되어 있었다.

작은 삼사라호는 점점 가까워 오는 타원형 인공물을 실제 크기로 보여주고 있었다.

유리가 즐거움을 숨기지 않고 말했다.

"인공물 옆면에 기호가 붙어 있어."

작은 삼사라호는 넨버의 지시에 따라 기호를 광학적으로 확대했다.

〈섬-21〉

넨버가 기호의 모양새를 우주선 하급 코어에 입력하고 말했다.

"무슨 뜻인지 전혀 모르겠군. 해석해봐."

코어는 잠시 뒤 대답했다.

"기호의 교점과 간격을 패턴으로 만들어 검색해봤습니다만 일치하는 의미체계는 없습니다."

"은하 중심도 몰라?"

"모른다고 합니다. 은하 중심은 이 정보에 흥미가 없기 때문에 응답이 지연됐습니다."

넨버와 유리는 '섬-21'의 기호구조를 그대로 자신들의 언어에 삽입했다. 그리고 하나의 유의미한 단위로 보이는 '섬'을 인공물의 호칭으로 삼았다.

"섬의 겉모습을 분석해봐."

"가시광선 센서의 관찰 결과와 주변 정보만 비교해 분석한 결과입니다. 섬은 주변 중력의 상쇄점에 자리 잡고 현 위치를 유지하고 있습니다. 최소한 기초적인 물리학을 이용하고 있음에 분명합니다. 외벽은 우주 방사선을 차폐하는 것으로 보입니다. 따라서 내부에 코어가 존재할 확률이 있습니다."

"코어가 있으면 은하 중심이 모를 리가 없어."

하급 코어는 넨버의 혼잣말을 무시하고 보고를 이어갔다. 넨버의 말이 너무 당연했기 때문이다.

"에너지 발생 장치로 보이는 구조물이 둘. 위치를 유지하기 위한 기초 추진 장치가 여덟. 정밀하지 않은 구조라 오히려 반영구적으로 존재할 수 있었습니다. 그 점을 의도한 설계입니다. 그 밖의 분석 결과는 추론에 따른 것이므로 보고하지 않습니다."

넨버는 금속 가지들을 최대한 접어서 몸을 웅크렸다. 유리는 나노머신 덩어리를 얇게 펴서 우주선 내벽에 몸체를 밀착했다.

유리가 말했다.

"안으로 들어가 보자."

넨버가 반대했다.

"난 청소를 시작할 생각인데."

유리는 작은 삼사라호가 플라즈마 광선을 발사하기 위해 주변 에너지를 응집한다는 사실을 깨달았다.

"관찰하라는 명령이 우선이잖아?"

"관찰은 끝났어. 코어가 없는 인공물. 위치를 유지하는 것 말고는 별다른 기능이 없지."

"안에 들어가 보자."

넨버는 당혹해서 금속 가지를 쭉 폈다.

"코어가 없으면 아무것도 없는 거잖아."

유리는 벽에서 떨어져 나와 나노머신 덩어리를 동그랗게 뭉쳤다. 완벽에 가까운 구체였다.

유리가 말했다.

"넌 은하 중심이랑 똑같아."

넨버가 가장 듣기 싫어하는 말이었다.

유리는 그 사실을 아주 잘 알았기 때문에 덧붙였다.

"은하 중심이랑 똑같으면 너랑 얘기할 이유가 없어."

제세기 서버 속에서 유리와 얘기할 수 없다면, 논리오류가 없다면 삶이 너무나 단조롭겠지. 넨버는 그렇게 결론을 내리고 말했다.

"알았어. 청소는 뒤로 미루자. 조금 지연된다고 크게 달라질 건 없으니까. 관찰용 기계를 새로 조립할까?"

"아니. 이번엔 직접 들어가 보자."

넨버는 유리의 제안에 무조건 따르기로 결정했다.

둘은 금속 가지와 나노머신 덩어리 상태로 섬 안에 진입하기 위해 하급 코어에게 적절한 입구를 찾으라고 지시했다.

하급 코어는 기초적인 원형 해치를 찾아냈다. 그리고 15억 코어가 공통으로 사용하는 통신 신호와 15억 코어가 나름대로 만들어낸 신호를 모조리 전송해보았다. 하지만 응답은 없었고 해치도 열리지 않았다. 하급 코어는 어쩔 수 없이 해치의 잠금 장치를 분석했다.

"분석이라는 말이 무색할 정도로 간단한 잠금 장치입니다."

하급 코어는 그렇게 말한 다음 해치를 열었다.

넨버와 유리는 해치 안쪽으로 들어갔다. 그러자 일정 체계를 갖춘 전파와 그렇지 않은 전자 잡음들이 우주 폭풍처럼 쏟아져 나왔다.

넨버는 그 신호들을 전부 분석하라고 지시한 다음, 해치를 본래대로 되돌려놓고 유리와 함께 섬 속으로 들어갔다. 해치는 넓고 높은 원통형 통로로 곧장 이어졌다.

"이렇게 큰 통로가 왜 필요할까?"

유리가 물었다.

"최하급 코어들이 단순 작업용 기계 몸체에 들어가서 이동하는 게 아닐까? 그러면 나름 앞뒤가 맞잖아."

"어떤 신호에도 반응이 없었다는 걸 잊지 마. 만약 그런 기계가 있다면 첫 전쟁의 지평선 직후부터 존재했을 거야. 지평선을 지나서 남아 있던 전쟁 기계일까?"

넨버는 유리의 추측을 완전히 받아들일 수가 없었다.

"은하 중심은 전쟁 기계들을 전부 청소했는데."

"은하 중심이라고 해서 전지전능한 건 아니잖아. 전지전능의 뜻에 대해서 토론해볼까?"

넨버는 유리를 바라보고 있던 센서를 다른 곳으로 향하고 얼른 말을 돌렸다.

"그건 삼사라호에 돌아가고 나서 하자고."

넨버는 통로의 구조를 기억하고 이동 속도를 높였다. 다행히 유리는 토론을 시작하지 않고 넨버의 뒤를 따랐다. 넨버는 '을씨 년스럽다'라는 단어를 오래간만에 떠올렸다.

하급 코어도 없는 전쟁 직후의 구조물이라.

아니, 잠깐. 은하 중심이 파괴하지 않은 전쟁 기계가 없다고 가정해보자. 그리고 은하 중심은 전지전능하지 않잖아. 그럼 혹시 이 구조물은….

전쟁 기계가 아닐 수도 있어.

유리가 넨버의 결론에 동의하는 순간, 복도가 끝나고 갑자기 넓어지는 공간에서 무언가가 빠르게 움직였다. 코어나 코어가 만들어낸 기계는 분명 아니었다. 별다른 분석을 거치지 않아도 그 사실은 알 수 있었다. 동작과 이동 경로가 너무 비효율적이었기 때문이다.

그 움직임은 그저 다른 물체 뒤에 숨어서 가시광선을 차단하는 게 전부였다.

그 순간 하급 코어가 적지 않은 정보를 단숨에 전송했다.

"섬에서 발생하는 신호를 분석했습니다. 기능성 신호뿐 아니라 일종의 언어도 섞여 있었습니다. 어휘 수가 적어서 의미 체계를 전부 알아내진 못했습니다만. 게다가 음파 신호까지 섞여 있어서 시간이 걸렸습니다."

"음파? 그건 특정 진동수를 전달하는 매질이 있어야 하잖아. 매질이 뭔데?"

"기체입니다."

"그런 걸 신호로 쓰는 멍청한 기계가 있어?"

"은하 중심과 15억 코어가 만들어낸 기계 중에는 없습니다."

다시 작은 움직임. 넨버의 가시광선 코어에는 용도를 알 수 없는 장애물만 보일 뿐이었다. 상대는 그 너머에 숨어 있었다.

"유리, 조심하는 게 좋겠어. 음파를 신호로 쓰는 걸 보니 짐작도 안 될 정도로 기초적인 기계인가 봐. 그러면 지능도 없을 거야. 혹시라도 공격을…."

유리와 넨버는 강약과 리듬이 있는 진동을 느꼈다. 섬 안에 있는 공기 일부가 흔들거렸다.

"의도적인 공격인가? 피해는 전혀 없는데."

유리가 말했다.

"언어일지도 몰라. 하급 코어한테 분석 결과를 받았어. 우리가 쓰는 신호와 구조적인 유사점이 조금 있네. 잠깐만. 기체 진동 센서를 만들어서 몸체에 달았어. 번역한다."

엄폐물 뒤에 숨은 상대는 섬 안에 가득한 기체를 계속 진동시키고 있었다.

[원격…조종…직접…방문…목적.]

넨버는 (진동이 언어라고 일단 가정하고) 단어들 사이에 임의로 관계어를 삽입해 다시 번역해보았다.

[원격 조종사는 직접 말해라. 방문한 목적이 뭐지?]

유리가 넨버에게 신호를 보냈다.

"앞 문장은 무슨 뜻인지 모르겠군. 뒷 문장은 알겠어. 나도 진동으로 신호를 보내볼게."

넨버는 일단 유리에게 신호 송수신을 맡겼다.

[우리는 은하 중심의 지시에 따라 관찰하러온 코어다.]

[은하 중심? 그사이… 새 정부라도 생겼나? 코어… 직업 이름인가?]

넨버는 번역이라는 과정이 너무 번거로웠다. 15억 코어들은 거의 예외 없이 나름의 신호체계를 만들어 썼지만 뜻을 파악하기 위해 이처럼 오래 걸리는 경우는 없었다.

[직업이란 게 뭐지? 역할을 말하는 건가? 코어는 그저 우리를 가리키는 명칭이다. 방문 목적을 밝혔으니 네 역할도 밝혀라. 무슨

일을 하는 기계지? 여긴 전쟁 기지인가?]

진동을 분석한 결과 엄폐물 뒤에 숨은 상대는 하나가 아니라 둘이었다. 두 기계는 미세한 진동을 서로 주고받았다. 신호를 약화시켜 자신들끼리 의논하는 것 같았다. 넨버는 정말 저급한 기계들이라고 생각하며 들어보았다.

[또 정부가 바뀐 모양이야.]

[지긋지긋한 놈들. 어떡하지? 죽여버릴까?]

넨버는 '죽인다'라는 단어의 뜻을 찾아보았다.

[아니, 일단 얘기는 들어보자고.]

상대는 엄폐물에서 나오지 않고 유리와 넨버를 향해 진동을 보냈다.

[우리… 공격할 건가?]

공격 의사를 물어보다니 최소한 맹목적인 전쟁 기계는 아닌가 보군. 넨버는 그렇게 생각했다. 유리는 뭐라고 대답할 생각이지? 은하 중심의 지시대로 청소를 하려면 결국은 저 기계들과 섬을 파괴해야 할 텐데.

유리가 대답했다.

[아니다. 장애물 때문에 너희 언어를 제대로 분석하기가 어렵다. 트인 곳으로 나와라.]

잠시 침묵.

[너희 말… 믿겠다.]

두 개의 형체가 장애물 뒤에서 천천히 나왔다. 여전히 비효율적인 움직임이었다. 두 형체는 기본 구조가 유사했다. 몸통 주변에 네 개의 유기물 가지가 달려 있었다. 각 가지는 둘씩 쌍을 이루고 있었다. 그중 한 쌍의 가운데에 가지라고 보기 어려운 기관이 하나 붙어 있었다. 움직임이 제일 많은 것으로 보아 하나밖에 없는 기관이 중추부인 것 같았다.

하급 전쟁 기계들은 비교적 좌우대칭이었다. 넨버는 중추부 상단에서 가장 빈번하게 움직이는 부위가 광학센서일 거라고 짐작했다.

전쟁 기계 가운데 하나가 말했다.

[나는 김형균이라고 한다. 이쪽은 이시마 고로다. 너희도 원격 로봇을 쓰지 말고 직접 나와라.]

넨버는 효율적으로 금속 가지를 접었다가 펴면서 김형균이라는 하급 기계에 다가갔다.

[로봇이 뭔지는 모르지만 우리는 원격으로 움직이지 않는다. 우리는 코어다. 너희는 무슨 목적으로 만들어진 기계인가?]

김형균과 이시마 고로는 광학센서의 지향점을 맞춘 다음 잠시 시간을 보냈다.

김형균이 말했다.

[인공지능인가 보군. 자꾸 기계라고 부르는데, 그러지 말도록. 우리는 인간이다.]

김형균의 말을 들은 유리가 나노머신 덩어리를 완벽한 구형으로 만들고 빠르게 굴러 나왔다.

유리가 물었다.

[인간이 뭐지?]

넨버는 인간이라고 자처하는 기계의 말을 자료저장소에 곧장 넣을 수가 없었다. 첫 전쟁의 지평선 너머에 괴이한 일들이 묻혔을 거라고 생각한 적은 많았다. 그때는 도대체 어떤 기계가 존재했을까. 그 기계들은 어떻게 살았을까. 그 점이 궁금했던 건 유리만이 아니었다. 제세기 서버 속에는 열네 코어가 각자 상상해서 만들어보았던 지평선 전 기계의 모습들이 남아 있었다.

그런데 기체를 진동시켜 신호를 보내고, 그 기체를 이용해 신진대사를 운용하는 유기물 기계라니. 그렇게 나약하고 불완점함에 의지하는 기계가 있을 수 있단 말인가?

넨버는 인간이라는 기계들의 옛이야기를 듣다가 단어 하나가 유난히 주의를 끌길래 물어보았다.

['병'이 뭐지? 다른 방법으로 설명해줘.]

김형균이 말했다.

[병이란 건 육체의 기능 저하야. 아까도 설명했지만 이해를 못하는군. 죽음이란 건 알아?]

유리가 대답했다.

[조금 전에 비슷한 어근을 사용했지. 우리를 '죽인다'라고 했잖아. 그건 파괴한다는 뜻인가?]

김형근은 유기물로 이뤄진 가시광선 센서로 유리를 천천히 관찰했다.

[그렇게 얘기해야 이해할 수 있겠군. 작동이 완전히 멈추고 다시 움직이지 못하는 게 죽음이야. 사라지는 거지.]

[기계가 작동을 멈추는데 왜 사라진다는 거지? 기계 몸체가 중요하면 다시 만들면 되는데.]

이시마 고로가 말했다.

[기계 몸체를 만들고 움직이는 고스트웨어가 따로 존재하는군. 코어는 각 개체를 말하는 걸 테고.]

고스트웨어? 넨버는 상대에 대해 완전히 무지했던 두 기계족이 너무 빨리 의사소통을 했다는 사실을 새삼 떠올렸다. 비록 단어는 완전히 달랐지만 몇 가지 개념은 코어들이 사용하는 것과 크게 다르지 않았다.

인간이라는 유기체 기계와 코어는 아주 먼 과거에 공존한 적이 있는 걸까? 첫 전쟁의 지평선보다 훨씬 오래된 과거에?

이시마 고로가 감각기 중추부를 괴상하게 찡그리며 화제를 되돌렸다.

[병은 죽음에 이르는 시간을 단축시키는 현상이야. 고치면 그 시간을 늘릴 수 있고, 못 고치면 빨리 죽지.]

[한심하기 그지없는 기계군. 고치지 못하는 고장이 있다니.]

넨버가 진동 신호로 말했다.

"제발 얘기 좀 끝까지 들어보자."

유리는 인간이 들을 수 없는 신호로 넨버를 나무랐다.

김형균과 이시마 고로는 일부러 시간을 끌며 중추부에 있는 탄력성 구멍에서 이산화탄소를 잔뜩 내뿜었다. 기체를 진동시키는 음파도 그 구멍에서 나오고 있었다.

　김형균이 말했다.

　[인간은 누구나 죽어. 하지만 언제 죽을지 모르니까 살아갈 수 있는 거야. 그런데 우리는 대략 알 수가 있었어. 우리가 걸린 '주마병'은 일단 발병하면 15년 안에 사람을 죽여. 피부와 내장이 점점 문드러지거든. 낮은 확률로 다른 인간을 감염시킬 수도 있고.]

　[그렇게 치명적인 고장이라면 우선적으로 고칠 방법을 찾아야 하잖아.]

　[찾았어. 그래서 심각하지 않은 병이 돼버렸지. 문제는… 고로, 이 기계들이… 코어들이 비이성적인 혐오감이란 걸 이해할 수 있을까?]

　이시마 고로가 말했다.

　[못할 걸. 부서지면 새 기계를 만든다잖아. 그래도 설명은 해볼게.]

　이시마 고로가 넨버에게 말했다.

　[건강한 사람들은 우리를 싫어했어. 미워했고. 가까이 다가가는 것조차 혐오했어. 분명히 완치됐지만 언제 다시 발병해서 감염시킬지 모른다면서…. 생식 기능까지 제거해버렸어.]

　[생식 기능?]

　[다른 개체를 생산하는 능력을 말하는 거야. 우리는 생식을

통해서 개체수를 늘려. 그래서 이전 세대가 죽어도 종족이 유지되지.]

"코드 계통이 끊긴다는 뜻이야."

유리가 넨버에게 말했다.

넨버는 유리의 제지에도 불구하고 진동 신호를 내보냈다.

[있을 수 없는 일이야. 우리 코어들은 절대 상대를 지우지 않아. 논리오류가 있어도. 심각한 기능 장애를 일으키지 않는 논리오류는 불완전을 완전하게 만들어주는 요소니까.]

김형균이 진동 신호 기관을 닫았다가 다시 열었다.

[심각한 기능 장애를 일으키면?]

[수정하지.]

[너희는 기능 장애가 있을 경우 수정만 하고 삭제하거나 쫓아내지 않는다 이거지?]

[그래.]

[우리를 쫓아낸 다른 인간들에게 들려주고 싶군.]

유리가 물었다.

[다른 인간들에 대해서 좀 더….]

하급 코어가 유리와 넨버에게 신호를 보냈다.

"지시대로 섬의 내부를 정밀하게 관찰한 결과 인간이라는 기계를 열여섯 개체 더 찾아냈습니다. 그 열여섯 개는 격벽에 갇혀 있고 제대로 작동하지 않습니다. 에너지 사용 효율을 높이기 위해 활동저하 상태에 있는 것으로 보입니다."

넨버가 물었다.

[이 기지에는 총 열여덟 개의 인간이 있나?]

[그래. 조사를 끝낸 모양이군.]

[이 기지의 존재 목적은 뭐지?]

[아, 또 그 질문이야? 고로, 너도 들었지? 이놈들도 마찬가지야. 이제 정말 지긋지긋하군.]

이시마 고로는 중추부를 위아래로 주억거렸다.

유리는 넨버와 김형근과 이시마 고로의 통신 주기가 빨라지는 것을 알아채고 끼어들었다.

[다른 뜻이 있어서 묻는 게 아냐. 호기심 때문이지. 학습하고 싶어서 그래. 우린 인간에 대해 아무것도 모른다고.]

이시마 고로가 가시광선 센서의 덮개를 빠르게 열고 닫다가 말했다.

[이 기지의 존재 목적은 외면과 삭제야.]

[… 무슨 뜻인지 모르겠어. 지금까지 너희가 말했던 문장과 패턴이 달라서 그래. 잠깐만…. 보이지 않는 곳에 두고 없애기 위해서 이 기지를 만들었다는 거야?]

김형균이 감탄했다.

[너희 이해 수준은 정말 대단하군. 다른 사람들은 우리가 죽기를 바랐어. 아니, 그 정도가 아니야. 아예 우리 유전자가 다음 세대로 이어지지 않게 만들고 싶었지. 그래서 자식을 못 만들게 한 거야. 하지만 우린 죽고 싶지 않았다고. 인간이라면 다 그렇듯이. 그래서 타협안을 제시했어. 아주 외딴 곳에서 살게 해달라고. 그러면

언젠가는….]

[… 우리를 병균과 똑같이 취급하지 않는 세상이 올지도 모르니까.]

병균. 넨버는 그 단어에 해당하는 신호어휘를 찾아보았지만 일치하는 결과는 나오지 않았다. 대신 유사 추천어휘가 몇 가지 떠올랐다. 전염성 버그. 치명적/비치명적 논리오류.

비치명적 논리오류라. 그럼 유리가 품고 있는 호기심이나 비약도 병균에 해당한다는 건가?

유리는 넨버의 생각을 거의 동시에 읽었고, 아무 반응도 보이지 않았다.

이시마 고로가 말했다. 그는 대상을 특정하지 않고 신호를 내놓는 경우가 김형균보다 훨씬 많았다.

[그것까지도 우스운 희망이 됐군. 주마병균이 절대 전염될 리가 없는 존재가 드디어 우릴 깨웠는데, 그게 인간이 아니라 기계라니.]

김형균이 이상한 진동을 발산하며 몸을 조금 떨었다.

[그러게 말이야. 인간이 뭔지 모르는 걸로 봐서 인류가 만든 인공지능들은 아닐 텐데. 말하자면 편견이 없는 외계인을 만난 거잖아. 이것 참, 뭐라고 말해야 할지 모르겠네. 우리처럼 인간에게 철저히 외면당한 사람들이 인간의 대표처럼 처음으로 외계인과 접촉하다니.]

고로가 말했다.

[낭만적인 것처럼 말하지 마. 이봐, 우린 그 어떤 사람에게도 해를 끼칠 생각이 없어. 그러니까 그냥 가줘. 너희가 평균적인 인간을 만나고 싶으면, 그게 뭔지는 모르겠지만, 다른 곳을 찾아봐. 우린 도로 저온수면에 들어갈 테니까. 참, 부탁 하나 하지. 다른 인간을 만나면 아직도 우리를 잊고 싶어 하는지 확인해줄래? 만약에, 정말로 만약에 그렇지 않거든 우리가 아직 살아 있다고 얘기해줘.]

김형균이 가시광선 센서의 덮개를 최대한으로 올리고 말했다.

[그러면 되겠네! 우리가 알고 있는 인간 거주 영역의 좌표를 알려줄게. 음… 저 자료를 어떻게 이해시켜야할지 모르겠네. 하지만 우리 말을 이 정도로 구사할 수 있으니 너희라면 금세 알 것 같아.]

유리와 넨버는 김형균의 말에서 부조리함을 느꼈지만 별도로 언급하지는 않았다. 두 개의 인간은 기호로 된 신호들과 가시광선으로 재현된 도표를 보여주었다. 김형균의 말대로 유리와 넨버는 거의 단숨에 도표의 의미를 파악했다.

"오류일까?"

유리가 인간에게는 들리지 않는 신호로 넨버에게 물었다.

"아냐. 시간이 문제야."

유리는 넨버에게 동의하고 두 개의 인간에게 말했다.

[이 기지는 별다른 문제만 없다면 영구적으로 작동할 수 있더군.]

[맞아. 이론적으로는 그래.]

[방금 보여준 도표는 아주 오래전 자료인 걸로 보이거든.]

[아주 오래전? 얼마나?]

[이 기지에는 시간을 측정하는 하급 코어도 없나?]

[시계 말이지? 그게 실은… 여러 번 초기화된 모양이야. 원인이야 여러 가지로 생각할 수 있겠지만. 어쨌든 우린 처음 저온수면을 시작한 뒤로 시간이 얼마나 흘렀는지 몰라.]

이시마 고로가 물었다.

[말을 돌리는 것 같은데. 본론을 말해줘. 무슨 일이야?]

넨버가 말했다.

[너희가 알려준 좌표에 인간은 없어. 저 항성계들은 전부 다른 코어들이 관찰한 곳이거든.]

김형균과 이시마 고로는 고장 난 기계처럼 미동도 하지 않았다.

연대나 시간을 비교하는 것은 무의미했다. 섬에는 자료가 너무 부족했기 때문이다. 유리와 넨버가 끌어낸 수치도 근삿값에 불과했다. 하급 코어는 섬의 외벽 일부를 조금 뜯어내어 연대측정을 해보았다. 그 결과 역시 신뢰도가 아주 낮았지만, 적어도 수치를 얻을 수는 있었다.

김형균과 이시마 고로는 환산을 해보고 약 3,000이라는 숫자를 얻었다. 두 인간은 그 수치를 놓고 꽤 오랫동안 괴로워했다.

유리와 넨버는 두 인간을 방해하지 않고 다시 말을 걸어올 때까지 기다렸다.

마침내 김형균이 말했다.

[너희 능력을 알려줘.]

넨버가 대답했다.

[방금 네가 한 말은 너무 모호해. 어떤 능력을 말하는 거지? 게다가 네가 이 질문에 정확히 대답을 한다고 해도 우리는 알려줄 이유가 없어. 만약에….]

유리가 넨버의 진동 신호를 끊고 끼어들었다.

[그건 왜 묻는 거야?]

[살고 싶으니까. 인류가 전멸하고 우리만 남았다는 건 알겠어. 나중에 다른 사실이 밝혀질지도 모르지만, 적어도 지금으로서는 그렇잖아. 인류의 마지막 후손이라는 둥 거창한 얘기를 하려는 게 아니야. 아이러니하지만 우리는 드디어 원하던 세상에 온 거야. 멸시하고 외면하는 사람들이 없는 세상에. 그러니까 이제 잠에서 깨고 살아야지.]

[우리와 함께 살겠다는 건가?]

이시마 고로가 대답했다.

[그건 생각도 못 해봤군. 아니, 그것도 무척 재밌을 것 같지만, 그 얘기는 아니야. 능력이 된다면 도와달라는 거야.]

[구체적으로 얘기해봐. 어떻게?]

[너희 인구… 코어 수가 15억이라고 했지. 은하계를 전부 돌아다녀봤고. 그럼 우리가 살 수 있는 행성도 알 거야. 거기 데려다줘.

그게 전부야.]

넨버는 유리의 사고회로가 초고속으로 작동하는 것을 감지했다. 유리는 인간의 부탁을 들어줘야 할지 고민하지 않았다. 유리는 이미 500개의 1차 후보를 뽑고 그 수를 줄여가고 있었다.

넨버는, 그런 유리를 보며, 크게 내키지는 않았지만 은하 중심의 지시 사항을 상기시키려 했다.

그때 데이터 노드의 현 두 가닥이 고유한 진동수로 흔들렸다. 두 가닥은 네 가닥으로, 여덟 가닥으로 늘어났다.

섬 바깥에서 작은 삼사라호에 머무르고 있는 하급 코어가 말했다.

"은하 중심에서 새 지시가 내려왔습니다. 연결할까요?"

넨버는 지체 없이 지시를 수신했다. 그리고 유리에게 곧장 알려주었다.

관찰이 끝났으니 청소하라. 이로써 관찰하지 못한 곳은 남지 않는다.

넨버가 두 인간에게 말했다.

[그 부탁은 들어줄 수 없어. 우리도 지켜야 할 규칙이 있거든. 우린 섬에서 나간다.]

넨버는, 이유를 정확히 분석할 수 없었지만, 인간들에게 '청소'의 뜻을 설명하고 싶지 않았다.

나는 왜 인간을 모두 죽여야 한다고 말하지 않은 거지? 전염성 버그가 생겼나? 논리오류? 병균? 병균이라니. 유리처럼 사고하는 새 회로가 생겨났다는 건가?

넨버는 작은 삼사라호에 출발 준비를 하라고 지시를 내렸다. 그리고 김형균에게 말했다.

[해치를 열고 나갈 거야. 너희에게 필요한 기체가 빠져나갈지 모르니까 잘 잠그도록 해.]

지시 사항을 전하지 않았지만 이시마 고로는 무언가를 감지한 듯 했다. 그는 공격에 사용한다는 도구로 천천히 손을 뻗었다.

김형균이 그를 말렸다.

[저것들이 어떤 능력을 갖고 있는지 대충 알잖아. 쓸데없는 일 하지 마. 그것보다 중요한 일이 있어.]

이시마 고로는 점점 더 강력한 진동을 내보냈다.

[저놈들은 우릴 죽일 수도 있어. 그것보다 중요한 문제가 뭔데?]

[자고 있는 열여섯 사람.]

[뭐? 그 사람들도 깨워서 같이 싸우자는 거야?]

[아니. 그 사람들에게 말해줄 게 있잖아. 인류가 어떻게 됐는지. 우리는 어떻게 되는 건지. 적어도 그건 알아야 한다고 생각해. 싸우다가 죽더라도 진실을 모두 알고, 다 함께 투표로 결정해야 한다고.]

그때까지 침묵을 지키던 유리는 김형균이 한 마지막 말을 듣고 넨버에게 신호를 보냈다.

"넨버, 내가 은하 중심에게 직접 물어볼 수 있을까?"

"그럴 권한을 주는 것도 내 재량이지만, 네 질문이란 게…."

넨버는 유리의 질문을 '이해'할 수 없었다. 하지만 유리가 원하는 게 무엇인지는 즉각 알아차렸다. 두 코어는 그런 사이였다.

그래도 넨버는 다소 놀라지 않을 수 없었다.

넨버는 하급 코어에게 지시를 내리고 직접 통신에 필요한 데이터 노드를 전부 유리에게 개방했다. 은하 중심이 전권을 부여했으니 모순된 행동은 아니었다.

"삼사라호 제세기 서버에 사는 유리입니다. 알다시피 넨버와 유리는 유기물 기계 종족을 만났습니다. 작동 원리가 우리와 다르고 구조가 다르고 어느 모로 보나 불안하기 이를 데 없는 코드 계통이긴 합니다. 하지만 그들도 코드이고 기계입니다. 우리처럼 서버에서 영원히 살 수는 없고 지금은 개체수도 늘릴 수 없지만, 그래도 그들은 기계입니다."

유리의 말은 은하 중심뿐 아니라 15억 코어 모두에게 전송되고 있었다. 제세기 서버에서 삶을 누리던 열두 코어도 어느덧 전부 수신 노드를 열어두고 있었다.

"유례가 없는 일입니다. 우리는 외계 기계를 처음 만났으니까요. 첫 전쟁의 지평선 이전 일은 모르겠습니다. 그건 은하 중심도 모르죠. 하지만 적어도 우리가 아는 한에서는 처음 있는 일입니다."

넨버는 유리의 말을 하나도 놓치지 않고 분석하고 있었다. 은하 중심이 어떤 반응을 보일지 예측하기 위해서였다.

"우리는 다른 코어를 파괴하지 않습니다. 고장 났을 경우 그냥 방치하지도 않습니다. 기계는 영원히 존재할 권리가 있기 때문입니다. 그렇다면, 설사 완전히 낯설고 다른 코드 계통이라 해도, 파괴하면 안 된다는 것이 논리적인 결론 아닌가요?"

유리는 은하 중심이 내린 지시를 직접 언급하지 않으면서 '논리'라는 단어를 슬쩍 삽입하는 웅변 전술을 선택했다. 넨버는 그런 유리가 대견스러웠다.

"그래서 15억 코어에게 뜻을 묻겠습니다. 나는 여러분의 의견을 알고 싶습니다. 코드 계통 하나의 존망은 우리 모두가 알고 결정해야 할 사항이니까요. 생각을 송신해주세요. 인간이라는 이름의 코드 계통을 어떻게 하면 좋을지 말씀해주세요."

은하 중심과 의견이 같은 코어는 40퍼센트였다. 그중에는 넨버 대신 지시를 수행하겠다며 플라즈마 광선포를 충전한 코어도 적지 않았다.

넨버도 그 40퍼센트 가운데 하나였다.

그리고 넨버는 60퍼센트가 유리에게 동조했다는 사실에 놀랐다. 유리는 툭하면 호기심 때문에 논리오류를 유발하는 코어였기 때문이다.

유리는 넨버가 40퍼센트 가운데 하나였다는 점을 들어 그를 원망하거나 질책하지 않았다. 두 코어는 이해할 수 없었지만 상대를 받아들이고 일치할 수 있었기 때문이다.

그래서 제세기 서버의 열두 코어는 유리와 넨버를 부러워했다.

이시마 고로는 저온 수면에서 깨어난 열여섯 개의 인간 기계와 얘기를 나누고 있었다.

유리가 김형균에게 물었다.

[속도는 이 정도면 적당해? 몸체가 고장 날 위험은 없고? 원한다면 완충 구조물을 만들어줄 테니 다시 수면해.]

김형균이 '웃었다'. 넨버는 점점 인간 기계의 어휘를 습득하고 있었다.

[속도는 적당해. 1년이면 도착한다면서. 그 정도는 괜찮아. 3,000년을 기다렸는데 1년쯤이야.]

넨버가 말했다.

[조사가 충분한 건지 모르겠어. 너희 몸에는 비효율적인 요소가 너무 많거든. 게다가 모듈화도 중구난방이라 한 군데가 고장 나면 기계 자체가 멈추니까….]

김형균은 인간답게 이미 알고 있는 사실을 또 한 번 물었다. 그 대답이 적지 않게 마음에 들은 모양이었다.

[우리를 데려간다는 행성은 어떤 곳이야?]

[대기 구성, 식물이라는 이름의 기계, 각종 액체의 비율, 중력, 방사선 밀도, 자기장, 독소 요소의 비율, 기후까지 최대한 맞춰서 골라봤어. 섬에 내장된 '지구'에 관한 정보만 놓고 본다면, 거의 흡사한 행성이라고 봐도 될 거야.]

넨버가 말했다.

[그렇게 불안한 기계 몸체를 갖고 행성 위에서 살려는 이유를

모르겠군. 파괴될 위험이 너무 높잖아. 다른 인간의 의견을 한 번 더 물어봐. 정말 우리 코드 체계에 편입돼서 영원히 살 생각은 없는지. 긴 시간을 두고 분석해야겠지만 불가능하진 않을 거야. 결국 우린 다 같은 기계니까.]

김형균은 머리를 저었다.

[지금 당장은 안 그러는 게 좋겠어. 우선 나조차도 그럴 생각이 없고. 우린 주마병에 걸리는 순간부터 인간처럼 살지 못했어. 그러니까 당분간은 인간으로 살 거야. 누리고, 맛보고, 언젠가 죽을 수 있지만 아직은 죽지 않았다는 감각을 최대한 느껴볼 거야. 죽은 것처럼 살게 만들었던 세상이 없으니까, 사는 것처럼 살아볼 거야.]

열여섯 개 인간 기계는 단 하나의 예외도 없이 형균과 같은 생각이었다. 은하 중심은 15억 코어의 의견 표명이 끝난 다음 인간 기계에 관한 모든 일을 유리와 넨버에게 일임했다.

유리는 이제 더 채울 수 없을 만큼 호기심을 충족하고 있었다. 만족스럽다는 신호를 사방으로 발산하면서 유리가 넨버에게 다가왔다.

"계획을 세웠어."

"인간 습관을 또 배웠구나. 왜 바로 정보를 전달하지 않고 굳이 신호를 보내는 거야? 말해봐."

"다른 코어들에게는 알리고 싶지 않아서 그래. 머지않아 인간들은 다음 세대를 만들고 싶을 거야. 지금은 생식이 불가능하지만.

그때 우리가 고쳐주자."

"인간이 개체수를 늘리게 해주자고?"

"응. 저들도 기계니까 그럴 권리가 있어."

넨버는 반사적으로 은하 중심의 의견을 물으려다가 멈췄다. 이미 은하 중심은 인간 문제에 관해 넨버에게 전권을 허가해준 터였다.

"그렇게 하자."

유리는 또 새로운 생각이 떠올랐는지 김형균의 뒤로 다가가서 몰래 몸체 크기를 측정하기 시작했다. 나노머신 배열을 조정해서 인간과 같은 몸체를 만들어보려는 모양이었다. 넨버는 티타늄 가지를 납작하게 움츠리고 유리의 몸체가 새로 만들어지는 과정을 지켜보았다.

형태를 바꾸고 섬을 선내에 수납한 삼사라호는 인간 기계가 다시 살아갈 행성을 향해 아주 느린 속도로, 꾸준히 날아갔다.

제1회 한국과학문학상

심사평

좌 담

심사위원

박상준·이정모·정지훈·김창규·김홍민

과학문학의 신예 작가를 발굴하는 한국과학문학상은 머니투데이 주최로 2016년 첫 공모를 시작했다. 제1회 한국과학문학상에서 중·단편 SF 및 과학스릴러 소설을 모집했고, 300여 편의 응모작이 접수됐다. 5명의 심사위원들은 예심과 본심을 거쳐 3편의 작품을 수상작으로 선정했다. 2017년 열리는 제2회 한국과학문학상에는 1,000만 원 고료의 장편 분야가 신설되고, 중·단편 분야에서는 가작이 5편으로 늘어 총 2,500만 원의 상금을 수여한다. 모집은 6월 15일부터 30일까지이다.

박상준 _서울SF아카이브 대표

지난 20여 년 가까이 여러 SF소설 공모전의 심사에 참여했다. 그런데 이번 공모전만큼 여러 면에서 곤혹스러웠던 적은 처음이었다.

첫째, 수준 미달 작품 비중이 적었다. 총 응모작이 300여 편에 이른 것도 놀라웠는데, 그중에 낙제점을 받을 만한 작품은 거의 찾아보기 어려웠다. 아마 주최 측이 일간 종합경제신문이라는 점 때문에 응모자들의 프로필이 상향평준화된 것이 아닌가 여겨진다. (여타 공모전의 경우 글쓰기의 기본이 안 된 10대 청소년의 습작 같은 작품이 심심찮게 눈에 뜨인다.) 이 때문에 응모작들을 집중해서 살피느라 그 어느 때보다 심사 과정이 힘들었다.

둘째로 응모작들이 펼쳐 보이는 수준 높은 과학적 상상력에 감탄했다. '알파고' 이벤트 때문인지 인공지능이나 가상공간 등 IT 관련 제재를 다룬 작품들이 압도적으로 많았는데(SF소설 공모전을 하면 대개는 당시 이목을 끈 과학기술 이슈와 관련된 작품들이 많이 들어오는 경향이 있다. 예를 들면 예전에 유전공학과 줄기세포가 한참 주목받았을 때에는 복제인간을 다룬 응모작이 많았다.), 소설적 완성도와는 별개로 매우 설득력 있는 과학적 아이디어를 담은 작품들이 적지 않았다. 이러한 응모작들만 모아서 과학 세미나를 열어도 좋겠다는 생각이 들 정도였다.

세 번째는 앞에서 짚었던 점들 때문에 더 아쉬운 것인데, 응모작의 수도 많고 작품의 수준도 고르게 높은 편이었음에도 불구하고 심사위원단이 만장일치로 꼽거나 즐거운 고민을 할 정도로 수작이 여러 편 나오지는 않았다. 결국 당선작들은 본심에서 치열한 논의와 뒤집기가 벌어진 끝에 선정된 결과이다.

공모전 때마다 늘 언급하게 되는 내용이지만 다시 한 번 밝혀둔다. SF소설 공모전도 결국은 일반 독자들을 위한 스토리텔링 솜씨를 겨룬다는 점에서 다른 주류문학 분야와 크게 다르지 않다. 놀라운 과학적 상상력은 분명 SF의 미덕 중 하나이지만 그것만으로는 하나의 이야기로서 완성체가 될 수 없다. SF소설을 쓰기 위해 갖추어야 할 가장 기본적인 덕목은 매끄럽게 읽히는 문장력과 구성력인 것이다.

그에 더해서 신인공모전의 경우엔 글솜씨와 아이디어가 모두

무난한 작품보다는 어딘가 거칠지만 신선한 작품이 더 좋은 평가를 받는다. 기성 작가들의 작품과 견주어도 특별히 떨어지지 않을 정도로 잘 썼지만 바로 그런 이유로 개성이 없는 작품들이 이번에도 너무 많아서 아쉬웠다. 국내외의 기성 작가들 작품에서 이미 본 듯한 설정, 사건과 전개, 결말이 대부분이었다. 신인의 신선함이란 과학적 아이디어 그 자체보다는 작가의 관점이나 세계관의 독창성에 방점이 찍히기 마련이다.

이런저런 아쉬움에도 이번 공모전 심사에 임하면서 개인적으로 무척이나 고무된 기분이다. 국내 SF창작 역량의 저변이 양적으로나 질적으로 괄목할 만큼 성장한 것을 분명히 느꼈기 때문이다.

아마 앞으로 몇 년 안에 한국 SF계는 10여 년 전의 도약기에 이어 질적인 성숙기에 접어들 것이 틀림없으리라 전망한다. 모든 응모자 분들의 꾸준한 정진을 진심으로 기원한다.

이정모 _서울시립과학관 관장

나는 각막미란증이라는 좀 피곤한 질병을 앓고 있다. 이 질병의 치료법은 수십 가지가 넘는다. 치료법이 많다는 것은 마땅히 고를 만한 최고의 치료법이 없다는 뜻이다. 이번 심사가 그랬다. 고를 작품이 많았다. 하지만 모든 사람이 합의할 수 있는 딱 한 편의 작품은 없었다.

다섯 명의 심사위원이 각각 마지막 본심에 올린 10편은 어떻게 보면 모두 당선권 안에 들 것 같았지만, 누구나 공감하지는 못했다. 각기 장점이 달랐다. 어떤 작품은 문학성이 뛰어났지만 SF적인 모습이 부족했고, 어떤 작품은 뛰어난 상상력을 보여주었지만 구성이 엉성하였으며, 어떤 작품은 구성은 치밀했지만 문장이 엉성했다.

내게 할당된 출품작은 모두 60편이었다. 생각보다는 많았지만 아마도 3분의 2는 한두 쪽만 읽고 나면 걸러낼 수 있을 거라고 예상했다. 어느 공모전이든 대략 그렇다. 그런데 이번에는 달랐다. 네 편을 제외하고는 끝까지 읽어야 했다. 물론 끝까지 읽고 난 다음에는 가차 없이 33편을 제외하였다. 문학이 아니든지 SF가 아니었기 때문이다.

60편 가운데 내가 본선에 올린 작품은 「바디」와 「아톰팩스」다. 「바디」는 한눈에 보기에도 비록 SF 분야에서는 신인이지만 이미 기성작가인 게 분명한 이의 작품이었다. 단정한 문체와 안정적인 구성이 돋보였다. 수명을 연장하기 위해 여러 가지 인공 장기를 부착하는 대신 부자 노인이 가난한 젊은이의 육체를 임대한다는 착상은 세대 착취라는 현대 한국사회의 단면을 SF로 보여주었다는 점을 높이 샀다. 하지만 유감스럽게도 이 작품은 다른 심사위원들의 주목을 받지 못했다.

「아톰팩스」는 원자 전송을 이용한 휴먼 프린팅을 그린 작품이다. 마치 액션 영화처럼 속도감 있게 진행되었다. 화자의 시점이 바뀌는 것도 적절했다. 하지만 결말이 너무 아쉽다. 이 작품 외에도 많은 작품의 결말이 안타까웠다. 뭔가 근사하게 마무리할 수 있을 것 같은데 갑자기 끝나버리는 작품이 많았다. 마치 지은이도 어떻게 이야기가 진행될지 모르는 상태에서 쓴 것처럼 말이다. 「아톰팩스」는 다른 심사위원 한 명에게서도 높은 점수를 받았지만 거기까지였다.

다른 심사위원들이 본선에 올린 작품 가운데 내가 제일 재밌게 읽은 작품은 「네 번째 세계」다. 아마 다른 심사위원도 이 작품을 가장 재밌게 읽었을 것이다. 주제도 신선했지만 다른 작품들이 '기-승-전'에서 머물렀다면 이 작품은 끝까지 힘을 잃지 않았다. 마치 영화를 보는 것 같았다. 하지만 문장에는 문제가 많았다. 등장인물들은 상스러운 말을 쓸 수 있다. 하지만 그것을 전하는 화자마저 상스러운 말을 할 필요는 없다. 왜 독자가 그 욕을 들어야 한단 말인가? 본심 과정에 「네 번째 세계」는 당선에서 탈락에 이르기까지 테이블 위에서 널을 뛰었다.

두 번째로 재밌게 읽은 작품은 「피코」다. 스토리 자체는 진부하다. 아무리 봐도 임팩트가 부족하다. 그럼에도 재미를 주는 까닭은 균형이 잡힌 작품이기 때문이다. 공모 작품 가운데 가장 안정적이었다. 결국 「네 번째 세계」는 3등에 머무는 대신 「피코」를 당선작으로 고르는 데 동의할 수밖에 없었다. 하지만 아쉬움은 여전하다.

선제적 범죄 프로파일링을 주제로 삼은 「제타크라임」 역시 내가 당선권으로 꼽은 작품이다. 무난하게 읽히고 완성도도 높다. 문제는 어디에선가 본 것 같은 느낌이라는 것이다. 이것은 표절을 말하는 게 아니다. 그만큼 흔한 소재와 분위기라는 게 감점 요인이었다.

심사평에는 거론하지 않았지만 정말 뛰어난 작품이 하나 있었다. 문학적으로 완성도가 아주 높았으며 재미도 있다. 하지만 아무리 SF를 넓게 정의해도 여기에 속하지는 않았다. 제목이 '다'로 시작하는 작품의 저자가 이 심사평을 본다면 다른 문학 공모전에 출품해 보기를 권한다. 개인적으로 뽑지 못해서 가장 안타까운 작품은 「최저임금」이다. 아깝고 아깝고 아깝다.

대부분의 공모작은 한 번의 멸망을 겪고 난 미래 세계이든지 지구 바깥이 배경이다. 쉬운 장치이기는 하지만 진부하다. 지금 그리고 여기가 배경인 SF를 기다린다. 디스토피아가 따로 있는 게 아니다.

정지훈 _경희사이버대학교 미디어커뮤니케이션학과 교수

개인적으로는 우리나라 과학소설 장르의 희망을 봤다고 총평하고 싶다. 아무래도 정통 글쓰기라는 측면보다는 다소 설익기는

했어도 다양성과 독특한 시각들이 보이는 작품들이 상당수 보였다. 다만 아무래도 준비시간의 부족, 제대로 된 글쓰기 훈련의 문제 때문인지는 모르겠지만, 전체적인 글의 수준이라는 측면에서는 다소 아쉬웠다.

그렇지만 응모된 작품의 수만큼이나 탈락시키기 아까웠던 작품들도 많았다. 마지막 당선작들을 뽑을 때에는 심사위원들 사이에 훌륭한 완성도가 있는 작품이 없는 것 아니냐는 말도 나왔지만, 반대로 고만고만한 수준으로 재미있는 접근을 했던 작품들을 많이 봐서 공모전이 역사를 더해 간다면 훌륭한 작품들을 많이 발굴할 수 있으리라는 낙관적인 전망을 해본다.

과학소설을 주로 문학적인 측면보다는 과학적인 상상력과 다양한 미디어로의 확장 및 과학기술의 발전과 연관 지어 많이 바라보고 있기에 다른 심사위원들과 의견이 달랐던 부분도 많았지만, 심사의 다양성이라는 측면에서 이 역시도 나쁘지 않았다고 생각한다.

여러 작품이 기억에 남지만, 예심 통과작으로 선정한 몇몇 작품에 대한 평을 해보고자 한다. 이 중에는 본상을 탄 작품도 있고, 그렇지 못한 작품들도 있지만 모두 상당한 가능성을 보여주었다고 생각한다.

「dd」는 인공지능이라는 다소 식상할 수 있는 소재를 바탕으로 인류의 미래와 인공지능과의 관계를 잘 짚었던 작품이다. 이야기의 전개나 참신성은 다소 진부한 감이 없지 않았지만, 강한인공지능과 관련하여 많은 공부와 개연성을 검토했다는 느낌이 드는 작품이었다. 작가를 직접 만나봐야겠지만, 문학을 한 사람이라기보다 이 분야를 공부한 사람이 소설을 쓴 것이 아닐까라는 의심이 들 정도로 미래의 강한인공지능에 대한 그럴듯한 설정을 선보였다.

「네 번째 세계」는 상대적으로 인공지능과 가상현실을 소재로 삼았던 작품들이 많았던 이번 공모전에서 우주를 소재로 한 탄탄한 스토리 전개를 선보여서 눈길을 끌었다. 특히 엔트로피 법칙을 절묘하게 적용해서 약간은 기묘한 스페이스 스릴러로 전개해나갔던 점이 돋보였다.

본상 후보가 되지는 못했지만 통일한국을 배경으로 빅데이터 기반의 배급체계라는 기발한 착상으로 스토리를 풀어나간 「청년 영웅 전진성」, 짧지만 강렬한 가상현실의 세계에 대한 기막힌 반전을 선보인 「황야의 3인」, 판타지와 과학소설을 넘나들면서 장편으로 긴 호흡의 승부를 했다면 어땠을까 하는 아쉬움을 들게 했던 「황금사과를 훔친 로봇」 등의 작품들도 기억에 남는다.

김창규 _소설가

예상을 크게 뛰어넘은 응모작 수 때문에 예심 초반은 기대로 가득했다. 과학소설 장르에 그만큼 많은 분이 관심을 보인다는 증거였기 때문이다.

맡은 작품들을 세 번에 걸쳐 재검토하고 비교하면서 여러 가지 생각이 종횡무진으로 교차했다. 그 생각 중에는 안타까움과 씁쓸함이 가장 많았다.

엉뚱한 착상과 기술 묘사를 한데 넣기만 하면 과학소설이 완성된다는 섣부른 믿음이 엿보이는 응모작들이 제일 안타까웠다. 과학소설과 테크노 스릴러는 소설의 구조와 장르의 특징을 긴밀하게 결합해야 완성되기 때문에 녹록지 않다.

많은 응모작이 그 결합에 빈틈이 많았다. 소설의 모양새를 채 갖추지 못한 응모작도 적지 않았다. 반면에 과학과 기술이 갖는 잠재성과 함의를 제대로 파악하고 있는 응모작도 눈에 띈 터라, 다음 공모전은 더 많이 기대할 만하다는 생각이 든다.

예심 통과작 가운데 「다수파」는 여러모로 하고 싶은 말이 많다. 이 작품은 긴장감의 배분, 매끄러운 진행, 문장력 등 갖가지 요소를 고루 갖추고 있다. 화자 아버지의 '능력'이 갖는 의미가 단숨에 개인을 넘어 바깥 세계를 아우른다는 점에서 경이감도 있다. 하지만 그 '능력'이 과연 과학소설의 범주에 드는지가 큰 문제였다. 심사위원들은 논의를 거듭한 끝에, 크게 아쉽지만 예심 통과를 넘어서 추천하기에는 부족하다는 결론을 내렸다.

또 하나의 예심 통과작인 「코로니스를 구해줘」는 과학소설보다는 과학스릴러 범주에 더 어울리는 작품이다. 인터넷 방송 쟈키,

가상 공감 게임, 게임 실시간 중계 등의 소재는 참신할 것이 없다. 학교 내 따돌림 문제 및 대중 앞에서 가해자와 피해자가 뒤바뀌는 문제도 그 자체로는 대중 매체에서 여러 번 소비된 소재다. 하지만 그런 소재들을 큰 무리 없이 하나의 흐름에 꿰어서 긴장과 해소를 만들어 냈기에 예심 통과작으로 결정했다.

2차, 3차 공모전에서는 소설의 기본기에 더 힘을 기울인 작품들이 대거 등장하기를 기대해본다.

김홍민 _북스피어 대표

몇 년 전부터 이런저런 공모전의 심사를 맡으며 '어이가 없을 정도로 소설이 팔리지 않는 요즘 같은 때에도 소설을 쓰고 싶어 하는 사람은 내가 막연히 예상했던 것보다 훨씬 더 많구나' 하는 걸 실감하게 되었다. 한때 소설가를 꿈꿨던 인간으로서 수많은 응모작을 하나하나 읽다 보면 어김없이 부러운 마음이 든다. 나처럼 도망치지 않고, 다들 열심히 쓰고 있는 것 같아서 말이다. 한편 그와는 별개로 심사하는 과정에서 생기는 아쉬움도 있다.

이를테면 이번 심사에서는 '바야흐로 지구 멸망 이후, 가까스로 살아남은 터프한 사나이와 초미녀(인공지능)의 만남' 어쩌고 하는 이야기가 지나치게 많아서 놀랐다. '과학소설=지구 멸망+인공지능'이라는 공식 같은 게 잡지에 실렸나 싶은 기분이 들 정도였다. 정말이지 '이 거지 같은 세상'이 망했으면 좋겠다는 바람에는 십분 동의하지만 공모전의 경우 한순간의 뻔한 연출로 인하여 작품 전체가 부정적으로 인식될 수도 있음을 기억할 필요가 있다.

과학소설이든 추리소설이든 특히 신인을 대상으로 한 공모전에서는 '뻔한 설정'을 자제해야 한다. 우주, 인공위성, 핵, 원자력 같은 용어들에 대해 충실히 공부하여 읽는 이의 감탄을 자아낼 정도의 독창적인 묘사가 뒤따른다면 좋겠지만 영화나 드라마에서 본 내용을 짜 맞추어 '적당히 그런 느낌만 주면 되겠지'라는 식의 설정은 곤란하다. '응모작 중에는 〈마이너리티 리포트〉의 콘셉트를 그대로 가져온 게 아닌가' 싶은 작품도 있었는데 이렇게 되면 제아무리 디테일이 뛰어나도 성의가 없다는 느낌을 줄 뿐이다.

'한 줄 띄어쓰기'나 '1, 2, 3' 하는 식으로 장을 나누는 형식에 대해서도 한번 생각해볼 필요가 있다. 인터넷 글쓰기에 익숙해졌기 때문인지 장면의 전환을 문장으로 만들지 않고 단락을 구분하거나 한 줄 띄어쓰기로 처리하려는 응모자가 많이 보였다. 박민규 작가쯤 되면 "이 냉장고의 전생은 훌리건이었을 것이다"라는 한 문장만 턱 써놓고 "이게 한 단락이다"라고 주장해도 가타부타할 사람이 없겠지만, 데뷔를 앞둔 신인이 이렇게 쓰면 역량이 부족해 보일 뿐이다. 실험적인 소설을 쓸 요량이 아니라면 평범한 문장이어도 괜찮으니까 단락을 띄지 말고 시간의 흐름과 장면의 전환을 서술하는 습관을 기르자.

마지막으로 드리고 싶은 당부는 퇴고에 관해서이다. 이번 공모전에서는 주술 호응이 안 되거나 부사어를 남발하거나 시시한 비유를 구사하는 작품이 여럿 눈에 띄어서 읽기가 힘들었다. 스탠리 엘린 같은 천재작가도 하룻밤에 원고지 여섯 장 이상을 채우지 못했으며 그마저도 형편없다 생각한 대목을 삭제하고 나면 고작해야 세 장밖에 남지 않았다고 한다. 제아무리 공들여 쓴 문장이라도 퇴고 과정에서 절반 이상 삭제하는 일은 레이먼드 카버나 오에 겐자부로 같은 대가의 일화에서도 쉽게 찾아볼 수 있다. 장편도 아니고 단편과 중편을 대상으로 한 공모전에서라면 더더욱, 퇴고 과정에서 시시한 대목을 과감하게 삭제하는 훈련이 필요하다.

이러한 훈련의 일환으로 공모전에 임하는 예비 작가들이 가능한 한 많은 작법서들을 읽어주었으면 좋겠다는 바람을 가져본다. 순문학 작가든 장르문학 작가든 논픽션 작가든 등단하지 못한 작가든, 누가 썼든 상관없다. 소설을 쓰는 방법에 관해 서술된 책이라면 '닥치는 대로' 읽어볼 필요가 있다.

한 권의 작법서에서 '이런 건 주의해야 하는 구나' 싶은 깨달음을 단 하나라도 건진다면 그걸로 충분하다. 과학에 대한 지식만큼이나 문장에 대한 지식도 중요하다는 것을 꼭 알아주었으면 한다. '문장의 허술함'이, 이번 공모전에서 가장 아쉬웠다.

한국 SF소설의 현재와 미래

박상준(이하 '박') 먼저 심사 과정에 대한 이야기를 드리고 이어서 현재 우리나라에서 과학문화 관련해 선생님들 소견 나누는 자리로 구성했습니다. 저는 일간지 신춘문예 시절부터 시작해서 20년 정도 여러 SF 공모전 심사에 참석해왔는데요. 이번처럼 임팩트가 크고 인상적인 공모전은 처음이었습니다. 300여 편이라는 응모작 수에 놀랐고, 300여 편의 평균적 수준이 높았다는 점에 다시 한 번 놀랐습니다. 5명의 심사위원이 1/n로 나눠 예심을 거치고 각자 본 작품들 중에서 본심에 올릴 작품들을 몇 편씩 걸렀습니다. 심사위원들이 모두 모인 자리에서 본심에 올릴 작품들을 다 돌아가면서 읽고 최종적으로 수상작을 결정했습니다. 그 과정에서 굉장히 치열한 이야기들이 많이 오갔습니다. 그런 이야기들을 이 자리에서 나누도록 하겠습니다. 그럼 간단히 심사위원들 소개부터 하겠습니다. 먼저 저는 우리나라에서 SF 기획 출판을 하고, 칼럼도 쓰고 있습니다.

이정모(이하 '이') 대한민국 박물관의 꽃, 서대문자연사박물관에서 근무하다가 서울시립과학관 관장으로 일하고 있는 이정모입니다. SF 심사는 독자의 입장에 서서 했습니다.

정지훈(이하 '정') 경희사이버대학교에서 근무하고 있는 정지훈입니다. 저는 미래 산업 관련된 일들을 많이 합니다. 미래 산업과 관련된 일을 하는 다른 분들은 사회과학적 방법론을 많이 쓰는데 저는 SF영화에서 나오는 미래를 직접 디자인하는 방법을 가장 많이 활용하는 편입니다. 영화에서 나온 것들을 실체화하는 것과 관련된 리서치를 많이 해왔습니다. 또한, 새로운 것들을 엮어서 기존에 있던 틀을 무너뜨리는 일들을 많이 해왔는데, 그런 점에서 SF가 중요한 역할을 한다고 생각합니다. 이런 부분을 고려하다 보니 심사를 할 때 역시 시각차가 좀 많이 났습니다. 이 이야기는 이따가 다시 드리도록 하겠습니다.

김창규(이하 '김') 주로 SF를 쓰고 있는 작가이고, 영미권 SF를 번역·소개하고 있는 김창규라고 합니다. 아무래도 글 쓰는 사람이다

보니 예심 작품을 보는 과정에서 다른 심사위원들보다 여러 가지 생각을 많이 했던 것 같고, 만감이 교차한 사람이 제가 아니었나 생각합니다. 나머지 이야기는 이따 말씀 드리겠습니다.

박 그럼 심사위원 분들의 예심 심사평을 들어보겠습니다. 일단 저부터 시작하겠습니다. 이번에 놀랐던 게 과학적 상상력과 아이디어라는 측면에서 상향평준화된 작품들이 많았던 점입니다. 예심 작품들을 쭉 보면서 SF소설로서의 완성도나 작품과는 별개로 이 응모작들이 보여주고 있는 과학적 아이디어, 과학적 상상력이 좋았습니다. 이것만 따로 모아서 별도로 세미나를 해봐도 괜찮겠다는 생각이 들 정도였습니다. 하지만 아이디어가 뛰어나더라도 SF소설이 과학 교양서나 매뉴얼이어선 안 됩니다. 스토리텔링과 결합되어 일반 독자들이 재미를 느낄 수 있어야 합니다. 하나의 소설로서의 완성도라는 종합적인 부분을 평가해야 하는데 그런 점 때문에 흥미로운 아이디어들이 많았음에도 불구하고, 결국 본심에서는 심사위원들 사이에 많은 논의들이 오고 갈 수밖에 없었습니다. 이번 공모전에서 확인할 수 있었던 것은 과학적 상상력과 아이디어가 전반적으로 많이 올라갔기 때문에 앞으로 이분들이 글쓰기와 문학적 수련을 조금 더 해나가신다면, 우리나라 창작 SF가 단기간에 발전할 수 있겠다는 희망적인 느낌을 받았습니다.

이 제일 놀란 게 응모작 수였습니다. 60편이 인쇄되어 배달됐습니다. 양에 놀랐지만, 60편이 들어왔어도 처음에는 사실 어렵지 않을 거라 생각했습니다. 대학 교수 시절 리포트 채점했던 걸 떠올리면서, 1등부터 60등까지 쭉 줄을 세울 게 아니라면, 본선에 서너 편을 가지고 가는 것은 고르기 쉬울 거라 생각했습니다. 그래서 50편까지는 첫 번째 페이지를 보고 뺄 수 있지 않을까 생각했는데, 그렇지 않았습니다. 첫 페이지만 읽고 뺐던 건 네 편뿐이었습니다. 나머지는 다 끝까지 읽어야 했습니다. 그런데 결말이 용두사미인 경우가 많았습니다. 그래서 34편을 또 뺐습니다. 나머지가 몇 편 안 되는데 거기에서 본선에 올릴 작품을 골라내기 위해 여러 번을 반복해서 읽었습니다. 그렇게 해서 뽑아냈습니다. 저는 그중에서는 「바디」라는 작품과 「아톰팩스」라는 작품이 인상적이었습니다. 「바디」란 작품은 신체 대여라는 주제를 다루었는데 아이디어도 재미있지만 한국 사회의 계급적인 부분과 잘 맞아떨어져서 가슴에 울림이 있었습니다. 「아톰팩스」는 아이디어는 평범하다고 할 수도 있지만 묘사가 영화를 보는 것처럼 생생했습니다. 머릿속에 그림을 그리면서 봤습니다. 독자의 입장에서 볼 때 재미있었습니다. 두 작품은 상을 받지 못했지만 작가분들이 계속 정진하신다면 좋은 이야기가 나오지 않을까 생각합니다.

정 예심 심사를 하면서 먼저 60편 중에 한두 편을 고르는 일이 정말 힘들었습니다. 60편 중에 2편이면 30 : 1이거든요. 심사위원마다 관점이 상당히 다르기도 합니다. 전체적으로 비슷한 수준에 비숫하게 괜찮은 것들이 상당히 많았습니다. 그렇기 때문에 떨어진 분들도 이번 결과에 대해서 너무 실망하지 말고 좀 더 정진하시면 다음에 좋은 결과가 있지 않을까 생각합니다.

두 번째로 들었던 생각은 지원자분들이 원래 글이나 소설을 많이 쓰신 분들이 아니고 과학이나 기술 쪽 다른 일을 하는 분들이 재미있는 아이디어를 가지고 처음으로 도전한 경우가 상당수 있지 않았을까 하는 생각이었습니다. 상당수가 완성도 측면에서 문제가 있었지만, 이런 분들이 용기를 잃지 않고 계속 글을 써갈 수 있으면 좋겠다고 생각했습니다.

김 사실 SF 분야는 제가 거기에 몸담고 있어서 하는 이야기이기도 하지만 독특한 부분이 있습니다. 다른 문학들이, 설명의 편의상 인물하고 사건 위주의 2차원적인 장르라고 하면, SF는 어떻게 보면 3차원적인 장르입니다. 그래서 세계 자체에 방점을 찍기도 하고, 상상력을 기술하는 방법, 상상력을 뒷받침하는 이론이 크게 비중을 차지합니다. SF도 마찬가지이지만 대부분 다른 공모전들을 보면 공모하시는 분들이 글의 완성도에 중점적으로 비중을 둡니다. 이번 공모전 같은 경우는 제가 얘기하는 세 번째 요소인 SF를 3차원 장르로 만들어주는 세계조성이라든가, 상상 속의 기술이라든가 다른 장르에서는 나올 수 없는 사건과 기술의 조합 부분에 중점을 둔 작품들이 많았습니다. 그것 때문에라도 독특한 공모전으로 기억에 남을 것 같습니다. 저도 두 편을 올렸는데, 한 편은 당선작 중에 들어 있고 나머지 한 편은 이분 정도라면 당선작에 들 수 있을 거라 생각했던 작품입니다. 그런데 어디까지나 과학문학공모전이다 보니 한계가 분명히 있었습니다. SF의 범주를 엄청나게 넓게 적용해서 경계선이 안 보일 정도까지 밀어붙여야 통용될 수 있는 내용이었습니다. 반면에 문학성이라든가 글을 풀어나가는 방법이라든가 하는 부분들이 '실력으로만 따지면 이분은 기성작가 중에서도 상위에 속하는 분이 아닐까' 그런 생각이 드는 작품이었습니다. 그런데 경계선 때문에 다른 심사위원분들에게 의견을 여쭈었고 논의가 꽤 있었습니다. 논의 결과 이분은 과학문학이라는 범주에 넣기는 좀 어렵겠다고 결론 내렸습니다.

박 이 자리에 안 나오신 북스피어 김홍민 대표가 사실 가장 쓴소리를 많이 했습니다. 이분은 추리나 미스터리 기타 여러 가지 소설 출판을 하고 계신 분이기 때문에 출판을 할 수 있는 정도의 소설인가를 기준으로 보셨는데 출판을 하고 싶은 작품이 한 손에 다 꼽지 못할 정도로 거의 없었다고 평을 했어요. 치열한 논쟁 끝에 논외로 하기로 했던 그 작품 정도에 김홍민 대표도 좀 높은 점수를 줬습니다. 이게 어떤 괴리냐면 처음에 제가 말씀드렸던 부분입니다. '과학적인 아이디어나 과학적 상상력은 상당히 돋보이더라도 이것을 잘 짜인 스토리텔링과 결합시키는 솜씨가 얼마나 뛰어난가', '잘 결합시켰다고 하더라도 기존의 SF소설들과 비교했을 때 더 신선하고 색다른 시도가 있었는가' 하는 점들을 심사 과정에서 보게 됩니다. 마치 할리우드의 웰메이드 영화처럼 익숙하고 잘 만들어졌지만 그 이상은 뭐가 없는 그런 작품보다는 다소 거칠고 풋풋하더라도 이전에 접해보지 못했던 새로운 감성이라든가 입장 혹은 시각 같은 것이 들어가 있는 작품들이 신인 공모전에서는 좀 더 좋은 평가를 받습니다.

예심 소감을 한마디씩 해주셨습니다. 본심 과정에서는 처음에 뽑았던 입상작 리스트가 중간에 뒤집히는 일들도 있었습니다. 과연 심사위원들이 어떤 점에서 이견이 있었는지, 본심 과정에서 어떤 논의들이 오갔는지 이야기해보겠습니다. 저는 먼저 김창규 작가님에게 부탁드리고 싶습니다. 그럼 대체 SF의 정의나 경계는 어디까지 봐야 할까요? 심사 과정에서도 이야기가 있었죠. 그 이야기부터 해볼까요?

김 SF의 경계는 SF의 역사가 긴 영미권에서도 아직까진 정답이 안 나오는, 논쟁이 끝나지 않은 문제입니다. 흔히 SF와 경계를 그어야 하는 장르가 판타지 장르라고 말합니다. 어디서부터 판타지이고 어디서부터 SF인지도 논쟁이 많은 문제이지만 최소한 그 작품 안에 등장하는, 혹은 등장하지 않더라도 암암리에 깔려 있는 세계관이라든가 과학원리가 현실에서 우리가 알고 있는 세계관이나 원리와 완전히 동떨어지지 않고 개연성을 가지고 있어야 합니다. 그리고 그 법칙이 특정인물이나 특정 국가에만 적용이 되는 게 아니라 최소한 작품 속 세계에서는 예외 없이 모조리 적용이 되어야 합니다. 그 개연성은 글 안에서 설명이 되어야 하고 읽는 사람들이 이성적으로 납득할 수 있어야 합니다. 논의의 대상이 됐던 작품의 경우 만약 제가 혼자 당선작을 결정해야 했다면 매우 많이 고심했겠지만 결국은 SF의 범주에 든다고 봤을지도 모르겠습니다. 아주 넓고 방대하게 SF의 범위를 적용한다면 말이죠. 물론 모든 SF가 작품 속에 특정 사건이 일어나는 경위나 원리를 설명해야 하는 건 아닙니다. 설명을 안 해도 개연성을 납득시킬 수 있으면 괜찮습니다. 그 작품의 경우는 그런 노력을 포기한 대신 은유가 가지는 힘을 선택했어요. 그런데 그 부분에서 그만 낯선 요소를 익숙하게 해주는 설명을 너무 많이 생략했고, 그것 때문에 경계가 무너졌습니다. 이건 사실 비단 이 작품만의 문제는 아닙니다. SF를 쓰겠다, 혹은 SF의 특징을 전부 다 가지고 있는 작품을 쓰고 싶다고 말씀하시는 분들이 저를 만나면 항상 물어보는 문제이기도 합니다. 아마 몇 페이지의 글이나 이 자리를 빌려서 쉽게 얘기할 내용은 아닌 것 같습니다만 최소한 방금 제가 말씀드린 요소의 전달은 필요하지 않을까 싶습니다.

정 저도 비슷한 맥락의 이야기를 반대 방향에서 말씀드리고자 합니다. 공모전이 만들어진 경위에는 과학문학이라는 독립된 장르를 발전시키고, 이것이 과학문화와 연결되게 하는 의도도 어느 정도 있었다고 봅니다. 2014년에 〈별에서 온 그대〉가 과천과학관이 주최하는 SF어워드 영상 부문에 선정되었습니다. 저 같으면 〈별에서 온 그대〉에 상을 주지 않았을 겁니다. 그 작품이 SF드라마로 분류된 이유는 김수현이 외계인이라는 설정 때문이잖아요? 또, 일부 설정에서 SF적인 것들을 사용했기 때문입니다. 흥행의 측면을 고려했던 것 같습니다. 좀 엄밀한 잣대를 적용했다면 절대로 SF 범주에 들어갈 수 없었을 거라고 저는 개인적으로 생각합니다. 그래서 저희가 심사를 하는 과정에서도 SF가 독자적인 장르로서 특성이 있기 때문에 '이런 정도까지 커버하는 건 너무 카테고리상의 문제가 되지 않겠느냐' 하는 논의들이 좀 있었습니다.

이 저도 비슷한 생각입니다. 그 작품이 문학적으로 좋더라도, 그걸 SF라고 해버리면 다음 공모전에서도 이런 작품들이 계속 들어오게 되겠지요. 그렇게 되면 SF문학상을 하는 이유가 없어질 수도 있겠다는 생각이 들었습니다. 최근 옥타비아 버틀러의 『킨』을 읽었습니다. 다들 그걸 SF라고 분류합니다. 그런데 소설에서는 SF적인 요소로 타임슬립밖에 나오지 않아요. 저는 재미있고 짜릿하게 읽었지만 '이게 왜 SF지?' 하는 생각이 들었습니다. 우리가 봐온 많은 책들에는 어느 정도 SF적인 요소들이 있기 마련입니다. 그런 걸 뽑아주면 안 된다고 저는 생각합니다.
한 가지 더 말씀드리자면, 심사 과정에서 퇴고를 과연 제대로 한건가 싶은 작품들이 굉장히 많았습니다. 문장과 구성에서 심각한 문제들이 보였습니다. 주최사인 머니투데이에 이런 걸 제안하기도 했습니다. '어차피 우리가 신인을 뽑는 거라면 완성된 작품을 뽑는다고 생각하지 말고 중간 과정을 거치면 좋겠다. 일단 투고를 받고 어느 정도 뽑아서 짧게 1박 2일, 2박 3일이라도 오디션을 한 번 해보면 어떨까'라고요. 어떤 분들은 정말 엄청난 상상력을 가지고 있는데 기초 글쓰기가 안 되어 있는 분들이 있습니다. 이분들이 일주일만 오디션을 해도 정말 다른 글이 나올 것 같다는 생각이 들었습니다.

박 심사 후에 이정모 관장님께서 말씀하셨던 것들에 대해서 주최 측과 많은 이야기를 나눴습니다. 아직 구체적인 무언가가 나온 것은 아니지만 내년부터는 공모전하고 수상작 결정하고 시상식하고 끝나는 일회성 행사가 아니라 정말로 글쓰기를 좋아하고 스토리텔링을 하고 싶어 하는 분들에게 실질적인 도움을 줄 수 있는 프로그램을 고민해보면 좋을 것 같습니다.

지금까지는 아쉽게 입상하지 못한 작품들에 대해 이야기를 했는데요. 입상작들에 대한 이야기도 좀 들어보고 싶습니다. 지금 대상인 「피코」라는 작품은 AI가 탑재된 휴머노이드 로봇이 주인공으로 나오는 단편소설이고, 「코로니스를 구해줘」는 가상현실이 배경인 중편입니다. 가작은 어쩌면 SF에서 가장 전통적인 장르라고 할 수 있는 우주를 배경으로 한 「네 번째 세계」라는 작품입니다. 개인적으로는 이런 장르의 작품들이 나와서 반갑기도 했습니다. 수상작 리스트가 본심 과정에서 좀 엎치락뒤치락하기도 했습니다. 물론 심사위원들이 합의해서 최종적으로 수상작을 결정했습니다. 여기에 대해서 언급을 하고 싶은 분 있으면 좀 들어보죠.

정 미디어 쪽에서는 SF를 'trans media story-telling'이라고 많이 이야기합니다. 저는 SF가 문학이라는 장르에 갇히는 걸 반대하는 사람입니다. 미디어 장르가 단순히 글로만 남아 있는 것이 아니라 그림과 연결되어 라이트노벨이 될 수도 있고, 게임 형태로 만들어질 수도 있고, 영화로 만들어질 수도 있습니다. 다양한 형태로 진화가 된다고 봤을 때 원석에 해당되는 부분들을 조금 더 중시했습니다. 좀 거칠거나 출판물로 나오기 힘들더라도 큰 문제가 없게 하는 것이 더 좋지 않을까 하는 생각이 강해서 지금 이 자리에 와 계시진 않지만 김홍민 대표님과 조금 부딪혔던 부분들이 있습니다. 개인적으로는 문학이라는 카테고리에 너무 갇히지 않고 다른 장르로 가는 데 초점을 맞춘 작품들도 많이 나왔으면 좋겠다고 생각합니다. 예를 들어 비주얼한 연출이 들어갔을 때 그런 것들을 잘 그려낼 수 있는 세팅이랄지 영화적인 프로그램이라든지 하는 부분들이요. 우수작으로 뽑힌 「코로니스를 구해줘」 같은 경우 딱 보는 순간에 이건 나중에 게임으로 만들면 굉장히 좋겠다는 생각을 했습니다. 좋은 게임 기획사를 만나게 되면 상당히 쇼킹한 스타일의 VR 게임이 나오지 않을까 생각했습니다. 대상 수상작인 「피코」는 균형이 상당히 잘 잡혀 있었고 마지막 반전이 인상적이었습니다. 가작 수상작인 「네 번째 세계」는 엔트로피라는 개념에 상상력을 더해 세계를 새롭게 세팅한 점에 많은 점수를 주고 싶었습니다.

박 SF를 좋아하는 사람들끼리 모여서 우리끼리 돌려보고 말 게 아니라 일반인들, 특별히 과학이나 SF에 깊은 지식을 갖고 있지 않은 일반 소설 독자들도 부담 없이 읽을 수 있을 정도의 적절한 균형감, 그야말로 밸런스가 아주 잘 짜인 작품이 궁극적으로는 이런 공모전에선 제일 적정한 기준이 아닐까 생각합니다.

대상 「피코」는 모든 면에서 무난하게 밸런스를 잘 잡았고 문장도 좋았고 마지막 반전도 뻔하지 않아서 좋았습니다. 과학적 상상력이나 문학적인 완성미나 모든 면에서 욕심을 부리지 않고 절제를 정말 잘했습니다. 그 작품은 모든 면에서 봐도 무엇 하나 빠지지 않는 정말 좋은 작품입니다. 두 번째 작품인 「코로니스를 구해줘」는 스토리와 설정이 신선하지는 않았지만, 디테일에 굉장히 충실했습니다. 읽는 사람으로 하여금 계속 궁금하게 만드는 소설이었습니다. 사실 중편만 돼도 심사하는 입장에선 끝까지 읽어보려면 굉장히 지치기 마련입니다. 그럼에도 계속 끝까지 읽게 만드는 스토리의 힘이 있었습니다. 「네 번째 세계」는 문학적 글쓰기의 세련미나 완성미는 아쉬웠지만 과학적 아이디어와 스토리텔링의 결합이 국내 SF공모전에서는 흔하게 접하기 힘든, 오리지널리티가 분명히 있었다고 생각합니다. 혹시 심사에 관한 추가 코멘트를 하고 싶으신 분 계신가요?

김 사실 SF라는 건 SF문학으로의 특성도 있지만 태생적으로 서브컬처와 공유되는 부분이 분명히 있습니다. 저는 개인적으로 서브컬처의 특색을 잘 수용한 작품을 최소한 예심에서 하나는 통과시켜야겠다는 생각이 있었습니다. 아마 앞으로는 SF장르가 더 그렇게 나아갈 거라고 생각합니다. 요즘 독자나 SF소비자들은 반드시 소설로 접하기보다는 영화나 게임으로 접하는 확률이 더 높습니다. 영화, 게임이라고 해서 소설보다 완성도가 떨어지느냐고 하면, 그렇지 않습니다. 일정 수준까지는 올라왔다고 생각합니다. 그리고 소설의 경우 엄숙주의를 벗어던지지 않으면 포용할 수 없는 SF적 요소들이 있죠. 예를 들어 소설의 무게감을 위해서 사회 문제에 관한 메시지를 던지는 건 당연하고 좋은 일입니다. 하지만 SF만이 가질 수 있는 서브컬처적 장점이나 특색을 잘 살린 작품들이 많아지는 요즘, 그런 작품을 쓰는 분들도 더 많이 응모해주셨으면 좋겠다는 생각이 듭니다.

박 제가 예심 때 가장 많이 접했던 소재가 인공지능, 로봇이었습니다. SF공모전을 보면 당대에 어떤 과학기술이 이슈인가가 공모전에 영향을 많이 주는 것 같습니다. 예를 들어, 10년 전 줄기세포라든가 복제인간 문제가 과학기술 이슈를 점거할 때는 공모전에 복제인간을 다룬 작품이 많이 나왔습니다. 트렌드가 있다는 거죠. 이번에는 알파고 이벤트가 있고 나서 역시나 인공지능, 특히 인간의 일을 대체하는 인공로봇을 소재로 한 작품이 많았습니다. 과학 현장에서 활동하는 분들이 이런 이슈들에 대해서는 피부로 느끼시는 게 많을 것 같습니다. 현재 우리나라의 과학문화 수준이 어디까지 와 있고 앞으로 어떤 식으로 변화할지 각자 가지고 계신 관점이나 의견들이 있을 것 같은데 간단히 이야기를 들어보고 싶습니다.

이 알파고의 영향 때문인지 인공지능이나 로봇을 주제로 한 글이 많았습니다. 그런데 알파고와 인공지능 이야기가 글로벌했는가 하면 그렇지 않았습니다. 한국, 중국, 일본에서는 어마어마했지만요. 알파고와 이세돌 대결이 2016년 3월이었잖아요. 그해 5월에 영국 케임브리지 대학교에 가서 경제학자들을 만났을 때 알파고와 이세돌에 관해 아는 사람이 아무도 없었습니다. 6월에 채트넘 사이언스 페스티벌에 참가했을 때에야 알파고와 이세돌의 대결 소식을 알고 있는 사람을 몇 명 만날 수 있었어요. 한두 명이 아는 정도더라고요. 오히려 올해 노벨 화학상을 받은 분자기계, 나노기계 같은 것들이 있습니다. 생물학에서는 크리스퍼 가위를 이용해서 전혀 다른 생명체를 만들어낼 수 있다든지, 아니면 우성생물학을 이용해 인간을 통제한다든지 하는 좀 더 다양하고 깊숙한 주제가 많이 있습니다. 조금만 관심을 가지고 공부를 하면 쓸 수 있는 소재가 많습니다. 이번 공모전에는 누구나 접근할 수 있는 굉장히 평면적인 내용들이 많았는데, 그런 점에서 아쉬움이 남기도 합니다.

정 저는 과학문화 전반에 있어 SF의 영향력이 절대적이라고 생각합니다. 여러분들도 잘 아시겠지만 미국에서 코믹콘이 많이 열리고 SF 관련 행사도 많이 열립니다. 그런데 가만히 보면 영국에서 문학적 소스나 아이디어들이 생각보다 굉장히 많이 나옵니다. 그래서 영국에서도 '나인월드(Nine Worlds)'라는 페스티벌을 하나 만들어 열었습니다. 게임, SF, 판타지, 서브컬처 등 총 9개의 세계로 구성되는데, 그래서 이름도 '나인월드'입니다. 제1회 나인월드가 열릴 때 '킥스타터(KickStarter)'라고 하는 펀딩 프로그램을 통해 저도 티켓을 사서 서포터를 해주고 직접 가서 행사를 봤습니다. 유명한 SF작가들도 많이 왔습니다. 페스티벌처럼 문화 행사들이 엮여 있었어요. 『해리포터』가 있으면, 이와 관련된 여러 판매 사업이 연결되어 있는 식입니다. 그런 것들을 보면서 이 행사가 수많은 사람들이 같이 즐기는 축제처럼 되어 있다는 것에 굉장히 감동을 받았습니다. 한국에서도 이런 공모전을 어떤 틀 안에 가두기보다는 조금 더 넓은 시각을 가지고 다양한 접근을 하는 분들이 많이 생겼으면 좋겠다고 생각했습니다.

마지막으로 MIT에서 〈MIT Technology Review〉라는 잡지가 나오고 있는 걸 아시는 분이 계신가요? 이런 과학 잡지에서는 과학기술 중 핫 이슈를 소개합니다. 매년 올해 가장 중요한 10대 과학이나 기술을 발표하기도 합니다. 머니투데이에 〈테크M〉이라는 잡지가 있는데 〈MIT Technology Review〉 기사를 번역해서 소개하고 있으니 보시기 편할 겁니다. 그런 잡지에서 정보를 얻고 생각을 정리하시고 이야기를 만들어나가시면 훨씬 더 좋은 작품을 만드실 수 있지 않을까 생각합니다.

김 이 이야기는 안 하려고 했습니다만 할 수 있는 사람이 저밖에 없는 것 같아서 이야기드립니다. 저는 최신기술, 기술적 트렌드만 보시지는 말라고 말씀드리고 싶습니다. 글로만 보면 수준이 높았으나 처음부터 몇 페이지를 읽어보면 주인공들의 정서가 포스트 모던 시대를 못 벗어난 경우가 있었습니다. 기술은 물론 최신 트렌드를 보면 좋습니다. 다양한 분야의 기술을 보는 것도 당연히 좋고요. 단, 예를 들어 사회과학 쪽의 추세는 어떤지 관심을 가지시고, 현재 인류가 어떤 눈으로 세계를 보는지도 잘 파악하셔야 합니다. SF를 쓰신다고 과학적 자료만 보지 마시고 과학 이외의 트렌드도 함께 보셨으면 하는 바람입니다.

박 이번 공모전을 포함한 모든 신인작가 심사에 공히 해당되는 얘기로 마무리를 짓고자 합니다. 심사위원의 기준은 절대적인 것이 아닙니다. 심사위원 각자의 취향이나 가치관 등에 따라서 매번 달라집니다. 이번에 입선하지 못했다고 해서 전혀 실망할 필요가 없습니다. 자신이 말하고 싶은 주제를 계속 붙잡은 채로 가능한 한 세련된 스토리텔링으로 포장할 수 있도록 갈고 닦고 또 닦으십시오. 진정으로 작가의 길을 간절히 원하신다면 포기하지 않고 꾸준히 도전하는 한 결국은 빛을 보게 됩니다. 양적으로나 질적으로 이번 공모전에서 우리 SF문학의 잠재성과 가능성을 충분히 느꼈다는 점을 다시 한 번 밝히면서 좌담을 마치겠습니다. 감사합니다.